シナリオ通りに退場したのに、
いまさら
なんの御用
ですか？
真弓りの
Rino Mayumi
Illustration：
加々見絵里

グレースリア
クリスティアーヌ

+✳ レオナルド ✳+
+✳ グレシオン ✳+
+✳ ルーフェス ✳+

女将さん
セルバ
マーク

シナリオ通りに退場したのに、いまさらなんの御用ですか？

真弓りの
Illustration　加々見絵里

新紀元社

CONTENTS

プロローグ　ついに婚約破棄の日が

「クリスティアーヌ、君の考えに私は賛同できない。相手が庶民だからといって、なにをしても許されるわけではないんだよ？」

悲しげな瞳で、私の婚約者は言う。

「リナリア嬢に随分と酷いことをしたようだね。……私は、そんな君を国母にはできない。婚約は破棄させてもらうよ」

穏やかに、でも強固な決意が滲み出る声色で下された皇太子殿下グレシオン様の宣言に、私はただ粛々と頭を垂れた。

「仰せのままに」

グレシオン様と取り巻きたちの冷たい視線が降り注ぐ。

密室でたくさんの男の人たちに囲まれて糾弾されるのって、わかっていたことであっても、やっぱりこんなに怖いものなのね。でも、不思議。本来のゲームではもっとこう、罵詈雑言をぶつけられていたと思うけれど。私が反論しないせいかしら？

内心首を傾げながらも部屋を退出しようとする私に、尖った声が追い打ちをかけた。

「本当に……本当にそんなバカなことをしたのか、姉さん。見損なった、公爵家の恥だ」

「身に覚えはないけれど……グレシオン様が下されたご決断ですもの」

私の言葉に、弟は苦虫を噛み潰したような顔をする。実際〝酷いこと〟とやらをした覚えは勿論ないけれど、この国で王族の裁定は絶対だ。判決は覆らない。ただ、グレシオン様は別の意味にとったらしい。深いため息をついて私への処分を口にする。

「私の言葉の意味がわかるまで謹慎していたまえ。……最後になにか言いたいことはあるか？」

しばらくは顔も見せるなって意味ですね、ご安心を。もう二度と貴方たちに会うことなどないのだから。……ああ、でも。

「ひとつだけお願いが。御前には二度と現れませぬゆえ、こたびのことは私ひとりの咎にしていただきたいのです」

グレシオン様の目が、少しだけ安心するように細められた。

「勿論だ、君の父上も弟君も優秀な人材だからね。君にも家族を大事に思う気持ちくらいはあったようで安心したよ」

酷い言われようだわ。私だって、これまで大切に育ててくれた恩くらい感じている。たとえ今夜これから勘当され、市井でひとり暮らしていくのだとしても。

＋✳♛✳＋

私が前世の記憶を取り戻したのは、僅か七歳のとき。

前世の私はバイトに部活にと飛び回る、元気な女子高生だった。お父さんとお母さんは共働きだったから、家に帰ればヤンチャな弟ふたりの面倒を見つつそれなりに勉強して、空いた少しの時間で趣味のゲームを楽しむという、忙しくも楽しい日々で。

なぜ死んだのかはわからない。気が付いたらこの世界にいて……さらに恐ろしいことにこの世界は、女子高生だった私があのとき夢中になっていた、乙女ゲームと酷似していたのだから。

そう気付いたときの驚愕と、絶望感は忘れられない。

公爵家の長女として生まれ、優しい両親、可愛い弟、親切な使用人に囲まれて、私は大切に大切に育てられていた。少々我儘なところもあったけれど、将来は王子様と結婚するんだと夢見るような、無邪気な子供だったと思う……あのときまでは。

あの日思い出した、あの光景。

こんな楽しい日々は十年と続かない。乙女ゲームの悪役令嬢である私は、そう遠くない将来、皇太子殿下グレシオン様が思いを寄せる少女をいじめ倒した咎で断罪され、婚約破棄されるのだ。

攻略対象である殿方全員に囲まれ、罵られる姿は、これが未来の自分かと思うと恐ろしかったけれど、正直なところグレシオン様への未練はさほどなかった。まだ出会って間もない頃で、婚約も交わされたばかり。当然そこまで仲よくもなかったし、いまこの未来を知った以上、彼に夢中になるとは考えられない。

私が耐えられなかったのは、むしろ学園をあとにしてからの光景だった。

断罪され、婚約破棄され、ボロボロの精神状態で帰った私を待っていたのは、邸中の冷たい視線。お父様に怒鳴られ、お母様にヒステリックに泣かれ、身分を剥奪されて邸を追い出されたあの光景。

朝までは皆、笑顔だったのに。

優しい言葉をかけてくれていたのに。

グレシオン様との婚約を破棄された私とは、使用人すら目を合わせてくれない。その変わり身の早さに愕然とした。私を大切にしてくれていたのは愛ゆえではなかった。きっと王室へ入れる駒として、単に優遇されていたんだろう。

脳裏に焼き付いたその光景はあまりにもなまなましくて、七歳だった私にはつらすぎた。

泣いて泣いて。しばらくは抜け殻のようになっていたらしい。気が付いたらお母様の目の下には色濃い隈ができていた。

数日ぶりに正気を取り戻した私を見て、涙を流して喜ぶお母様。それでも私はもう、そのお母様の姿さえも素直に受け入れることはできなくなっていた。

そっか、心配したよね。

王室へ入れる駒がおかしくなったら、困っちゃうものね。

急におかしくなってひとしきり笑い……私はすべてを諦めた。


七歳のあの日、私を絶望させた光景が、これから繰り広げられる。目の前には慣れ親しんだ我が邸の重厚な扉。その前で、私は大きく深呼吸を繰り返す。

大丈夫。

何回も夢で見たもの。

覚悟なんかとっくにできているわ。追い出されたあとのことだって、何度もシミュレーションしてきたじゃない。落ち着いて、ちゃんと受け入れよう。悲しいけれど……これが終われば、私は自由になるんだから。自分に言い聞かせながら、扉を開ける。

邸の中には、鎮痛な面持ちのお父様と、すでに泣き腫らした顔のお母様がいた。

「クリスティアーヌ！」

「ぐはっ⁉」

予想だにしていなかったお母様のタックルに、思わず淑女らしからぬ呻き声が出てしまった。お母様がこんなに感情を露わにして抱き着いてきたことなんて、かつてない。いったいなんだっていうんだろう。

「クリスティアーヌ……クリスティアーヌ……！」

私をきつく抱き締めて、うわ言のように私の名前を呼びながら、お母様はさめざめと泣いている。ただ、激情が腕力に変換されているのか、めちゃくちゃ苦しい。

「お、お母様……？」

「おお、クリスティアーヌ……なんてこと！」

泣きじゃくるお母様は、やっぱり話が通じる状態じゃない。ただ、あのとき思い出した光景よりは、私を抱き締めてくれている分、とても温かく……温かく、感じられた。

「エリーゼ、離してやりなさい」

お父様の制止に、お母様が名残惜しそうに手を離すと、ようやくその場に静寂が訪れる。長い沈黙のあと、お父様が額に手を当てて天を仰いだ。

ああ、このポーズ、見覚えがある。

私がお父様を困らせたとき、お説教の前に必ずこのポーズをしていたわね。こんなときだというのに、なんだか少し懐かしい。最後のお説教を受けるべく、毅然とした態度で顔を上げてお父様に対峙した。

そう、覚悟はできている。どんとこいですわ、お父様！

そしてお父様が、おもむろに口を開いた。

「……クリスティアーヌ、学園でなにがあったのかはすでに聞き及んでいる。殿下から、婚約破棄を言い渡されたそうだな」

「はい」

「破棄の理由も聞いたが」

一拍置いて、お父様は私の瞳を真っ直ぐに見つめた。

「庶民の娘を迫害した咎だと。クリスティアーヌ、心当たりはあるのか」

「？　……いいえ」

なんだろう。あのとき見た光景では、こんな問答はなかった。お父様はただただ怒鳴り散らし、嘆き、育て損なったと天を仰いでいたと思うんだけど。

「冤罪だというのか」

「……はい」

その途端、お父様から発せられる怒りのオーラが一気に増した。

ヤバい、と本能的に身構える。怒りの本番は、これからかもしれない。

「クリスティアーヌ。お前という婚約者がありながら、殿下は随分とその庶民の娘と懇意にしていたそうだな。それでもお前は苦言すら呈さなかったと？」

え？　あれ……？

「そ、その、特に興味がなかったもので……」

だって、そうなるって知っていた。私にとってはグレシオン様とリナリア嬢が仲よくなっていくのは初めからわかりきっていたことで、興味なんて小指の爪の先ほども持てなかったから。

私の答えを聞いて、いよいよお父様の怒りのオーラは最高潮に達する。いつもはあまり表情を動かさないお父様の鉄面皮が、憤怒の表情に変わっていた。

お、お父様、怖い……！

前世の記憶で見た、怒り狂って怒鳴り散らしていたあの光景より、千倍怖い。

「なすべき諫言もなさず、そのうえ冤罪をかけられて、諾々と従ったというのか！」

部屋中が震えるような怒声だった。足を踏ん張っていなかったら、腰を抜かしてしまったかもしれないくらいに怖い。

「王族の望を汲み取り実となすのも役目。だが、その言に過ちあれば、命を賭して正すことも我ら臣下の役目であろう！　お前はいったい、これまでなにを学んできたのだ！」

お父様の怒声のたびに、空気も窓もビリビリと震える。王宮で恐れられているという噂が真実だったと、たったいま確信した。お父様、怖すぎる……！

「こたびの件は、事の真偽も確かめず断罪した殿下はもとより、それを諫めなかったお前にも咎がある」

あまりの怖さに固まっていたら、お父様の声が徐々に落ち着きを取り戻してきた。声の大きさが絞られていくとともに、表情も沈痛なものに変わっていく。

「クリスティアーヌ、わかるか？　お前は、公爵家の矜持《きょうじ》に傷を付けたのだ」

あ……この、セリフ……。

覚えのあるセリフに、戦慄する。ついにきた。勘当を言い渡すときの、お父様のセリフ。身構える私に、お父様は眉を寄せ悲しげな顔でこう言った。

「クリスティアーヌ。こたびの件、自分ひとりの咎にしてほしいと、殿下にそう願ったそうだな」

「は、はい」

「それを、私たちが望むとでも？」

え……？

「……下がりなさい。あとは私が始末を付ける」

勘当……されなかったの……？

自室に戻った私は、天蓋付きのベッドの上でしばらく放心していた。

あんなセリフは、なかった。

あのとき見た光景では「公爵家の矜持を傷付けた」と怒り狂ってはいたけれど、お父様はあんなに悲しそうな顔じゃなかった。お父様たちを思って皇太子殿下に願ったことは、反対に、お父様を深く傷付けたように思える。

「はは……ホント、うまくいかない……」

せっかく婚約破棄された場面では、綺麗に退場したのにな。

お父様から下されるはずだった、身分剥奪のうえ放逐の処分もクールに受け止めて、後腐れなく邸を去るつもりだったのに。こんなにも後味が悪い思いをするなんて……いったい、どうすればよかったというんだろう。

人払いしたせいで物音ひとつしない部屋の中で、私は途方に暮れてしまった。

第一章　いまさらなんの御用ですか？

「クリス！　フォールバウアとナシスがあがったよ！　運んどくれ！」

「はーい！」

毎日のことながら、さすがに食事どきは戦場のような忙しさだ。クルクルと動き回って、オーダーを取ったりできた料理を運んだりと、本当に息つく暇もない。

私はいま、城下町の『テールズ』という宿屋兼お食事処で、ただの町娘クリスとして働いている。

あの運命の日から、もうどれくらい経ったかしら。この世界は一年は十二カ月で前世と同じだけれど、月の呼び名に色が使われているのが特徴だった。邸を飛び出したのが、確か七月を表す蒼の月。それから緑、黄金、橙、紅、紫檀《したん》……新年明けて白の月だから、半年も経っているんだわ。

あの夜さんざん迷った末、結局私は夜闇に紛れて自ら邸をあとにした。

ぶっちゃけ家出だ。

勘当されなかった以上、勿論邸を出る必要はなかったたし、お父様の言うことはいちいち尤もで、どこからどう見ても正しい。ぐうの音も出ないって、こういう状態をいうんだろう、多分。

あの日、邸を出たときの心境は、いまになってもうまく言い表せない。

恥ずかしさやら、申し訳なさやら、後悔やら、自己嫌悪やら、恐怖やら、いろいろな感情がないまぜになって、結果私は、なにもかもを放り出して逃げ出したのだ。

「クリスちゃん、こっちにもエール一杯ね！」

「はーい」

いけない、いけない。やっと客足が落ち着いてきたものだから、つい考えごとをしてしまった。

慌ててトレイにエールを載せて、奥の席へと急ぐ。毎日昼頃に店に来る常連、レオさんが陽気な顔で空のグラスを高々と掲げていた。

「早く早く、グラス空だよー！」

「ごめんなさい！」

「繁盛しているのはいいけど、すごい客足だったからさすがに疲れたんじゃない？」

座っていきなよ、と肩に回された手を、グイッと捻り「ご遠慮します」とお断りした。行きずりの旅人然り、冒険者のオジサマ然り、このレオさん然り。お酒が入ると皆様、口も手もたいへん軽くなるのだ。油断は禁物だった。

「ギブギブギブ！　割と痛いからホント！」

レオさんの切迫した声に、ちらりと顔を見てみたら……あらら、本当に痛かったらしい。涙目でせっかくのいい男が台無しだ。柔らかそうなウェーブが特徴的な黒の短髪や、ちょっと垂れぎみの優しそうな目も相俟って、黙っているとどこぞの貴公子かと思うほど素敵なのに、話すと途端に三枚目な雰囲気になる。残念な人だなあ、まったく。

「隙あらば触ろうとするからですよ。レオさんも懲りませんねぇ」

捻り上げていたレオさんの腕を解放して、私はそっとため息をつく。次いで、奥の席に陣取った怪しいフード姿の男にも、やんわりと声をかけた。

「そちらのお客様も。お食事処で抜剣はご法度ですよ？」

レオさんの手が私の肩に伸びたと同時に、すごい殺気で抜剣したけど……私を助けようとしてくれたんだろうか。だとしても抜剣は物騒すぎる。

ほら、連れの人だって顔が引きつって……あれ？

なんか、見覚えが。

フードからのぞく真っ直ぐな銀髪。待って。ストレートの銀髪なんて、この国の王族の象徴ともいえるものだ。それに、アメジストのような紫の瞳。下町の宿屋兼お食事処には明らかに不似合いな質のいい服に、腰に佩《は》く高価そうな剣。

「まさか、グレシオン様……」

自然と口から出た名前に、私は思わず自分の口を押さえた。そう簡単に口にしていい名前じゃないのに、私ったら。

「な、なぜ、ここに」

なにゆえに、皇太子殿下がこんな下町でご飯なんか食べているの。

まさか、この終始俯いている怪しいフードの四人組……。

「クリスティアーヌ……まさか、本当に……君が、こんなところで働いているだなんて」

グレシオン様が呆然と呟いたのを合図に、ほかの三人が一斉にフードを脱いだ。

そのうちのひとり、物騒な抜剣男には尋常じゃなく既視感がある。いつも鏡で見ている自分とそっくりな、金色にも見えるツリ目がちな猫目。私の髪よりふわふわだけど、色は似ている琥珀色の髪。魔法剣士というには華奢な体。なんたること……我が弟、ルーフェスじゃないの！

「ルーフェス、どうして」

「姉さん、隙がありすぎだよ」

質問には答えてもらえなかったうえに、これ以上なく不機嫌な顔で叱られてしまった。まさか抜剣男が我が弟だとは。そんな簡単に剣を抜くようなタイプじゃなかったと思うけれど。

私の驚愕に負けず劣らず、グレシオン様も目を見開いたままだ。口がパクパクと動いて、なにかを小さく訴えていた。

「クリスティアーヌ……君、自慢の髪が……」

呆然としたままグレシオン様が呟く。

確かにいまは令嬢としてはありえない、肩口で綺麗に切り揃えたボブカットだけれど。だってツリ目にキツめの派手な顔立ち、立派な縦ロールが公爵令嬢クリスティアーヌの特徴なんですもの。あんなに目立つ縦ロール、邸を出るときに切って置いてきましたが。

……ていうか、いま気にするの、そこ？

思わぬ呟きを聞いて、私は逆に若干落ち着いてきたけれど、グレシオン様はまだまだ混乱中だ。ついに、ルーフェスがコホンとひとつ咳払いをして、グレシオン様に語りかけた。

「これでわかったでしょう。姉はこの通り下町で働いています。あのとき仰った〝庶民の気持ち〟を学ぶために」

それを聞いて、今度は私のほうが大混乱だ。

な、なにそれ！

思わず口を開こうとしたら、ルーフェスからすごい勢いで睨まれた。

眉間に刻まれた深い皺と、冷たい眼光に、お父様の面影を垣間見る。どうやら弟は、立派にお父様の資質を受け継いでいるらしい。

「あのクリスティアーヌ嬢がねぇ。ていうか馴染みすぎじゃない？」

グレシオン様の対面に座るやせぎすから、のんびりとした声がした。この方は確か、宮廷魔導師でもあるフェイン様。きっと、グレシオン様の付き添いで来たんだろう。

疑問に思うのは当然だけれど、馴染みすぎなのは許していただきたい。前世のバイト先が有名ファミレスのチェーン店だったから、ホールの仕事は私にとってホームグラウンドなんだ……。

フェイン様は純粋に驚いているようだけど、その横に座っていた騎士団長のご子息、ガルア様は私を酷く睨みつけている。ちょっと殺意を感じるくらいだ。

「ふん、万事控えめで淑やかな令嬢を装って陰でリナリアを迫害したかと思えば、今度は庶民に交じり媚を売る。正体を見せぬ賢《さか》しい女狐め」

う……酷い言われよう。

憎々しげに吐き捨てられたからか、半年前に学園で、この人たちに囲まれて糾弾されたあの日をまざまざと思い出した。

控えめだったのは目立ちたくなかったからだし、リナリア嬢に関しては冤罪だし、庶民に媚売るって言われても、当たり前だわ、お客様なんだもの。

……とは思うものの、グレシオン様サイドの人たちからはそう見えるのか。不本意ではあるけど、納得かもしれない。

反論しない私を庇うように、ルーフェスがガルア様を睨み返した。そして、グレシオン様に向き直り、丁寧に言葉を紡いだ。

「姉がここで働いているのは父も把握していることです」

えっ⁉

その言葉に、私のほうが驚いてしまった。お父様が、知っているの⁉

「姉が自ら町に下り、庶民の中に身を置いて自らを省みるというのならば、それも貴方のお心に適うだろうと」

いや、いやいや、そんな立派な気持ちじゃなかったから、私……！

「勝手な真似をいたしましたこと、私からも深くお詫びいたします」

「よく口が回ることだ。賢しいのは父親譲りか」

「お褒めに預かり光栄です」

バチバチと冷たい火花を散らすガルア様とルーフェスを目顔で諫めたグレシオン様は、私から目を逸らしながらこう言った。

「まさか君が、私の言をそこまで真摯に受け止めているとは」

違う！

そう叫んでしまいたいけれど、できない。なぜなら我が弟から尋常じゃない〝なにも話すな〟オーラが放たれているからだ。

おどおどしているうちに、グレシオン様は「また来る……」と力なく呟いて行ってしまった。

ああ～……誤解です、グレシオン様……！

とんでもない勘違いをしたまま、グレシオン様が城に帰ってしまった。どうするのコレ。

だいたい半年も経ったいまになって、どうしてこんなことに……。わけがわからなくて、ひとり残ってお茶を飲んでいるルーフェスに、おずおずと話しかけてみる。

「あの……さっきはありがとう。でも、どうして？」

「どうして？　じゃないよ。まったく呑気なんだから」

忌々しそうに睨まれてしまった。

「姉さんが謹慎の命を破って出奔した後始末、誰がやってると思ってんの？」

うぐぅ……。それを言われると痛い。

「そ、それは……」

どう考えたってお父様だろう。

「父上八割、僕二割。その一環だよ」

「ご……ご迷惑をおかけしました！」

なんと、ルーフェスにまでそんなに迷惑をかけていたのか。

いやいや、考えれば当たり前だ。さっきみたいなやり取りが、これまでだって何度となくあったに違いない。弟にまでがっつりと迷惑をかけていたというのに謝ることしかできなくて、私は内心落ち込んだ。

「……もういいよ」

少しだけ拗ねた口調でそう言って、ルーフェスはなぜか私の手を取った。

「ホント、勝手にこんなことして……手だって随分と荒れてるじゃないか」

ため息をひとつついてから、ルーフェスは小さな声で呪文を唱える。あかぎれが綺麗に消えていくのを、私は複雑な心境で見守った。

本当にルーフェスって才能豊かなんだよね。剣士なのに魔法も使えるし、お父様の補佐ができるくらいに頭もいい。さすがは攻略対象者。私とはスペックが違う。

私の気持ちも知らず、ルーフェスが目顔で椅子を指した。

「座ったら？」

おずおずと腰を下ろす私に、ルーフェスが真剣な顔で切り出した。

「そもそも僕があの方やリナリア嬢の傍にいたのは、父上の指示なんだよ」

「えっ⁉」

思わず、声が上がる。

「僕はほかの奴らと違って、別にリナリア嬢になんか惚れてない。姉さんがリナリア嬢になにもしていないことなんて、最初から嫌ってほどわかってたよ」

「そんな、じゃあ、どうして」

バカみたいに「どうして」を繰り返すことしかできない私に、ルーフェスは困ったように眉尻を下げた。

「本当はあのとき……あの方がリナリア嬢への嫌がらせを理由に婚約破棄を宣言したときさ、姉さんが反論か諫言するのを父上も僕も期待してたんだ」

「えっ……」

「僕、本当にそんなことしたのか、って聞いただろ？　姉さんが根も葉もないことをあんまり素直に受け入れるものだから、正直焦ったよ」

ルーフェスはあのとき、冤罪だとわかっていてあの場にいたというの？

そして、お父様も最初からなにもかも知っていたと。そう……よね、考えれば当たり前かもしれない。学園内のこととはいえ、影宰相とまでいわれるお父様ならば、情報を入手する手段なんていくらでもあるもの。

「どうして父上はそんな回りくどいことをさせたと思う？」

混乱する私に、ルーフェスが穏やかに問いかけるけれど、わかるはずがない。

どうして、私が諫言すらしないのに放置されていたんだろう。

どうして、グレシオン様が断罪や婚約破棄を宣言する場に横槍が入らなかったんだろう。

どうして、半年も経ったいまになって、ルーフェスはグレシオン様を連れてきたんだろう。

どうして……いまになって、そんな話をするんだろう。

「父上がなにを考えて、なにをしようとしているのか、考えてみたほうがいいかもしれないよ？

このあと母上がこの店に来るみたいだし、父上も近々姉さんと直接話すって言ってたから」

……ゴクリ、と思わず喉が鳴った。

幼い頃にあの光景を思い出した日から、断罪も婚約破棄も、乙女ゲームの世界なんだから当たり前だと思っていた。〝身分剥奪のうえ放逐〟されなかったことにむしろ困惑した。すべて当たり前に起こる未来だと思考停止していたけれど、事はそう簡単じゃないんだ。あの裏にはきっと、お父様は勿論、さまざまな人のさまざまな思惑がひしめきあっていたのだろう。

「じゃあ、そろそろ僕も女将に挨拶して帰るよ。いまは大事なときだから、あんまり長くあの方のお傍を離れるわけにもいかないし」

言うだけ言うと、ルーフェスは私の横をすり抜けて店の奥へと向かう。それを見て、慌てて私もあとを追った。せめて女将さんに、騒ぎを起こして迷惑をかけたことを謝らなければ。

昼どきの喧騒が過ぎ、宿に入るには微妙に早い十五時から十六時の一時間だけ、この宿屋兼お食事処『テールズ』は一時的に店を閉じる。休憩と、宿屋としての準備を整える時間なのだ。

その時間に合わせるように、ルーフェスの言葉通りお母様が『テールズ』に現れた。

「クリスティアーヌ！」

満面の笑みを浮かべ、弾むような足取りで現れたお母様は、会うなり私をしっかりと抱き締める。

「お母様……」

首筋に濡れた感触があって、お母様が泣いているのだとわかった。そう、半年前も、断罪され婚約破棄された私を、お母様は抱き締めてくれたっけ。

「ああ、やっとこうして話せるわね、クリスティアーヌ。貴女に見つからないように、私、何度かお忍びで様子を見に来たこともあるのですよ？」

ハンカチで目頭を押さえながら、お母様が微笑む。急に胸が熱くなって、私の瞳からも涙がこぼれ落ちた。

「お母様……私……私、本当に、ごめんなさい……！」

「クリスティアーヌ……もう、よいのです」

私の頬を優しくハンカチで拭って、落ち着かせるように微笑むその仕草は、まだ子供だった頃に癇癪を起こした私をなだめていた頃の、お母様そのままだ。

お母様の温かさを、私はこれまでずっと「いつか失われるものだ」と冷ややかに受け止めてきた。でも、本当はそんな疑いなど、いらなかったんだと思い知る。

「クリスティアーヌ、またあとでゆっくりと話しましょうね」

私が落ち着くまで背中をぽんぽんと優しくさすっていたお母様は、私の涙が止まったのを確認するとそう囁いた。

「貴女が随分とお世話になったこちらの主に、お礼かたがたお話があるのですよ」

そのまま女将さんがいるであろう店の奥へ歩を進める。

……ただなぜか、その後ろに見覚えのある人たちが付き従っているんだけど。

「レオさん？」

「よっ、さっきぶり」

そして、その後ろにも。

「セルバさんに、マークさんまで」

セルバさんは、毎日朝一番に現れて店の最奥の席でひとり、本を読みながら静かにコーヒーを楽しむ常連さん。長身だけど細身で、流れるような淡い金色の髪が美しい寡黙な方だ。

マークさんは、宿の長期宿泊客で、夕食どきからえんえん夜まで呑み続ける酒豪。目の覚めるような赤毛は短く刈り込まれ、浅黒い肌には大小の傷跡が薄く残っている。飄々としていて、いまひとつ掴めない印象の方だけれど、多分冒険者なんだろうと思う。

そして陽気なレオさんは、今日みたいにランチタイムの終わりにやって来て、ひとしきり私をからかって帰る困った常連さん。

通常、この店にやって来る時間帯がバラバラな彼らが一堂に会しているのも妙だけれど、なによりお母様と一緒にいるのが解せない。私が不審に思っているのがわかったのか、お母様が微笑んで説明してくれた。

「彼らには、貴女の護衛と状況報告を頼んであったのですよ」

なるほど、そうか、と納得する。

……邸を出て半年、町の人の中に溶け込んでそれなりにうまくやってこられたと少し自信が付いてきたところだったんだけど。実際は完全に守られて、泳がされていただけだったのね、私。

「主は奥にいらっしゃるのかしら。お話ししてきますから、しばらくここで待っていて頂戴ね」

本当にお店の間取りがわかっているらしいお母様が、女将さんがいる厨房のほうに消えていく。中でなにが話されているかが気になってソワソワしていたら、レオさんが真顔で意外なことを聞いてきた。

「クリスちゃんはさ、家に戻る気なのか？」

「まだ、なんとも。いまお母様と女将さんがなにを話しているのかもわからないし、お父様のお考えもわかっていないし」

「そうじゃなくてさ、クリスちゃんがどうしたいかってこと」

普段ふざけてばかりのレオさんから突然真面目にそんなことを聞かれて、思わずまじまじとレオさんの顔を見てしまった。

「そんな鳩が豆鉄砲食ったみたいな顔しないでくれよ。だってさ、クリスちゃんここで働いてるとき、すごく楽しそうだったじゃん。生き生きしててさ、忙しくてもいつも笑ってた」

レオさんの言葉に、マークさんとセルバさんも深く頷く。

「学園にいるときには見たこともないような顔でさ、最初は別人かと思ったくらいだよ」

「えっ、学園!?　レオさんったらいくつ？」

「クリスちゃんより一学年上、殿下と一緒だよ。ナニか？　老けてるとでも言いたいのか？」

そうハッキリは言っていないけれど、確かにもっと年上だと思っていました……。

「え、じゃあマークさんとセルバさんは……？　まさか」

思わずふたりの顔を凝視したら、盛大に噴き出されてしまった。

「残念ながらそこまで若くはないな。俺は冒険者だ。これでも結構高ランクでね。セルバは宮廷魔導師だったか」

マークさんが笑いながら教えてくれて、セルバさんは頷きつついつもの席に座って本を開きはじめた。なんとなくその姿を見ていると、コーヒーを淹れたくなるから習慣って恐ろしい。

「だから、俺たちのことはどうでもいいんだって！」

私の気が逸れたのを察してか、レオさんがいきなり私の手を取って、真剣な顔で詰め寄ってきた。

あまりにその目が必死に見えて、思わず私も見つめ返す。

「学園にいた頃のクリスちゃん、なんかその……つらそうだったからさ、心配なんだよ」

……そうか。レオさんは、学園にいた頃の私を知っているから。

その頃の私は、さぞ生気が感じられなかったに違いない。どうせもうすぐ終わるのだと、この学園からもいなくなるのだと思っていたから、自然と人との関わりを避けていた。

私は気に留めていなかったけれど、多分学園ではグレシオン様とリナリア嬢の噂も蔓延していただろうし、確かに学園における私の立場はとても微妙だった。そんな私を心配してくれていたことがありがたくて、私はしっかりとレオさんの手を握り返す。

「ありがとうございます、レオさん」

「いや、だから。ちゃんと考えたほうがいいって」

「そこまでです」

奥の部屋のドアが開くと同時に、お母様がにこやかな顔で現れた。

「クリスティアーヌ、主から明日、お暇をもらいましたよ」

「えっ」

驚いていると、その奥から、女将さんも笑顔で現れた。

「クリス、よかったねえ。いい親御さんじゃないか」

豪快な笑顔を見せると、女将さんはいつものように乱暴に頭を撫でてくれる。

「ちゃんと親御さんと話し合っておいで」

「明日はお父様も邸で待っています。じっくりと話すのですよ」

「……はい」

予想はしていたけれど、お父様と対峙すると思うと、急にものすごく胃が痛くなってきた。

＊♛＊

翌朝、そんな私の気持ちも知らず、私を乗せた馬車は刻一刻と邸に近づいていく。ついに、あの日逃げ出したすべてのことと、向き合うときが来てしまった。

七歳のときからずっと、頻繁に夢に出てきた勘当と放逐の場面。

お父様の怒声と、使用人たちが顔を逸らすさまは、いつも私の心を戒めた。優しくされるたび、楽しいと思うたび、警告するように夢を見た。

いい気になるな、どうせ捨てられる。

泣きながら起きては、自分に言い聞かせた。愛されてるなんて思い上がっちゃいけない。婚約破棄された瞬間に、この優しい世界は終わるんだから。あとは庶民として生きていく……そう、きっと、むしろ私らしく自由に生きていけるはずだから。

家族にも使用人にもできるだけ当たり障りなく接し、周囲には極力興味を持たないのが私のモットーだった。あとで失って悲しい思いをするくらいなら、最初から持たない。大切なものは庶民になってから作るんだと、ずっと思っていた。

それがあの断罪の日、根底から覆ったのだ。

お母様に泣きながら抱き締められ、お父様からは勘当すらされず、混乱した私は途方に暮れた。

これまで私を苦しめてきた悪夢は、単なる被害妄想だったのかもしれない。

そう考えると怖かった。どれだけの善意と好意を無駄にしてきたのか。十年近くもの時間を無駄にして、得ているものなんかなにもない。

楽しい思い出も。

お友達も。

家族への愛情も。

全部育ててこなかった。貴族として身に着けておくべきだった教養も、社交性も、矜持も、どうせいらなくなるものと、真剣に身に着けようとは思わなかった。

客観的に自分を振り返ってみれば、足もとが崩れ落ちるような感覚に苛まれる。愛情を与えられても疑うばかりで返さず、責務は放棄し、時がくるのをただ待つだけで、事をよい方向に向けようなんて微塵も考えなかった。

邸を出たとき、私はそんな自分に絶望していたのだ。

貴族として暮らしていく価値もなければ、これだけ疑って、迷惑をかけて、誰にも合わせる顔なんかなかった。シナリオ通りに邸からいなくなることで、私は多分、自分が作り上げたこのどうしようもない状況をリセットしてしまいたかったんだと思う。

下町での暮らしはとても気楽で、ただただ楽しかった。けれど、こうしてグレシオン様がやって来て、家族に迷惑をかけてなお守られていたことがわかって。逃げていても問題を増やすだけで、なにひとつ解決しないことだけは理解した。だから昨夜ひとつだけ、心に誓ったことがある。

もう逃げない。

これまで目を背けていたすべてのものに、正面から誠実に向き合っていきたい。


「まあ、なんですか！　この荒れ放題の髪と肌は！　シャーリー、湯浴みの準備をなさい！」

邸に入るなりだった。あっという間にメイドたちに拉致されて、湯船に浸けられ全身を磨かれる。自分なりにできるだけ整えたつもりだったけれど、どうやら合格点にはほど遠かったらしい。久しぶりに豪奢なドレスの袖に腕を通しながら、部屋付きの侍女シャーリーには泣かれ、侍女長には苦言を呈されている。

私はそのふたりの様子も、支度を手伝ってくれているメイドたちの手つきや表情も、これまでになく注意深く観察した。いままですべてのことを深く考えずにスルーしてきた私が人とちゃんと関わっていくには、まず相手に興味を持って相手を知ることからスタートするしかないんじゃないかと思うから。

準備が整い部屋を出ると、美しい貴婦人が待っていた。

「ようやく帰ってきたわね、このバカ娘。本当に心配ばっかりかけて……もしも兄様が禿げたら、貴女のせいよ」

お父様の妹である、アドリエンヌ様だった。私の家庭教師でもあり、邸で一、二を争うくらい私に厳しく接してくれた人。そう、侍女長と同じくらいには厳しかった。優しくされることに裏があるんだと怖さを感じていた私は、むしろこのふたりの厳しさに、僅かの安堵を感じていた。

「殿下に袖にされたくらいで出奔とは情けないこと。夜闇に紛れて邸を出る勇気を持つくらいなら、女の武器を駆使してでも、難局を切り抜ける気概を持ちなさい」

少し高飛車に顎を上げる姿は、いつもと変わらず美しい。

「あのリナリアという娘のように、甘言でも、涙でも、信頼でも、媚でも、必要なときに必要な手段を使えなくては、社交界など乗り切れなくてよ？」

そう言って意味ありげに微笑む。

「勿論あの小娘のような目的に使う必要はないけれどね。大事なのは、手段をなんのために使うかなのですよ、クリスティアーヌ」

家庭教師の顔に戻って、厳しくも落ち着いた声で、諭すように言ってくれた言葉は、多分これからお父様と話す内容に関係していることなんだろう。

「さあ、わかったならお行きなさい。貴女のお父様が首を長くして待っていてよ」

「ありがとうございます、アドリエンヌ様」

厳しくも優しいアドリエンヌ様に一礼し、その場を辞してお父様のもとへ向かう。

「貴女、少しだけいい瞳をするようになったわね」

アドリエンヌ様がそう言って微笑んでくれたのが、嬉しかった。


そしてついに、お父様がおいでになる部屋への扉が開かれた。これまでのなかで一番緊張する。間違いなく、今回の件も含めてお父様には一番迷惑をかけた。

「お父様、こたびは本当に、申し訳……」

「よいのだ、クリスティアーヌ」

開口一番、詫びの言葉を連ねる。でも、その言葉は途中で遮られた。

「謝らずともよい。今日は話すべきことが山積みだが、時間は有限だからな」

きっとお父様は激務の合間を縫って、この時間を捻出してくれたのだろう。私が邸を出る以前は、お父様がその日のうちに帰ってくるのは稀なことだった。

「今日は現時点でお前に話せる内容はすべて話すつもりだ。そして、お前が考えていることも、時間が許す限り聞きたいと思っている」

思わず、弾かれたように顔を上げた私を見て、お父様は苦笑している。

「そんなにあからさまに驚かないでくれ。私とて、今回の件では反省する部分もあったのだ」

「そんなこと……！」

「あるのだよ、半分は私が仕組んだも同然なのだから」

意味がわからず絶句する私に、お父様は「話せば長くなるが」と前置きをして、思いもよらなかった、事の顛末を語りはじめた。


私と皇太子殿下グレシオン様が婚約したのは、七歳のときだった。

ちょっと気弱だけど素直で優しいグレシオン様と、ちょっと我儘だけど強気でハキハキと元気のいい私は、当時、丁度バランスがいいふたりに見えたらしい。

突然早逝された先王の後を継ぎ、現王が即位されたばかりだった当時、この機とばかりに王のもとへは幼い皇太子殿下への婚約の打診が相次いでいた。下手を打てばどうにか保っている貴族間のパワーバランスを崩すことになるし、さりとて決めなければ権力争いの一環として婚約の打診に忙殺される。

ただでさえ突然の即位でキャパオーバーを起こしていた王は、親友であるお父様を頼った。幸い当家はすでにそのとき、押しも押されぬ権力を有していたし、婚約によってパワーバランスが崩れる心配もない。当時の王にとって、私はこれ以上ない最良の選択肢だったに違いない。

お父様もまた、王の窮状は十分すぎるほど理解していたし、権力争いで宮廷が荒れるくらいなら、公爵家に権力を集めておいたほうがまだ抑制が利く。

グレシオン様と私の婚約を受け入れることは必然に思えた。

事実、私が婚約者に収まってから王の政務に充てられる時間が増え、国は安定した。あのとき取られた婚約という対策は、正しい選択だったわけだ。その時点においては。

私と殿下は大病もなく成長していく。特に兄弟がなく王の血を継ぐ唯一の存在だったグレシオン様の成長は、国にとっても重要事だった。

しかし、私たちが成長するにつれ、新たな問題が浮上した。

お父様は若干言葉を濁していたけれど、端的に言えば、私とグレシオン様のペアでは国を託していくには不安だった、ということだ。

私は人が変わったように、従順で聞き分けはいいものの、何事にも興味を示さない厭世的《えんせいてき》な娘になっていたし、グレシオン様は優しく素直なまま成長したけれど……ひとたび懐に入れた人物を信じて疑わない危うさを持っていた。

一部の側近だけを盲目的に信じて突き進む王に、それを気にも留めない王妃。……確かに、自分で言うのもなんだけど、国の未来に暗雲しか見えない。早急に手を打つ必要がある。

「王とそんな話を真剣にしはじめた頃……あの娘が現れたのだ」

あの娘とは、言わずもがなリナリア嬢のことだろう。

「庶民であることすら利用するしたたかさ、男を籠絡する手腕はなかなか見事だったぞ」

上位貴族をはじめ、将来有望かつ見目のよい男たちに偶然を装って巧みに近づき、次々と籠絡していく。王とお父様は、報告を受けるたびに驚き呆れ、最後には乾いた笑いが出たという。

王とお父様の悩みはここでさらに深まった。

リナリア嬢が籠絡していたなかには、将来グレシオン様の側近として周囲を固めるはずだった者たちも多い。これまで婚約者たちとの関係もさほど問題はなく、浮いた噂もなかった男たちがこぞってリナリア嬢に愛を囁き貢物を贈るさまは滑稽で、不気味ですらあった。

その時点では、捕らえて罪に問えるほどの事件を起こしているわけではないが、グレシオン様を取り巻く面々があらかた籠絡されてしまっては、それを足掛かりにグレシオン様にまで手を伸ばすかもしれない。そこまでは至らずとも、少なくともリナリア嬢を取り合って、グレシオン様の取り巻きたちが揉めるだろうことは想像に難くない。学園内は手を出しづらいというのに面倒なことだ。

「頭の痛いことだが、私と陛下は、ある意味チャンスだとも思ったのだよ」

「チャンス？」

「そうだ。殿下やお前が、成長するチャンスだ」

あの出来事を、王やお父様がまさかそんなにも前の段階から詳細に知っていたうえに、意図を持って展開を見守っていたとは。しかも、あれが成長のチャンスと見なされていたなんて。

「人はな、物事がうまく進んでいるときに成長するのはなかなか難しいものだ。比べてなにか困難な出来事が起こったときは目覚ましい成長を遂げることがある。解決のために調べ、内省し、他者の知恵を借り、なにを成すべきかを必死に考えるからだ」

グレシオン様にとっては、リナリア嬢をめぐって起こるであろう取り巻きたちの揉めごとを収め、纏め上げていくことが、将来の王としての器を広げ結束をより高めるチャンス。そして、その過程で必ず見つかるであろう情報の齟齬《そご》を吟味し、真実を探る工程は、取り巻きたちへの盲目的な信頼に歯止めをかけることができるだろう。

なぜならば当のリナリア嬢は器用なことに、相手によって口調も、特定の人物や物事に対する意見も、与える印象でさえ見事に使い分けていたからだ。各々がグレシオン様に彼女の話をすればするほど、まったく別人の話を聞くような気持ちになるだろうし、〝誰の言うことが本当なのか〟と探りたくなるのは必然だろう。

だがしかし、グレシオン様はまさかの解釈に至ったらしい。

各々が語るリナリア嬢の話題のなかで意見が一致していた、〝優しく〟〝誠実で〟〝常に相手を思いやる〟のが彼女の性分だと理解したグレシオン様は、相手によって変わる態度を〝思いやり〟の結果だと判定したのだ。

「あれにはさすがに驚いた。周囲の者たちをいくら信頼しているといっても、あれはない」とはお父様の言だ。

確かにそうは思うけど、私は笑えなかった。だって、同じ穴のムジナなのは自覚しているから。思い込みとは恐ろしいのだ。

「そこからは坂道を転がり落ちる勢いでな、男たちがなんでも鵜呑みにするがゆえに、あの娘も抑制が利かなくなっていったのだろう」

なんというわかりやすい構図。

「ただ、それまで各々に合わせて取り繕っていたものが、行動をともにすることが増えてくれば、当然都合が悪い部分も出てくる」

それはそうだろう。むしろ相手に合わせて口調から印象まで変えるって、すごすぎると思う。そう感心していたら、お父様からさらなる爆弾が。

「都合が悪くなるとこうだ。『ですが、クリスティアーヌ様が……』それだけ言って涙目で小刻みに震えてみせる」

「わ、私ですか」

「絶対になにかした、なにか言ったとは口にしない。あとは男どもが勝手に解釈するわけだ」

それは……勝手に解釈された私はさぞや恐ろしい女になっていたことだろう。

彼らのなかでは、リナリア嬢が口にもできないほどの酷いことをしたり、脅したりしていたことになっていたに違いない。そういえば、あの断罪のとき、具体的な事例はなにひとつ出なかった。『随分と酷いことをしたようだね』と言われたあれは、そんな状況だったからなのか。

「そんな陽炎のような証言を理由に、お前を呼び出し婚約破棄を告げるつもりのようだ、とルーフェスが報告してきたときは……」

思い出すように目を閉じ、しばらく眉間を揉んでいたお父様。再び目を開けたときには、底冷えのする暗い瞳をしていた。

「……あのバカ王子と尻尾が見え隠れする新米女狐……どう料理してくれよう、と思ったぞ」

お父様は普段はとても温和で、それだけに怒ったときのギャップが怖い。半年前に叱られたときはそう思ったけれど、いまの怒りは質が違う。たとえるなら、あのときは爆弾が破裂したような激しさ。いまは、マグマが火山の中でフツフツと流動するような不気味さがある。

「お前もお前で、ライバルができれば少しは妬いて殿下のことを気にするかと思えば、気にも留めん。学園の中でもすでに眉を顰《ひそ》められていた、あの娘と男たちの交流にも無関心」

お父様は腕を組み、片眉を上げてみせる。私は身の置きどころがなくて、体を小さく縮めて俯いた。

だって、あのときは近づかないのが一番の防御策だと信じて疑わなかったから。ただ、ここまで話を聞いたいまなら、お父様たちが私になにをさせたかったのか、なんとなくわかる気がした。

「あのときは近づくのも恐ろしく感じて、極力、彼らの視界に入らないようにしていましたから。でも、公爵家の娘としては、それではいけなかったのですね」

「そうだ。どうすべきだったかわかるか？」

「最低でも、リナリア嬢とグレシオン様には、個別に忠告すべきでした。それでも状況が改善されなければ、お父様に報告すべきでしたわ」

多分、同じように被害にあっているほかの令嬢を纏め上げるとか、せめてケアするとか、いろいろとできることはあるんだろうけど、私にはハードルが高い。

「そうだ。公爵家の娘としてはそこが最低ラインだ。ただ、本来は報告が一番先だがな」

そこは武士の情けというか、できれば報告しなくて済むレベルで抑えたいのが人情で……あ、でもお父様たちは学園内で起こっていることは割と詳細にご存知だから、隠しても意味がないのか。

「本来は将来の王妃として、もっと上のレベルが求められるのでしょうね」

「ああ、そうだ。わかってくれたのなら、それでよい」

私が力なく言うと、お父様はやっと仄かに笑顔を見せてくれた。そして、またしばらく目を閉じたあと、ゆっくりと息を吐く。妙な沈黙に私も緊張が募った。

「今日はな、お前に選択肢を与えようと思って呼んだのだ」

「選択肢、ですか」

「お前がこれから先、どう生きていきたいのか。それを聞きたい」

思わず息を呑む。

「本来公爵家に生まれた以上、生き方などそう選べるものではない。民の税で暮らすのだ、国と民のために我々の将来はある」

私に背を向けて、お父様はゆっくりと窓辺へと歩いていく。お父様の目には、幾千という民たちがしっかりと見えているのだろう。

「私はずっとそう思ってきたし、いまでもそれが間違っているとは思わん。だからこそお前のことを咎め、いまもこうして矜持の話をしている」

お父様は背を向けたままで、どんな顔をしているのか私には想像もできなかった。

「ただ……お前が下町で働きはじめて、思うところもあるのだ」

お父様が言うには、私の居場所は最初からわかっていたらしい。邸を出たときから、夜間に開いている店を回っていまの店に落ち着くまで、お父様の配下が尾行していたからだ。

「しばらく経って、初めてお前の様子を見に行ったエリーゼは、その日泣きながら帰ってきた」

「お母様が？」

「ああ、お前が屈託なく笑っていたと、そう言って泣いていた」

「………」

さすがに声が出なかった。昨日お母様と半年ぶりに再会して、抱き締めてもらったときの温かさを思い出して、なんともいえず申し訳なくなってしまう。

「私たちが見てきたお前は、いつもすべてに興味がなさそうだった。諦めたような目をして、逆らうことなどほとんどない。よく言えば従順、悪く言えば覇気がなかったお前が、家族にも見せないような顔で笑っていたと」

ショックを受けただろうお母様の気持ちが偲ばれて、胸が痛くなってきた。

「最初こそ、邸にいるよりもよほど幸せそうなお前にショックを受けたようだが、エリーゼはお前が楽しそうに働くのを見に行くのが嬉しくて堪らなかったようだ」

「お母様……」

「お前の様子を見に行くたびに、エリーゼが言うのだよ。今日はなにをして叱られた、今日は客にこんな対応をして感謝された、今日は主にこんな提案をしていたみたいだ。……エリーゼから聞かされるお前は生き生きとしていて、まるで別人のようだった」

お父様が、おもむろに振り返る。

「クリスティアーヌ、お前は」

遠い目をしていたお父様が、しっかりと私を見据えた。

「お前の幸せは、いまの生活にあるのではないか？」

思わず固まった。いまの生活は確かに楽しくて、忙しいけれどやりがいもある。……でも。

でも、それで本当にいいのだろうか。

「はい、どちらが幸せかはわからないけれど……」

お父様が僅かに息をついた。顔には安堵の色が浮かんでいる。それが、私には嬉しかった。

「即答……ではないのだな」

思えば私は、最初から選択を誤っていたのだろう。もっと家族の優しさを信じればよかったし、なにより、なにもかもを疎かにしすぎた。

「お父様、私。許されるのならもう一度、公爵家の娘としてやり直したい。私はいろいろなことから逃げるべきじゃなかった」

「……それは私も同じだ。父としても、公爵としてもな。お前の目から力がなくなっても、心配するだけで、こんな風に時間を取ってお前と真剣に話をしたことはなかった」

気まずそうに目を逸らすお父様は、若干肩が落ちている。

「今回のこともだ。それまでのお前たちの行動から考えれば判断に誤りが出るだろうことは明白だというのに、いきなり問題に当たらせて、結果を責めるようなバカな真似をした。最初からこうして話をし、理解を深めていれば、ここまで情けない結果にはならなかっただろう」

つらそうに眉を顰めながら、お父様は懐中時計を取り出した。

「陛下もいま頃、殿下に話をされているはずだ」

ああ、グレシオン様もいま、同じようにお話を聞いているのだろうか。グレシオン様は、もしかしたら、私よりもおつらいかもしれない。リナリア嬢にたくさんの顔があることを、そのまま受け止めるなんてことができるのだろうか。

「お前があの娘とろくに言葉を交わしたことすらない事実も含めて理解させ、話し終えるには、もう少々かかるだろう。そのあいだに、この半年のことを些少《さしょう》だが教えよう」

そうしてお父様に教えていただいた内容は、私にとっては驚くことばかりだった。

まず驚いたのは、グレシオン様と私の婚約が正式に破棄されたのが、つい数日前だということだ。いくら王位継承者たる殿下でも、国の最高権力者たる陛下のお決めになった婚約を勝手に破棄する権限などないのだ。

私は『シナリオ通りだ』と一ミリも疑わなかったけれど、言われてみればそれはなんとも当たり前の話で……殿下の婚約破棄宣言も、公爵家当主でもない私がそれを受け入れたのも、実際はなんの効力もなかったわけだ。

ただ今回の顛末を経て、陛下もお父様もグレシオン様に新たな婚約者を選定し、決まり次第私たちの婚約を破棄することだけは決めていた。

そしてつい先日、やっとグレシオン様の新たな婚約者が決まったのだそうだ。

「グレースリア様ですか？　ハフスフルール侯爵家の」

やっぱり、リナリア嬢じゃないんだ。

「なんだ、そんな顔をして。あの新米女狐が気になるか？」

「は、はい……」

だって、ゲームのグレシオン様ルートのトゥルーエンドでは、学園に通いながら王妃教育を受け、立派な淑女となったリナリア嬢が、ほかの攻略対象者全員に祝福されながら、グレシオン様と華々しい結婚式を挙げるのがラストのスチルだった。明らかにそんなラストにはなりえないだけに、気になるといえば気になる。

「いまは学園にはいない、とだけ言っておこう」

「えっ⁉」

学園にすらいないの⁉　驚きのあまり、声が裏返った。

「お前が学園に通わなくなったことで、整合性が取れない部分を押し付ける相手に困ったのだろう、面白いようにボロを出しはじめてな」

あのリナリア嬢が。

「それでも男どもがあの娘を疑い切れんのでな、学園から引き離したのだ」

こともなげにそう言ってしまえるお父様が少し恐ろしい。どうやって引き離したのか、聞きたいような、聞くのが怖いような。

「さすがにそれからはあの娘に誑《たぶら》かされていた者たちも、自分たちへの周囲の目が厳しくなっていることに気付いて、自らの行動に疑問を持つ者も出てきたのでな、殿下の新しい婚約が整ったこのタイミングで、お前と殿下には先に顛末を話すこととなったのだ」

「そう、だったのですか」

「殿下が婚約破棄を言い渡した場にいたのは取り巻きの者だけだった。ゆえに明日その者たちにもお前の件が冤罪だったということと、あの娘の手管については話す予定だ。いまなら聞く耳がある者もいるだろう」

あの断罪の日、自分たちの正当性を欠片も疑っていなかった彼らの冷たい目を思い出す。それが間違いだったと知ったとき、彼らはなにを思うんだろう。

「クリスティアーヌ、いいか？　全員が全員、素直に自らの非を認め、考えを改めるとはゆめゆめ思うでないぞ」

お父様の言葉にハッと息を呑む。

「真実を語っていても、我々が公爵家の権力で事実を曲げたのだろうと邪推する者もいるだろう」

そうか、むしろその可能性のほうがよほど高いんだ。ショックだろうな、なんてうっかり思ってしまった私は相当おめでたい。

「確かに、そうかもしれません。まだまだこれからなんですね」

「ああ、人は自らの信じたいものを信じがちだからな」

そう言って、お父様はなにかを思い出したように薄く笑う。きっとたくさんの人たちを見てきたがゆえの、率直な感想なんだろう。

「話を聞いた段階で、それでも闇雲にあの娘を信じる者、表面上は従う者、自らの過ちに気付く者……さまざまだろう。お前も注意深く見てみることだ」

これまで極力、人に関心を持たないようにしていた私にとっては、注意深く観察して考えることは、確かに一番大切なことかもしれない。

「そして私たちがそうして見るように、相手もまた、私たちの行動と言葉の端から真実を知ろうと見ているのだ。相手からどう見えるかを考慮して行動しなさい」

「は、はい」

ドキリとした。

そうか、そうよね。相手だって同じように観察しているんだわ。むしろリナリア嬢なんかは、その観察眼が優れていて、相手に合わせた言動が取れていたということだろう。自分の不甲斐なさに、知らずため息が出てしまった。

「本当に足りないところばかりで……でも、努力します。私、この邸に来る前に、もう逃げないと決めたのです」

「そうか、期待している。下町で働いていたときのように、笑顔で頑張りなさい。私も生き生きしたお前が見たいからな」

そう言って、お父様が破顔した。随分と久しぶりに見る笑顔だと気付いて、また胸が苦しくなる。

……私、今度こそ頑張ろう。

「殿下の取り巻きたちにも、各々の親がこうして話し合うことになっているのだよ。今回の件は、我々親の責任も非常に大きいのでな」

うまくいくといいが、とお父様が独りごちる。

「今回の件に関わった令息たちは、考え方を鍛え直すために、毎日学園の終業後、王宮にて指導者をつけ実地の案件に当たらせることになっておる。彼らにも得難い経験になるだろう」

それを聞いて、ふと前世を思い出した。バイトで新人さんの教育係になったときに、先輩に言われた言葉。

『教えたつもりじゃダメ、説明してもわかってるかどうかは別なのよ。お手本を見せて、一緒にやって、コツを教えてあげて』そう言っていた。

いままさに私たちは要領の悪い系新人さんコースの教育を受けようとしているんだわ。

「さて、そろそろ陛下と殿下の話も終わった頃か。昨日お前が庶民とともに働いているのを見て、かなりふさぎ込んだと聞くし、大丈夫だとは思うが……殿下には、一番責任を感じて、心を入れ替えてもらわんと話にならぬでな」

冤罪への経緯が杜撰すぎただけに、そこは私もぜひともお願いしたい。

＋✳♛✳＋

翌日、私は『テールズ』で忙しく働いていた。

今日と明日は休日で、忙しさも勿論ピーク。半年もお世話になっておきながら、「はい、さようなら」とはさすがに言えない。今日と明日を一緒に乗り切り、最後のご奉公とさせていただくことになったのだ。

代わりに、そのあと一週間は邸に缶詰で、猛勉強することになっている。学園に戻るといっても半年ものブランクがあるわけで、授業はそのぶん進んでしまっている。一週間で直近の授業に近しいところを集中して学び、半年分はざっくりダイジェストを頭に入れて、日々の授業を受けつつ後追いで勉強していく予定だ。

プラス公爵家令嬢としての教育もあるから、しばらくは相当ハードな生活になりそうだ。でも、やるしかない。これまで身を入れて勉強してこなかったツケと、半年前に逃げ出したツケが溜まりに溜まった結果なんだから。

「クリス！　ケーキセット四つ、マリーちゃんたちに運んどくれ！」

「はーい！」

いけないい、いけない。考えごとをしている暇なんかない。女将さんのためにも、キビキビ働かないと！

女将さんは、私が公爵令嬢とわかってからも、変わらずに接してくれた。

「クリスがいいトコのお嬢様だろうってことくらい、最初っからわかってたさ。まぁ、まさか公爵様のご令嬢とまではさすがに思わなかったけどねぇ」

なんて言って豪快に笑う姿は、まさに肝っ玉母さんといった風情だ。

「あたしんトコに辿り着いたときのクリスは、ほっときゃ明日の朝には死体になってるんじゃないか、ってくらい暗い顔をしてたからねぇ。よっぽどのことがあったんだろうと思ってさ」

思い出したみたいに笑っていたけれど、つまり女将さんは、いかにもワケありげな私を親切心で雇ってくれたわけだ。本当に感謝してもしても、し足りない。

「人助けだと思って雇ったのに、よく働くからビックリしたよ。お貴族様が嫌になったらいつでも帰っておいで。こき使ってやるから」

そう言って乱暴に頭を撫でてくれるいつもの仕草に、昨夜は思わず泣いてしまった。私、この女将さんの下で働けて本当によかった。混乱しきっていた頭も心も、自分で思っている以上にきっと、癒やしてもらったんだわ。

だからこそ、感謝を込めて一生懸命に働きたい。


朝のラッシュを乗り切って、やっと一息ついたときだ。

うわっ、と思った。

記憶に新しい、あからさまに怪しいフード姿の人たちがまたもやって来たんですが。……本日は三名様のご来店、中身はいったい誰なんでしょうか。

入ってくるなり、上背のあるフードさんがツカツカと女将さんに歩み寄る。なんというか、かなりの威圧感だ。

「女将、これを」

「なんだい？　これ」

女将さんの掌に無造作に落とされた小さな袋からは、僅かに金属が擦れる音がした。

「そこの店員に、ちと込み入った話があってな。少しの時間彼女を借りたい。彼女の労働時間をもらううえでの迷惑料だ。できれば話をするための部屋も借りられたらありがたいのだが」

「ふぅん……クリス、知ってる人かい？」

　いぶかしげな顔を隠しもせず、女将さんが私に直截《ちょくせつ》に聞いてくる。少なくとも、このお金を渡してきた人は知らないけれど……見覚えがありすぎるこのフードからして。そう思って後ろのふたりへ目をやると、ひとりが少しだけフードを上げて目を合わせてきた。

　ああ、やっぱりグレシオン様。一番可能性が高いと思ってはいました。

「はい、全員ではないですが」

「そうかい、じゃあ仕方がないね」

　そう言いつつ、女将さんは貨幣が入った袋を押し戻す。

「いらないよ、こんなもの。クリスの知り合いだってんなら、部屋も貸すし話もさせてやるけど……でも、あたしも立ち合うからね。この娘のことは、あたしがご両親から責任持って預かったんだ」

「それは困る。内密な話なんだ」

　上背の高いフードさんが再び袋を押し付けても、女将さんは頑として受け取らない。

「若い娘を男三人と密室に放っておくわけにいかないだろう。知り合いだとしても安全だとは言い切れないんだからね」

「！　なんたる言い草、無礼であろう！」

　いきなり後ろから、ゴツいフードさんが飛び出してきた。マズい、女将さんを不敬罪とかにするわけにはいかない。

「お、女将さん！」

「あんたは下がってな！」

女将さんを庇って前に出ようとしたら、さらに前に出られたうえにあっという間に押し退けられてしまった。うう……力の差がこんなところで。でも、ここは私だって引くわけにはいかないんです、女将さん……！

「そんなに声を荒らげないでくださいまし。女将さんは私を守ろうとしてくれただけですわ。いきなり訪れて場を荒らすのだけはご容赦いただけませんか？」

できる限り落ち着いた声で、グレシオン様に視線を送りながら訴える。断罪のときに下々の者への気遣いを説いたくらいなのだから、多分無下にはしないはずだ。案の定、グレシオン様はゴツいフードさんを抑えてくれた。

「しかし！」

「いいから控えていろ」

ゴツいフードさんを黙らせたグレシオン様は、おもむろに胸もとに手を入れる。女将さんに見えるように出された懐中時計には、王家の紋章が刻まれていた。

「この紋章に誓って、彼女に無体な真似はしない」

「あんた、まさか」

目を丸くした女将さんが、フードのグレシオン様と私を交互に見る。多分、紋章から理解はしたものの信じられない気持ちなんだろう。私は女将さんと目を合わせ、深く頷いてみせた。驚くでしょうが、殿下ご本人なんです、という意を込めて。

「彼女がいまここにいる原因を作った人間として、彼女と誠意を持って話がしたい。心配ならば供の者は部屋へは入れない。信じてもらえないだろうか」

「そうかい、あんたが……。なるほどねぇ」

苦々しげに小さくそう呟いて、女将さんは私を押さえる腕の力を僅かに緩めた。

「この娘は、なにかお天道様に顔向けできないようなことでもしたのかい？」

「い、いや、そういうわけでは」

「だろうね、大それたことができるような娘じゃない。ならさ……もう、放っといてやるわけにはいかないのかい？」

女将さんがそっと私の肩を引き寄せる。次いでその手は、宥めるように私の背中を軽く撫ではじめた。あったかい掌が心地よくて、不安だった気持ちが薙いでいくのがわかる。

「あたしは学がないからさ、そのご立派な紋章に誓うってのがどれほど重いものなのかはわからないよ。あたしにわかるのは、半年一緒にいたこの娘が、いまあんたたちを警戒して、怖がってるってことだけだ」

思わず女将さんを見上げる。女将さんは、私をとても心配そうに見つめていた。

「この前フードの四人組が来たときにもそうだったけどさ、いまもほら、可哀相に顔が強張って緊張してるじゃないか」

「女将さん……」

「無理もないよ。来るなり勝手なこと言って金なんか押し付けてきてさ、怒鳴り付けたかと思えば、紋章に誓うから信じろって言われてもねぇ」

「そんな、つもりでは……」

自分の行動がそんな風に見えているとは思いもよらなかったのか、グレシオン様はたじろいだように一歩後ろへと下がる。

「半年前になにがあったか知らないけど、この娘、本当に死んだっておかしくない顔でこの店に来たんだ。その原因を作った本人だってんならなおさら、なにを信じればいいってのさ」

「………っ」

ついに唇を噛んで俯いてしまったグレシオン様。お付きのフードたちは、ひとりは心配そうに、そしてもうひとりはイライラとその様子を見守っていた。

「あたしは偉い人に話す言葉なんか知らないから、あけすけな言い方しかできなくて悪いけど、この娘のこと、本当に心配なんだ」

よしよしと、頭を撫でてくれる。

「最初はいじめられた猫みたいに警戒心が強くてさ、無表情に言われたことだけ淡々とやる子だったんだよ。それが可愛く笑うようになってさ、やっと自分の意見を言うようになったんだ」

女将さんの小さな目が優しく瞬いて、私は泣きたくなってしまった。

「この宿の皆で可愛がって、やっとここまで元気になったんだよ、ねぇ?」

女将さんが店内に目を向けると、お店の人たちは勿論、馴染みのお客様たちが一斉に力強く頷く。

女将さんはともかく、お客様にまで心配されていたとは。ちょっとしたことでも声をかけてくれていたのって、もしかしてそういうことだったのかしら。

いまさら知る事実に嬉しいやらありがたいやら。すでに臨戦態勢、鼻息荒く腕まくりで事の成り行きを見ているオジサマたちに、深く深く頭を下げる。

「半年も放っといたくせに、いまさらなにを言おうってんだい？　この娘にまたあんな顔させたら、どんなに偉い人だって許さないよ」

「女将、いい加減にそのうるさい口を閉じろ。本来お前如きがそんな口を利いていいお方ではないのだ！」

さっき怒鳴ったゴツいフードさんが、怒りを込めた目でギリギリと威圧してくる。女将さんを容赦なく睨みつけてくる男に一矢報いてやりたいけれど、こんな男と同じ土俵に上がったら、せっかく庇ってくれた女将さんに悪い、そう思ってぐっと我慢した。

そう、女将さんをはじめ、いままで見守ってくれていた気のいい下町の人たちが不利益を被らないように、まずは穏やかにこの話を着地させなければ。私はゆっくりと息を吸って、声が震えないように意識する。グレシオン様は、少なくともゴツいフードさんよりは話が通じるはずだから。

名前を出すわけにはいかない。グレシオン様に、目線をしっかり合わせて問いかけた。

「身分を笠に着た言動など、貴方の本意ではないはずですよね？」

私の問いかけに、半ば放心したような顔で突っ立っていたグレシオン様の背が、一瞬でシャンと伸びる。

「勿論だ。私は、また間違いを犯していたのだな」

少しだけ俯いたグレシオン様は、拳を固く握り締め……やがて顔を上げたときには、なにかを決意したような目をしていた。

「私たちの浅慮による言動で、不快な思いをさせてしまった。申し訳ない」

今度は私が呆然とする番だ。

女将さんやお客様たちに目を合わせながら謝罪の言を述べ、きっちりと頭を下げたグレシオン様。居丈高にも聞こえるけれど、私はグレシオン様が誰かに謝る姿なんてこれまで見たことがなかったから、正直言葉が出ないくらい驚いた。それはお付きのふたりも同じだったようで、変な沈黙がその場を支配する。そして、先に我に返ったのはやっぱりゴツいフードさんだった。

「な、なにを……！　簡単に頭など下げるものではありません！」

「フェデル、いつもの君の持論はわかっているよ。そのうえでの行動なんだ。いまは黙っていてくれないか」

「持論の問題ではありません！」

「……だから、わかっているよ。それでも私には今日しかチャンスがないんだ。彼女が邸や学園に戻ってからでは身動きが取れない」

「それは理解しております。ただ、某は貴方が心配なのです。侮られないよう、どうか毅然とした態度を取ってください」

はぁ、とグレシオン様がため息をつく。

「本当に申し訳なく思っているのに、彼女に謝ることすら難しいとは。身分というものは時に厄介だな」

その呟きに、ようやくグレシオン様が自らおいでになった理由がわかった。なんの用かと思ったら、グレシオン様は私にわざわざ謝りに来てくれたみたいだ。

確かに、学園で私に謝るなんて無理だ。半年も休学した私が復学した途端に殿下から謝罪を受けただなんて、もし周囲に知られてしまったら格好の噂の的だ。新たな婚約者の手前、こっそり会っての謝罪も無理だろう。リスクが大きすぎる。邸や王宮も同様だ。これまで特段行き来もなかったのに、そんな目立つ動きなんてできるはずもない。

正式に動くことができないから、いまこのときに、忍んで来てくれたんだ。私に謝罪をするために。そう考えると、さっきの流れも少しは理解できる。人前で頭を下げられないから、人払いした部屋を希望したんだろう、きっと。

そのとき、妙に落ち着いたバリトンが響いた。

「いいじゃねぇか、せっかくその坊ちゃんがハラ決めてきたんだろう。好きにさせてやりゃあいい。主に向かってうだうだと、うざってぇ奴だな」

この声は……やっぱりマークさん。こんな時間にいるなんて珍しい。クエストに行かなくてよかったんだろうか。

「ぼ、坊ちゃん……私のことか？」

マークさん、若干グレシオン様がショックを受けてますけど。

「事はそう簡単ではないのだ」

うなだれるグレシオン様をチラリと見ながら、フェデルさんが苦り切った声を出す。その言葉に、マークさんは「そうだな」と深く相槌を打った。

「弱腰と見りゃ外交でも政争でもカモだからな。だがな、ここにゃ他国の奴も政敵もいやしねぇんだ。ここで頭ひとつ下げたところであんたの大切な坊ちゃんの株も下がらねぇし、情勢なんか変わりゃしねぇよ」

そう言いながらダルそうに立ち上がったマークさん。

「女将、聞いただろう？　謝りたいんだとさ。確かにここじゃあなんだ、部屋はあるか？」

「ああ、最初からそう言やぁ面倒もないのに、まったく」

「部屋を移そう。坊ちゃんたち三人とクリス、女将、俺でまぁ人数も丁度いいだろ。悪りぃな、おっさんたち。代表で俺と女将さんが立ち会うから勘弁な」

すごいなマークさん、有無を言わさず話を進めてる。

「こ、こらお前。なにをさも当然のように頭数に入っているのだ、お前は部外者であろう」

我に返ったフェデルさんが慌てて止めるも、マークさんは動じない。

「ああ俺、関係者。クリスの親御さんから正式に依頼を受けた護衛だよ。悪りぃが俺にも彼女の身を守る義務があるんでね」

グレシオン様の確かめるような視線に、私も慌てて首肯した。マークさんが護衛なのは確かな話だし、立ち会ってもらったほうが安心だ。

「おいでクリス。きっちり詫び入れてもらおうじゃないか」

女将さんに促され、私もあとに続いた。常連のオジサマたちに野太い応援の声をもらいながら二階の角部屋に入ってソファに落ち着くと、待ちきれないようにグレシオン様が立ち上がる。

「クリスティアーヌ嬢、まずは謝らせてほしい。今回のこと、本当に……本当に、申し訳なかった」

「グレシオン様」

「ろくに調べもせずに君に罪があると思い込み、婚約破棄と謹慎を言い渡したこと、いまさら取り返しがつくものではないが」

「陛下とお話しになられたのですね？」

「ああ、途中からは読むのも苦痛なくらい、詳細に調べられた報告書付きでね。自分の愚かしさに、身が凍る思いがしたよ」

第三者の冷静な視点で書かれた報告書か。それはつらい。昨夜は眠れなかったんだろう、フードを取ったグレシオン様の顔は、明らかにやつれていた。

「私も、浅薄でした。あのときの私は、どうせなにを言っても無駄だと諦めて、ろくな主張もしませんでした。邸で父に叱られましたわ、王族といえど、その言に過ちあらば命を賭して正すことも臣下の役目だと」

「命を賭して……」

「まぁ、王族に反論するのは普通は命がけだよなぁ。女将みたいに噛みつく奴ぁそうはいねぇよ」

思わず、といった風情で呟いたグレシオン様に、マークさんが苦笑しながら言い添えた。

「あたしは別に曲がったことは言っちゃいないよ」

「それでも問答無用で斬られる場合もあるってことさ。王族が望まなくても、周囲が権威を守るためにズバッといくこともあるしな」

チラリとゴツいフードのフェデルさんを見たの、絶対わざとですよね、マークさん。

「……そうだな。今回ばかりは本当に、王族である私が迂闊な裁定をすることの恐ろしさが身に沁みた」

そう言ってグレシオン様は私を悲しげに見つめた。

「時が経つにつれ、やりすぎだったのでは、ほかにやりようがあったのではと、あの日のことを悔いていたんだ。君の名誉を損ない、勉学の機会も奪った」

思いのほか長期間、グレシオン様はあの日の断罪を悔いていたようだ。

「リナリア嬢が学園を去ってから、さらにその思いは増したよ」

急に出てきたリナリア嬢の話題に驚いたけれど、そのあとに続く言葉ですぐに納得した。彼女がいなくなって初めて、周囲の冷たい目に気付いたのだとグレシオン様が語ったからだ。

婚約者たちを蔑ろにしてひとりの女性を囲み、賛美し、貢いでいた自分たちに注がれているのが、呆れと軽蔑、もしくは好奇の目であること。

突如、学園に来なくなった殿下の婚約者である私について、憶測まみれの噂が流れていること。

これは本当にさまざまで、不治の病説から婚約者を横取りされショックで寝込んだ説、自殺説、陰謀説と諸々あって、グレシオン様の婚約者が決定したいまは、内々で婚約破棄を告げられてショックで引きこもった説が大勢を占めているらしい。グレシオン様の私への情けとして、密室で密やかに行われた断罪と婚約破棄は、事情が周囲にわからないだけに、憶測と不信を呼んだのだ。

「私が愚かだったのだ。視野も考え方も、いつの間にか随分と偏っていたようだ。善かれと思って下した決断が、違う結果を招いてばかりだ。……君への断罪に至っては、確証さえ取っていなかったあげく、冤罪だったとは」

そう言って青白くなるほどきつく結んだ唇は、細かく震えていた。

「将来、自らの裁定で他人の生死までをも変えてしまうだろうことに恐怖するよ。きっと今回の君のように、たとえ冤罪でもさまざまな理由で声高に異を唱えない者もいるだろう」

それは、そうかもしれない。そもそもこの国において、王族の決定は絶対のものなのだから。

「私はもう二度と、誤った断罪をしたくない」

グレシオン様の表情は、苦渋に満ちていた。

邸を逃げ出したあの日、私が自分に失望し途方に暮れたように、グレシオン様もまた、自分の至らなさを強く感じているのだろう。こうして過ちを正そうとしているグレシオン様からは、自分の未熟さを受け止めて、なんとか変わりたいという気持ちがひしひしと感じられた。

グレシオン様はたったひとりのお世継ぎ。ほかに代わりはいないし、将来かかるであろう責任も決の重さも、ほかと比ぶべくもない。ある意味、可哀相なお方なのだ。

「クリスティアーヌ嬢、今回の件を受けて、私は今後父をはじめ先輩諸氏から直に教えを受けることになった。身分年齢を問わず、さまざまな立場・考え方に直に触れる時間も設けよう。いまの私は未熟で愚かだが、絶対に変わってみせる」

しっかりと顔を上げ、私を真正面から見据えたグレシオン様の目には、決意が漲っていた。

「今日は、一番の被害者である君に、謝罪と、その宣誓に来たのだ。いまは信じられなくとも、これからの私を見て、いつかこの話を思い出してくれないだろうか」

「そう、ですね……いつか……」

小さな声で呟きながら、考える。きっとグレシオン様とは、この機を逃せばしばらく話す機会はないだろう。このまま謝罪を受けるのは簡単だけど、お互いにこのバカな事件で失ったものは大きいし、これまでなにひとつ国のためになることなんてできなかった私だから……せっかくならば、少しでもいい未来に近づけるように、なにか……なにか残したい。

私の足りない頭でも、なにか考え付けないだろうか。

「クリス、大丈夫かい？　無理して許さなくたっていいんだよ？」

心配げな女将さんに笑顔を見せながら、私は一生懸命考えた。

そもそもはグレシオン様たちの愚行から端を発した今回の件ではあるけれど、もしもいいことがあったとしたら、それは〝気付き〟と〝反省〟を知ったことだ。グレシオン様は勿論、私やお父様も含めこの件に関わった多くの人が、自分の愚かさや欠点に気付いて反省できたのは、実はとっても大事なことなんじゃないだろうか。ルールを決めて、罰を設けて、その通りにさせることはできても、人の心や考え方、行動原理を変えるのは至難の技だ。

でも、いまならきっと変えられる。

大切なのは、多分歯止めだ。反省したって、結果に結びつかなきゃなんの意味もないんだし。いったん気付いて反省しても喉もと過ぎればで、時が経てば、周囲に惑わされれば、すぐに楽なほうに流れちゃうものだもの。未熟な私には、できることなんかたいしてない。でも、ちっぽけだけど、私にしかできない大事なこともあるから。

私が、歯止めになれればいい。

私は一歩前へ出て、グレシオン様にしっかりと目線を合わせた。

「謝罪を受け入れるかどうかは、その〝いつか〟まで、保留にさせてくださいませ」

グレシオン様が、ハッとしたように目を見開く。

「まずは自らの足で謝罪に来てくださったこと、それは嬉しく思っております。ただ、いまの段階ではどれほどのお気持ちで言ってくださったのか、私には測りかねるのです」

私の言葉に、グレシオン様は悲しげに睫毛を伏せた。

「ですから私、しっかり見届けさせていただきますわ、これからの貴方がどう変わられるのか。ゆめゆめ忘れないでくださいませ。どれほどの決意で仰っていただいたのか、いつだってこの……一方的に断罪され、婚約破棄されたクリスティアーヌが見ていることを」

あえて嫌みな言い方を心がけてみたけど、どうだろう。歯止めになるためには、心に刺さってもらわないと効果はないだろうし……。

「クリス、二年だ」

急にマークさんが会話に入ってきた。

「ちゃんと期限を切るんだ、クリス。期限のねぇ約束ほど不確かなモンはねぇからな」

「そうだね、そのほうがいい、クリスのためにもね。そっちのボウヤはどうだっていいけどさ、いつまでもあんたがその約束に縛られることはないんだからさ」

女将さんも私の顔を覗き込んで、頷いてくれる。

「二年、ですか」

「それ以上は坊ちゃんを甘えさせるだけだからダメだ。ただ、面倒なことに短すぎてもよくねぇんだよ。そいつの真価がわかるのも、新人なら二年くらいはかかるもんだ」

私はちょっと驚いてしまった。二年だなんて長くないだろうか。前世でアルバイトをしていたときは、後輩が入って割とすぐに、要領や飲み込みが悪い子かどうかはわかったと思うけれど。

「納得がいってない顔だな」

マークさんが苦笑する。

「冒険者の世界でもな、二年ありゃだいたいは淘汰されるもんだ。生きて冒険者を続けてる奴は半分程度、そんでその頃にはちゃんと格差もついてるのさ。意外とな、最初はヘボに見えた奴のほうが着実にランクを上げてたりするもんだぜ？」

さすがに冒険者はシビアだ。

「頭角を現しても過信がありゃ死ぬし、勇名を馳せたパーティーでも独立したらうだつが上がらねぇ奴もいる。要は日々のことからどれだけ自省して考えて、次に活かせるかだからな。坊ちゃんがいまの反省を活かして結果を安定して出すにゃ丁度いい期限だろ」

高ランク冒険者のマークさんが、たくさんの新人冒険者たちを見てきた結果口にした言葉は、素直に信じられる気がした。

「わかりました。そうですね、二年後にしましょう。まずは二年間、必死に頑張ってくださいませ」

視線を向ければ、グレシオン様はしっかりと拳を握り、力強く頷いた。

「二年後だな、死ぬ気で精進する」

「はい、私も……頑張ります」

つい小さく呟いてしまったせいで、グレシオン様が不思議そうな顔をする。仕方なく、私も自身の課題を話すことにした。

「グレシオン様は、身近な人を盲目的に信じすぎた。それゆえに情報の収集や検証を怠り、公平・公正な判断ができなかった。そういうことですわよね？」

「う……そ、そうだ」

「私は、周囲の誰一人、信じることができなかったのです。それゆえに公爵家の娘として取るべき行動が取れなかった」

思考の癖になっているものなだけに、お互いきっと一朝一夕で、目が覚めたみたいに改善するようなものじゃない。毎日毎日、自分に言い聞かせ直していくしかないのだ。

「貴方にはしっかりと約束を果たしていただくとして、私も自己改革が必要だと思っただけですわ。勿論、今回の件に関わったご令息の方々もですわよ？」

釘を刺すように言った私に、グレシオン様は真剣な顔で頷いてくれた。

思えば今日に至るまでグレシオン様とは儀礼的な話しかしたことはなかったけれど、本来ならもっとこうして言葉を交わすべきだったんだろう。そうすれば、今回のこともちょっとはマシな結果になっていたのかもしれない。ただ、いまとなっては私に言えることはただひとつ。すでに婚約者でもない私と一緒にいる時間は、短ければ短いほどいいのだから。

「本日は遠いところまで足をお運びいただき、ありがとうございました。二年後を楽しみにしておりますわ」

そして思い出したように言葉を足す。

「そういえば、ご婚約が整われたと父より聞いておりますの。どうか、お幸せに」

グレシオン様は、すごく複雑そうな顔をして、僅かに自嘲めいた微笑を浮かべた。嫌みのつもりではなかったんだけど、そう聞こえてしまったのだろうか。

「ああ、そうだな。今度は、けして君にしたようなバカな真似はしないよ。また奴に叱られてしまうからな」

「……奴？」

「ああ。新しい婚約が整ったあとに、学園で同級の奴に苦言をもらってね」

なんと、珍しく『婚約者がいるのにほかの女にうつつを抜かすなんて愚か者のすることだ』と、直でグレシオン様に苦言を呈した猛者がいたらしい。

「平気で複数の男を侍らせるリナリア嬢より、絶対にクリスティアーヌ嬢のほうがいい娘だ！って力説されたよ」

ちょっとだけ探るような目をされたけど、そんな風に庇ってくれそうなほど交流を持った殿方な

んて、学園にいるはずもない。ただ、そういう率直な発言をしてくれる人がグレシオン様の同級にいるのは、少し安心できるんじゃないだろうか。

「いいご友人なんですね」

「それまでさして交流もなかったんだけれどね。だが苦言をくれる人材は貴重だ。大切にしようと思っているよ」

そう言って少しだけ笑みを見せたグレシオン様は、ようやくフードをかぶった。

「時間を取らせてしまったな。我々はこれで暇《いとま》をしよう。……フェデル」

「ハッ」

阿吽の呼吸で応じた割に、なんだか不思議な間を置いたあと、ゴツいフードのフェデルさんは女将さんになんとも微妙な顔を向ける。

「女将、先ほどは乱暴な物言いだった。……悪かったな」

ちょっぴり目を丸くしたあと、女将さんは「気にしちゃいないよ、荒くれの客も多いんだからさ！」と豪快に笑った。

「それと一緒にされると」

不本意そうに呟くフェデルさんをよそに、女将さんはすでにグレシオン様を見据えていた。

「あたしはいいのさ、慣れてるからね。それよりお貴族様、ひとつだけ言わせてもらうよ」

グレシオン様が、真剣な表情で頷く。

「今回のことはクリスが二年待ってみるってんならそれはそれでいいさ、あたしが文句を言う筋合いじゃない。ただね、一度失った信頼なんて、そう簡単に戻るわけじゃない。そのことだけは覚えておいたほうがいい」

部屋の扉へ向かいながら、女将さんがワントーン落とした声でグレシオン様に語りかける。

「そうだね、たとえば……ウチで食中毒なんか出した日にゃ閑古鳥で潰れちまうよ。もし立て直せたとしても、もう一度食中毒出したら、さすがにこの町にはいられないだろうね」

考えたくもない事態だけど、それは確かにその通りだろう。

「あんたはいま、そういう状態だってこと忘れないどくれ。二度はないよ。絶対だ」

女将さんの言葉を噛み締めるようにまたひとつ頷いたグレシオン様は、「肝に銘じよう」と一言告げて、開けられた扉から出ていった。

私たちも、僅かに間を空け、続いて階段を下りる。階下のオジサマたちの喧騒が聞こえたときだ。

バァン！と派手な音を立てて、店の入り口のドアが開いた。

「クリスちゃん！　無事か⁉」

転がり込むように入ってきたのは……。

「あら、レオさん。どうしたんです？」

こんな時間に珍しい。いつもより早いかも。

「どうしたんです？じゃないだろ！　セルバが、また怪しいフードたちが来たっつーからダッシュで来たってのに！」

そうか、護衛として駆けつけてくれたのね。

「まぁ、ありがとう。いまちょうど、話し合いが終わったところよ」

「え、マジで⁉」

ヘナヘナと糸が切れたように座り込んだレオさんは、肩で息をしている。随分と急いで来てくれたんだろう。

「遅せぇんだよ」

マークさんが悪態をつけば、それに乗じてお昼どきが近づいて増えてきたらしいオジサマたちが、口々に囃し立てる。

「惜しかったな！」

「いいとこは全部、女将さんと冒険者の兄ちゃんに持っていかれたぞ」

「いるよな、こういう肝心なときに役に立たねー奴」

「不憫じゃのぅ」

「勝負あったたな」

よくわからないけど、なんだか言いたい放題だ。しかもなぜかレオさん、オジサマたちから爆笑されているし。さすがにいくらレオさんでも可哀相な気がするんですけど。

「うるせーよ！」

一声吠えて不貞腐れたレオさん。そしてなぜか、気が付けばグレシオン様がそんなレオさんをしげしげと見つめていた。

「クリスティアーヌ嬢。彼は……？」

「はい、ここの常連さんですわ。彼がなにか？」

「常連。そういえば、先だってもいたのか……？」

グレシオン様は自分の思考を纏めるかのように、なにやらぶつぶつと呟いている。もしかしてレオさんは護衛だということも、言ったほうがいいのかしら？　迷っているうちに「そうか……なるほど」という謎の納得コメントを残して、グレシオン様たちは帰っていった。

なんだったのかしら、いったい。

「さ、すっかり時間を潰しちまった。バリバリ働いて取り戻すよ！」

女将さんの威勢のいい声に、ハッと我に返る。そうだ、ぼんやりしている暇なんかない。

「はい！　……皆さん、私事でお騒がせしてしまって、申し訳ありませんでした！」

まずはお客様へお詫びの言葉を告げてから、女将さんとマークさんにも謝罪と感謝の気持ちを込めて一礼する。

女将さんに倣って腕まくりしてから、気合を入れて仕事に戻った。この場所で働ける時間はあと僅か。半年間なにも言わずに支えてくれた女将さんやお店の人たち、そしてお客様たち……ありがたさを噛み締めながら、一生懸命に働いた。

「……で？　結局クリスちゃん、またここで働くの？」

若干決まりが悪そうなレオさんに話しかけられたのは、夕食の時間帯も近づく頃合い。またフードたちが来るのが心配なのか、レオさんはいつもよりも長く店で時間を潰していた。逆にマークさんはレオさんが来たら〝あとは任せた〟的に部屋に籠もってしまったけれど。

「いいえ、ここで働くのは明日まで。そのあとは邸に戻って一週間猛勉強したうえで、また学園に通うつもりなんです」

「……それ、クリスちゃんの意思？」

「はい。私、これまでずっといろいろなことから逃げてきたから……周りの人、周りのこと、ちゃんと逃げずに向き合っていきたいんです」

深くは語れないから抽象的な言い方になってしまうけれど、それがいまの本心だ。

「そっか、クリスちゃんが自分で選んだんなら、俺も応援するよ。学園で困ったことがあったら頼ってくれよ？　俺、いちおう先輩だしな！」

そういえばレオさん、先輩だったんだわ。上級生でしかも男性だからそう簡単に頼ることもできないとは思うけれど、そう言ってもらえるだけでも随分と安心できるものなのね。

「……レオさん、ありがとうございます！」

嬉しくなって微笑めば、レオさんは一瞬ポカンとした顔をした。

「ははっ、ホントにクリスちゃんは表情豊かになったよな」

「女将さんと皆さんのおかげです」

「だよなぁ、ここで働くクリスちゃん、ホント生き生きしてたもんな。それがもう見られなくなるのはちょっと残念だな」

そう言いつつもなぜか満足げな笑顔を残して、レオさんは帰っていった。

そして、その夜のこと。

自分の担当時間が終わり、お客様に交じって食事をする私のテーブルに、静かに誰かが近づいてきた。テーブルにコトリとバーグ酒が置かれて、私はふと食事の手を止める。

あら？　割といまの時間は席が空いているけれど、相席かしら？

そう思って見上げたら、妙に神妙な顔のマークさんが立っていた。

「一緒にいいか？」

「はい、勿論。今日は本当にありがとうございました」

「そりゃあ別にいいんだ。ただ、ちょっと気になってることがあってな」

いつもは飄々としているマークさんなのに、いったいどうしたんだろう。不思議に思いつつも、彼が話し出すのを若干緊張しながら待つ。

「……クリス、お前なんで令嬢に戻ろうと思ったんだ？」

「え？」

「レオの話から考えても、どう見ても庶民の暮らしのほうが性に合っててんじゃねぇのか？」

レオさんに続きマークさんにまで意思確認されてしまった。邸に帰るという私の選択は、よっぽど違和感があるらしい。レオさんに言ったことを寸分違わず口にすれば、マークさんはちょっと唸《うな》って黙り込んでしまった。

「あの……マークさん？」

「それは、罪悪感を払拭したいだけじゃねぇのか」

話しかけようとした途端の、マークさんの真剣な問いに、体が固まった。それは多分、図星だったからだと思う。

「いや、それが悪いってんじゃねえ。それも通らなきゃならない道だ……ただ、俺が問いたいのは、ちゃんとそのあとの、将来の展望っつうか目標があるかってことなんだ」

将来の展望と言われると、正直薄っぺらい。

まずは邸に戻って家族や身近な人たちに、これまで不義理をした分を地道に返していきたいというのが一番で、あとは学園と邸で公爵家の人間として恥ずかしくないように学び直して、ゆくゆくは多分、お父様が決めたどなたかのもとへ嫁ぐのだと漠然と思っていた。

「まあそれもひとつの選択だがな、別にそれだけが人生じゃない。クリスには生き方を選択させるつもりだって、俺たち護衛は聞いてるんだが……違ったか？」

「いえ、その通りです」

マークさんたちまでそれを知っているとは思わなかったけれど。

「言っとくが、このまま学園に戻ってもクリスが言う通り、いいとこ普通に教養を身に着けて、格下の貴族に嫁いで、優雅な奥様ライフを送るのが関の山だ。だがそれに、なんのメリットがある？」

「……！」

「公爵家といえば押しも押されもしない名家だし、近隣国ともいまは至って良好な関係だ。いまさら婚姻で得られる利なんか国にも家にも領民にもないだろう？」

その通りだけど……マークさんからそんな言葉が出るとは思わなかった。

「だからクリス、真剣に考えるんだ。道はひとつじゃない。官吏になって宮廷に士官してもいいし、町娘になっても……なんなら冒険者になったたって親孝行はできる。お前の親父さんが人生を選択させるってのは、お前がどんな道を選んでも受け入れる、そういう覚悟があるってことじゃないのか」

お父様の苦しげな表情が脳裏をよぎる。

「親父さんの覚悟を無駄にするなよ。嫁に行くなら行くでもいい、だがお飾りにだけはなるな。慈善活動をしっかりやるのか、社交で夫を助けるのか。どこで、なにをして、誰の役に立ちたいのかを、真剣に考えるんだ」

マークさんの言葉を、ゆっくりと反芻する。

確かに私、前世ですらそれをはっきりと考えたことはなかった。できるだけいい大学に行こうってだけで、やりたい仕事なんか、それから考えればいいと思ってた。

この世界で物心ついてからは、公爵家では皇太子妃になる以外選択肢がない雰囲気だったし、一方で私はいずれ庶民になって普通に毎日を平和に暮らすことしか考えていなかった。

マークさんがいうような〝目標〟なんて、いまの私にはなにもない。

今度こそ逃げないで、与えられた環境で精一杯頑張ろうと思っていたけれど……マークさんが言ってくれているのは、きっともっと根本的な問題で、自分の人生を意思を持って決めていくべきだということなんだろう。考え込む私を、お酒を呑みながら眺めていたマークさんは、少しだけ苦笑してこう言った。

「悪いな、クリス。お前を見てるとどうも昔の自分を見てるようで、つい……な。俺ももともとは貴族なんだよ」

「えっ⁉」

驚きのカミングアウトに、つい声を上げ、慌てて口を両手で押さえる。いまマークさん、元貴族って言ったよね？

「はは、似合わねぇだろ？　でも事実だ。お前の両親からも、その縁があって護衛任務の依頼が来たみたいだな」

「ど、どうして冒険者に……？」

「まあ詳細は家の事情もあるから言えねぇが、俺も真剣にこれからの人生について考えたことがあるってことさ。わけあって家は出たが別にケンカ別れしたわけじゃないからな。国も、家も、領民も、大事なことに変わりはねぇよ。俺は、それを守りたい」

冒険者になっても、マークさんの心には貴族の部分が色濃く残っているのだろう。飄々としていつも捉えどころがない印象だったのは、そのせいかもしれない。

「俺はな、いま、この立場でしかできねぇ守り方をしてるんだ」

腰の大剣を軽く叩きながら笑うマークさんは、とても充実した顔をしていた。

「クリス、目標さえあれば日々のどんな小さな出来事からも学びがあるし、自分の行動だって変わるはずだ。たとえば〝社交で夫を助ける〟としたら、なにが大事だ？」

「……人脈作り？」

私にとっては、ほぼ一からの難題だけど。

「それもあるな。ほら、学園でやるべきことが見えるだろう？　ほかにも、どんな話題が好まれるとか、いまの流行だとか、ほかの令嬢の仕草や振る舞い……学ぶべきものがいくらでもあると思わないか？」

「確かに」

「そういうこった。じっくり考えてみろよ、多分無駄にはならねぇから」

私の頭をくしゃくしゃっとかき混ぜて、「あー、柄にもねぇ真面目な話しちまったな、年かぁ？」なんてボヤキながら、マークさんは去っていった。


考えは、なかなか纏まらなかった。

考えても考えても、私の中にあるのは『恩返しがしたい』たったそれだけだ。

この半年、見ず知らずだった私を温かく支えてくれた女将さんたち、そして心配をかけてしまった家族たち。彼らが幸せになれることをやっていきたい。ただ、どこでどうすればそれが達成できるのか。悲しいことに、将来を決定するには知識と情報が足りなすぎる。

町娘になってこの『テールズ』で働き続ければ、日々の中で女将さんたちには直接恩返しできるチャンスがあるだろうけれど、確実にお父様たちとは疎遠になってしまう。お父様たちの傍にいられて、女将さんたちにも恩返しができるような、そんなことってあるだろうか？

たとえば誰かの妻になっても、私にできることといったら領地の経営を手伝うことくらいだろうし、この城下町とはむしろ縁が遠くなるだろう。もらった親切を別の誰かに……っていうのも素敵だとは思うけれど、私、この町が好きだ。この店の人は勿論、八百屋のおじさんもパン屋のマリー姉さんも、魚屋のジョルノさんも、ちょっと荒っぽい面もあるけれど皆優しかった。

この町の人たちの暮らしが、もっと豊かで楽しくなればいい。

前世の日本だったら、公務員になって市役所にでも務めたのだろうか。そういえばマークさん、官吏って言ってたよね。官吏って公務員みたいなものだよね、確か。地域活性課的なポジションとかあるんだろうか。もしその役割に就けるなら、半年といえど実際に町で暮らした経験も少しは役に立てることができるかもしれない。文官なら頑張れば目指せるのかしら。

いや、そもそも女でも官吏って登用されるものなの……？

ああもう、前世だったらネットで少し調べればきっとわかるのに。

悶々と悩んだ結果、明け方になる頃には開き直っていた。いままで考えもしていなかったことを、急に考えてすべてに結論が出るはずもない。やりたいことだけは決まったんだ。独りよがりにならないように、これからひとつひとつ調べていけばいいんだわ。

女将さんたちには生活の中でどんなところが困っているかさりげなく聞いておきたいし、ここは幸いたくさんの人たちが集まるところだから、お客様の雑談からだって改善すべきポイントが見つかるかもしれない。いますぐ私にどうにかできるわけじゃないけど、きっといろいろな気付きがあるし、お父様に進言したっていい。勉強だって嫌というほど必要だろう。

やりたいことのために、いまできることをたくさん考えて、実行しよう。

少しでも前に進むために。

第二章　半年ぶりの学園

そう決心してから十日弱。私はついに学園に戻ってきた。

バッサリと切って邸に置いていった髪で鬘《かつら》が作られていたものだから、縦ロールにキツめの顔立ち、仕立てのよいシンプルなロングドレスの制服という、以前とあまり変わらない感じで登校できたと思う。若干肌が黒かったり荒れていたりはするけれど。

それにしても、覚悟はしていたものの朝から視線が痛い。この学園って貴族と庶民合わせて生徒だけでも八百人は超えていたと思うけれど、入れ替わり立ち替わり、四分の一は物見に来ているかもしれない。

廊下から遠巻きにこちらを窺う人たちの中には、社交の場で見かけた顔がいくつもある。もしかして最高学年の五回生まで来ているんじゃないかしら。棟が離れているのに、わざわざ二回生のところまで見に来るだなんて。

こちらを見てヒソヒソと話す表情はさまざまだ。単にびっくりしている人もいれば、興味津々の顔、蔑むような目、心配そうな顔……。

ただ、ほとんどの人が廊下からこちらを見守るだけで近寄ってはこない。これまでも学園の人たちとはほぼ交流を持ってこなかったし、仮にも公爵令嬢の私に、気軽に声をかけられる人はそうはいないだろう。それでも、教室の席に落ち着いてしばらくすると、心配そうな視線を送ってくれていた数名の女生徒が、控えめに声をかけてくれた。

「あ……あの、もう体調は大丈夫なんですか？」

「はい、もうすっかり。随分休んでしまったから、これから頑張らないと」

先頭に立っている彼女、確か、お名前はカーラさんだったかしら。庶民の子が声をかけてくれるなんて、随分勇気がいったでしょうに。心配そうに寄せられた眉に、下町の優しい人たちを思い出す。嬉しくなって、つい笑顔がこぼれた。

「声をかけてくれてありがとう」

びっくりしたような顔で固まった彼女たちは、硬直が解けたあと、当たり障りのない直近の授業の話などを簡単にしてくれた。教室の窓の外から不躾に飛んでくる視線や言葉を、授業が始まるまでひとりで我慢するつもりだったから、その心遣いがなによりありがたい。

休み時間のたびに、窓の外には見物人も増えてくる。そして、朝からカーラさんたちが声をかけてくれたおかげか、身分を問わず少しずつ話しかけてくれる人も増えてきた矢先、昼休みに入ってすぐのことだった。

「おお嫌だ。殿下から婚約が解消された途端、貴族の矜恃も忘れてしまわれたのかしら。誰彼となく媚びるような真似をなさるなんて……はしたないとは思わないのかしら」

来た、フロリアーヌ様だ。

たくさんの取り巻きを引き連れている、この学園で最も令嬢らしい令嬢。見た目はふわふわした金髪碧眼のお人形のようなのに、気性はなかなかに激しい方なのだ。以前からなんとなく風当たりが強いと感じてはいたけれど、正妃の座を狙ってのことだと思っていた。

「フロリアーヌ様、お久しゅうございます。お言葉ですが、心配してくださる方々に丁寧に対応することが、貴族の矜持に反するとは思っておりませんの。ましてやここは学園ですもの」

「な……っ」

これまで全力スルーだった私が反論したことで、フロリアーヌ様の眉がググッと吊り上がる。

「な、なんですって⁉ 殿下から袖にされた身で何様のおつもりかしら⁉」

「何様は貴女です」

突如、凛とした声が響いた。

「クリスティアーヌ様は公爵家のご令嬢。貴女が大好きな〝貴族〟の家柄としても、貴女より格上でしてよ。身のほどを弁えてはいかが？」

「グレースリア様！」

割って入ってきたのは、殿下の新しい婚約者、ハフスフルール侯爵家のグレースリア様だった。

漆黒の髪も切れ長の目も、凛とした立ち姿も美しい。端正なお顔立ちに厳しい表情を浮かべて、グレースリア様は辛辣な言葉を放った。それがよほどカンに触ったのか、フロリアーヌ様は屈辱で顔を真っ赤にしている。

「……貴女こそ、皇太子妃の座がたまたま転がり込んできたくらいで、いい気にならないでいただきたいわ。どうせ権力にものを言わせて、その座を手に入れたのでしょう？ さもしいこと」

バカにした感を最大限に出してそう言い放ったフロリアーヌ様を、冷たい眼差しで一瞥したグレースリア様は、盛大なため息をついてから扇を口元に当てた。

「嘆かわしい。よほど王家のお決めになったことがお気に召さないようですわね。それは、お父上も同じお考えですの？　状況によってはご報告が必要ですわね」

「……っ」

初めて、フロリアーヌ様の顔がサッと青ざめた。

「少しはお考えになってから発言されてはいかが？　そもそも、こたびのクリスティアーヌ様との婚約解消も、私との婚約も、然るべきゆえあってのこと。そのゆえさえ知らされる立場にない貴女が、賢しらに言い立ててよいことではないでしょう」

悔しげに顔を歪めるフロリアーヌ様とは対照的に、グレースリア様はもはや興味を失った様子で扇を閉じた。

「……あら、私としたことが」

ふ、と思い出したように顔を上げたグレースリア様が、私を見てにっこりと微笑む。

「私、クリスティアーヌ様がおいでになったと聞いて、お食事のお誘いに来たんでしたわ。クリスティアーヌ様に教えていただきたいことがたくさんあるんですの」

この流れで断れるはずもなく、導かれるままについていく。グレースリア様はあらかじめ史実科の準備室を借りる手配をされていたようで、難なく人目のない場所へ落ち着くことができた。

「初めてフロリアーヌ様に反論されましたわね！」

椅子へ腰を下ろすなり、グレースリア様は楽しそうに笑い出した。

「言い合うのは不慣れなご様子でしたから、思わずしゃしゃり出てしまいましたが、差し出がましかったでしょうか」

　突然の砕けた雰囲気に若干驚いてしまったけれど、グレースリア様はもともとが割とサバサバしたタイプの方だ。あまり話したことがない私でもわかるくらいには、武勇伝もお持ちだったりする。

「まさか！　助かりましたわ。本当に、ありがとうございました」

　助かったのは本当なので、素直に感謝の意を口にしたら、グレースリア様はちょっと困ったように微笑んだ。

「そんなに素直に感謝されると困ってしまいますわね。厄介なのを押し付けて、って本当は恨み言のひとつも言おうと思っていましたのに」

　思わず目を見開けば、グレースリア様はまたも屈託なく笑いはじめる。

「そんなに驚くことではないでしょう？　あの庶民のお嬢さんにバカみたいに群がって、いいように転がされている殿下……グレシオン様と側近たちを見れば、誰とて将来が不安になりますわ」

「随分とハッキリ仰いますね」

　あまりに歯に衣着せぬ言いようについ笑ってしまったら、「笑いごとじゃありませんわ」と僅かに唇を尖らせる。いつも凜とした印象のグレースリア様の、こんなにも愛らしい表情は初めて見たかもしれない。

「クリスティアーヌ様がさぞや苦労されるだろうと、私、外交を担当する文官を目指しておりましたのよ？　男はアテにならないと思い知りましたもの。それなのに」

「まあ、文官を？　グレースリア様が？」

　さすがハフスフルール侯爵家のご令嬢というか、なんというか……。お父様の言葉通りだわ。

「市井官になりたい？　かなりの難関だぞ」

　邸に戻って五日ほどが経った頃だった。そう打ち明けた私に、お父様は渋い顔で現実を告げた。

「私、これまでお世話になった下町の方たちになにか恩返しがしたくて……邸に戻ってからいろいろ調べてみたんです」

「確かに広く影響を及ぼそうとするならば、市井官という選択は妥当だろう。あれは民の抱える問題を吸い上げ、公的に改善するために設けられた機関だ。着眼点はいい」

　ホッとする私に、お父様はすかさず釘を刺す。

「だが文官への女性の登用率は僅か三パーセントあるかどうかだ」

「そ、そんなに低いのですか⁉」

「そもそも登用制度がないからな。しかもその三パーセントもほとんどがハフスフルール侯爵家の女傑ばかりでな、ほかの家から出るのは本当に稀なことなのだ」

　確かに、お父様はそう仰っていた。

　天才肌で独立心が強いその一族は宮廷でも変わり種で、数多の才女を文官として輩出しているという。先日お父様に聞いた話では、女性が仕官できるようになったのは、そもそもハフスフルール侯爵家の尽力によるところが大きいのだとか。

グレースリア様を見ると、なるほどすごく納得できる。

「ええ、そのつもりで婚約者を置かなかったことが、まさかこんなところで仇になるとは思いませんでしたけれど」

グレースリア様は困ったように笑っているけれど、さすがに心苦しい。

「あの……」

「よいのです」

謝ろうとした途端、グレースリア様に遮られる。唇に人差し指を当てて微笑んだ彼女は、とてもすっきりとした顔をしていた。

「王妃になれば、より高次の外交も可能ですもの。こうなったらせっかくの立場を存分に活かすだけですわ。ただし、クリスティアーヌ様にも当然手伝っていただきますから」

望んで得た立場ではないというのに、笑顔でそう言い切ったグレースリア様は、凛として最高に美しく見えた。彼女に、私も最大限の覚悟で応えたい、そう思えた。

「はい。グレースリア様が王妃になられた暁には、精一杯お役に立ってみせますわ。私、市井を担当する文官を目指していますの」

「……ふふっ、安心しました。それにしてもクリスティアーヌ様、噂通り本当に随分印象が変わられたのですね」

「噂？」

「ええ、学園も朝からその話で持ち切りでしてよ。やれ笑っただの、雰囲気が柔らかくなっただの……従兄からもさんざん聞かされましたし」

それほどに、いままでが無表情だったということか。

「私、いまの貴女のほうが好きですわ。……下町での暮らしは随分と貴女を変えたのですね」

「そ、そんなことまでご存知で？」

「さすがにあの状況下でなにも聞かずに殿下との婚約を受け入れられるほど、図太くはありませんもの。当然、根掘り葉掘り聞きましたわ」

それもそうか。

グレースリア様は殿下と取り巻きたちについて相当幻滅されていたようだし、そのうえいきなり私は学園に来なくなり、いまやリナリア嬢も学園から姿を消したとなると、なにがあったのか聞かないほうがおかしいものね。陛下やお父様が詳細までお答えになったのは、それだけグレースリア様が信用を得たということだろう。

「市井官になりたいのなら、下町の様子も定期的にご覧になりたいのではなくて？　親しい方もいらっしゃるのでしょう……差し出がましいようですが、いまの立場なら私、お口添えできるやもしれませんが」

「いいえ。お気持ちだけありがたくいただきますわ」

私は笑ってかぶりを振る。

「その権利は自分で勝ち取らないと意味がないので。お父様に交渉して、学園の試験で学年一位を取れば、定期的に市井を探索する許可をいただけることになっておりますの」

「そう。ですが半年もブランクがあるでしょう。生半可なことでは一位など取れなくてよ」

「ええ、ですからいま猛勉強中です。前回の一位はグレースリア様だと……必ず、追い抜きますわ」

「ふふ、では正々堂々、手加減なしで」

目を細め楽しげに笑ったグレースリア様は、美しい所作で立ち上がった。涼やかな黒髪とスレンダーな長身、スッと伸びた背筋は、いつ見ても凛としてとても綺麗だ。

「さあ、もういいでしょう。いつまでそんなところでお聞きになるつもり？　クリスティアーヌ様にお話があるのでしょう、男らしく出ておいでになったら？」

突如グレースリア様が部屋中に響くほどの声でそう言った。途端に二カ所で扉が開く。

「えっ⁉　あ、あの……？」

史実科の教室からは見知った顔が数名。宰相のご子息クレマン様、宮廷魔導師でもあるフェイン様ほか、リナリア嬢に心酔していた攻略対象者の皆様方だ。殿下と騎士団長のご子息ガルア様はいないみたいだけれど……半年前に私を囲み、糾弾した方たちばかりだからか、勝手に体が萎縮してしまう。反射的に目を逸らした先には廊下へ続く扉。そこには見知らぬ男子生徒が。

ん？

どことなく見覚えがある気もする……？

あ……まさか。

「レ、レオさん……？　どうしてここに？」

驚く私に、レオさんはとても気まずそうに頭を掻いてみせる。次いでグレースリア様を見て、慌てて顔を背けた。その様子につられてグレースリア様を見てみれば、なぜか扇を手が白くなるくらい強く握り締めている。

「……本当に。どうしてこんなにわらわらと男どもが出てくるのかしら。私がご招待したのは、クレマン様ただひとりのはずですが」

クールななかにもただならぬ怒りを感じる。先ほどまでの若干砕けた印象はもはや見る影もない。

グレースリア様の口からは地を這うような低い声が出ていた。

「クレマン様、貴方がクリスティアーヌ様に詫びたいと仰るから、わざわざこの場を設けたのです。これはどういうことですの？」

「すまん、彼らは僕が呼び出したんだ。あのときクリスティアーヌ嬢を貶めた者として、心から反省しているなら一緒に謝罪すべきだからな」

「そう、だとしたら貴方、これは随分な悪手でしてよ」

グレースリア様は眉間に皺を寄せたまま、クレマン様を睨みつけた。

「おわかりになっていないようですから教えて差し上げますわ。いま、皆様方の信用は地に落ちているのです、ご自身が想定するよりもずっと。……レオ、一般生徒の方たち、彼らのこと、なんと言ってらっしゃるの？」

「え？　ああ、えっと……うわぁこいつらが将来国を治めるのかよ。この国も終わったな、って感じだな。おおむね」

クレマン様たち男性陣の表情がサッと硬くなる。

「いやいや、いまさら青くなることか？　婚約者もいる男どもがこぞってひとりの女に群がって、ところ構わずくっさいセリフ吐いてりゃ皆引くに決まってるだろ。平気で浮気する、空気読めねぇ、ガマン利かねぇ、聞く耳持たねぇ、女の言いなり、の権力だけはある集団だぞ？」

容赦ないコメントに呆気にとられてしまった。レオさん、意外と辛辣なんですね……。

「でしょうね。そしてクリスティアーヌ様への仕打ちを知る一部の者から見たら、簡単に冤罪をでっち上げる、なにを仕出かすかわからない奴ら……あら失礼。レオの口調が移ってしまったわ」

「……っ」

さらに畳みかけるようなグレースリア様のお言葉に、さすがの男性陣も二の句を継げず、すっかり意気消沈している。

「ともかく、それほどまでに信用がないクレマン様が、殊勝にもクリスティアーヌ様に詫びたいというから招待したというのに、断りもなく男性ばかりそんな大人数で押しかけるだなんて、あまりにも非常識でしょう。クレマン様、貴方は私の信頼も裏切ったのです」

なぜクレマン様たちがこの場にいたのかはわかったけれど、まさかの謝罪だなんて。でも、なんだかもう、そんな雰囲気ではなくなってしまっている気がする。

「……確かに短慮だった。すまない」

「深刻なのは私よりもクリスティアーヌ様のほうですわ。彼女は僅か半年前、いま以上の数の男性に囲まれて一方的に糾弾されたのですよ？　また同じ男性たちに囲まれて、どれだけ怖い思いをしているか……皆様方はもう少し、人の心の機微を想像する力を養ってくださいませ。でないと同じ失敗を何度でも繰り返しますわよ？」

クレマン様が、私をじっと凝視する。その視線が私の胸もとで止まったのを見て、自分でも見下ろすと、握り締めるあまりに真っ白になっている両手が目に入った。知らぬ間に小刻みに震えている。自分が思うよりも私は恐怖を感じていたみたいだ。

「だから無理だって、空気読めないんだし」

「貴方も」

不満そうに漏らしたレオさんに、グレースリア様が扇をゆるりと向けた。

「そういえば、なぜここにいるのです？」

「え、だってグレースがクリス……ティアーヌ嬢と差しで話すっつうから、心配になって」

「心配の内容によっては怒りますわよ？　……まぁでも、本当にちょっとだけ心強かったから、許しますわ。クリスティアーヌ様を守って差し上げて」

「了解！」

嬉しそうに私の前に立ったレオさんは、どうやらグレースリア様とも旧知の仲らしい。本当になんだかよくわからない人だ。

「クレマン様、今日のところはお引き取りあそばせ。皆様方はまだ、謝罪できるレベルにすら到達しておりませんわ」

「しかし、殿下も謝罪のためにクリスティアーヌ嬢を訪ねたと」

「まあ、本当ですの？」

グレースリア様が真偽を確かめるように私を見る。

「はい。ただ、謝罪を受け入れるかどうかは二年後まで保留にするとお答えしました。本当に謝罪の気持ちがおありなら、その気持ちを糧に、変わったお姿を見せていただきたいと」

「まぁ……意外と言うのね」

グレースリア様が楽しげに目を細める。薄めの唇が柔らかく弧を描いていた。

「殿下は今回の件を深く自省されたとのことで、ご自身の欠点を克服し王としての役割をまっとうできるようになるべく、二年間死にもの狂いで努力すると約束してくださいましたわ」

そこまでお話ししてから、瞠目《どうもく》する男性陣に視線を移す。

「ですから、もし皆様に謝罪の気持ちがおありなら、殿下のように行動で示していただきたいのです。いま謝罪のお言葉をいただいたとしても、私には、それがどれほどの重みを持つのか判断できませんから」

一息に言って、内心ホッと息をつく。視界の中にグレースリア様とレオさんがいるだけで、なんだか勇気が出てくるのが不思議だ。

「なにそれ」

男性陣の中から若干高めな声がした。声を発したのは少女のように可愛らしい顔の男の子。確か下級貴族だったと思うけど……。

「殿下にその言い草はさすがに不敬では？　殿下にそんなことを言えるほど面の皮が厚いんなら、リナリアをいじめていたとしても納得です。案外ガルア様とリナリアが逃げたのだって、裏で糸引いてたんじゃないですか？」

「まあ……！」

「えっ⁉」

グレースリア様は発言した男の子を険しい表情で睨んでいるけれど、私は純粋に驚いた。確かに全体的に気になるところしかない発言だけど、それより、ガルア様とリナリア嬢が逃げたって……どういうこと？

しかし、声を上げたグレースリア様と私を、クレマン様が目顔で制する。

「ほかにもそう思っている者はいるか」

男性陣の中のひとりが目を泳がせた。

「お前もか。面の皮が厚いのはお前たちのほうだろう。冤罪で彼女を糾弾しておきながら、詫びるどころかさらに貶める発言をするなど……正気か？」

「あの調書には影宰相も関わっているのでしょう？　果たして本当に冤罪かどうか」

目を泳がせた男性が独りごちる。……影宰相ってお父様のことよね。要はお父様が調書をいいようにでっち上げたと言いたいのだろう。

以前、お父様も言っていたっけ。

『我々が公爵家の権力で事実を曲げたのだろうと邪推する者もいるだろう』『闇雲にあの娘を信じる者、表面上は従う者、自らの過ちに気付く者……さまざまだろう。お前も注意深く見てみることだ』って。

いままさに、お父様が想定した場面が眼前で繰り広げられているわけか。

「なるほど、調書自体に疑いを持っているのか」

「影宰相ならできるのでは？」

「だってリナリアが俺たちを騙すはずがない！」

クレマン様の問いに返ってきた答えは、なんとも薄っぺらいものだった。

「調書の内容を捻じ曲げる意味がない。仮に本当にクリスティアーヌ嬢がリナリアをいじめていたとしても、あの家にはキズすら付かないだろう」

「そうですわね。公爵様が『複数のご令息を惑わせている女生徒に灸を据えたのだろう』とひと言仰るだけで済むでしょうね」

ため息交じりのクレマン様の言に、グレースリア様の呆れたような声がかぶさる。

「そうやってリナリアのことを闇雲に信じた結果がいまなのだ。こんな事態になってもまだそれに気付かないのか。邪推を重ねる暇があるなら、自分でも調べてみればいいだろう。一日と経たずに同じ結果が得られるはずだ」

クレマン様は苦虫を噛み潰したかのような顔で続けた。

「僕は、自分の手の者を使って調べたぞ。調書が信じられなかったからではない。自分が真っ先にすべきことを怠ったと恥じたからだ」

さっきから私に憎悪の目を向けていたふたりは、悔しげに拳を握り締めている。

「あのさぁ、ふたりとも。いままでの印象抜きにして、ちょっと冷静に考えてみなよ。クリスティアーヌ嬢、俺たちを罵りすらしてないよ？　別に庶民にも優しいし、俺たちが勝手に色眼鏡で見てただけだって、そろそろ気付こうよ」

　宮廷魔導師でもあるフェインさんが取り成すように会話に入ってきた。確かフェインさんは最初に殿下と『テールズ』に来たんだっけ。

　フェインさんの取り成し虚しく、クレマン様はさらに厳しい顔になっている。

「……そういえばお前たち、クリスティアーヌ嬢を不敬だと罵っていたね。言っておくが不敬なのはお前たちのほうだよ。自分たちよりも格上の公爵家の令嬢に暴言を重ねているだけではない。陛下の名のもとに纏められた調書すら疑う。しかもなんの確証もなしに、だ」

　確かにそれは私も驚いた。

　本来口にするのも憚《はばか》られるような疑いを、私やクレマン様、そして未来の王妃グレースリア様もいる場所で口にするなんて正気とも思えない。

「それぞれ親父殿から薫陶も受けたはずだが……残念だよ。もはや殿下のお傍には置けぬ。帰りたまえ。陛下の言よりひとりの女を信じるお前たちに相応しい道を、親父殿が探してくれるだろう」

　呆然とクレマン様を見上げていたふたりは、その言葉が撤回されないと理解すると、力なく肩を落としてトボトボと扉へと進んでいった。扉の前で、最初に声を上げた男の子が振り返る。縋るような、切羽詰まった目が私に向けられているのはなぜだろうか。

「ク……クリスティアーヌ様、本当に……本当にリナリアがどうなったのか知らないのですか？　せめて居場所だけでも……！」

「ご、ごめんなさい、本当になにも知らないのです。彼女が学園にいないことを知ったのもつい先日のことですもの」

「そう……ですか。俺……申し訳、ありませんでした……」

咄嗟に答えはしたものの、当然彼の求める答えではない。ヨロヨロと覚束ない足取りで出ていく姿は、いっそある種感慨深いものがある。自分の処分すらわからなくなってもリナリア嬢の行方のほうが気になるなんて、彼は本当にリナリア嬢が好きなんだろう。

「クリスティアーヌ嬢」

彼らが出ていった扉を見ていたら、いつの間にか残る男性方がこちらを見て居住まいを正していた。それを見て、思わず背筋が伸びる。

「先ほどのふたりの分も含め、これまでの非礼の数々、本当に申し訳ありませんでした」

彼らの代表、といった態でクレマン様が丁寧に頭を下げる。

「いまは言葉での謝罪は無意味とお感じでしょうから、殿下に倣い、我々が自省して変わったのだと他者からも認められるよう、死にもの狂いで修業いたします」

男性方が一斉に頭を下げる。

真摯に言ってくださっているのはとても伝わってくるけれど、男性四人に一斉に頭を下げられるだなんてことは初めてで、なんだか怖かった。彼らとの間にレオさんがいなかったら、ちょっと震えてしまったかもしれない。

「わかりました。しっかりと、皆様が努力されるお姿を拝見したいと思いますわ」

それでも、毅然とした態度だけは崩さないように気を付ける。彼らのためにも国のためにも、ここで私が甘い顔をするわけにはいかない。彼らがこれを機に変わってくれれば、学園での評判も改善されていくことだろう。

「そうですわね、本気で取り組んだほうがよくってよ」

グレースリア様がなぜかいたずらっぽい口調で言ったあと、その微笑みを扇で隠した。

「今回の件を受けて、兼ねてより検討されていた案件が実現に向けて動き出しているのですって」

クレマン様ですら知らなかったのか、男性方が僅かに緊張したのが伝わってくる。

「これまで男性貴族がほぼ席巻していた文官の席を、段階的に実力主義での採用にシフトしていくそうですわ。身分や性別の壁が低くなれば、優秀な人材も増えるでしょうし、これまで安穏としていたご子息たちも気合が入ることでしょう」

男性方が途端に落ち着かない様子で顔を見合わせはじめた。「なぜ」「急にそんな」と不安げな声も漏れ聞こえてくる。なかでもクレマン様は眉間の皺を深くし、歯ぎしりでもしそうな勢いだ。

「それは……君の父上がずっと議題に挙げてきたことだろう」

「ええ、お父様というよりは、我が一族が代々主張してきたことですが。勿論私も大賛成ですわ。よかったですわね、クリスティアーヌ様。女性の登用も間口が広がりましてよ」

「！　はい！　頑張りますわ！」

男性に比べて、女性が登用されるのは三倍の努力が必要だとお父様から聞いていただけに、この知らせは私にとっては朗報だ。素直に嬉しい。ただ、男性にとってはこれまでの優位性を阻害されるだけに、釈然としないものがあるようだ。

「やっぱりそんな顔をなさるのね、不思議ですわ。庶民枠を設けるわけではなく、実力で選出するだけです。別に問題はないでしょう？　私たち貴族は幼少より厳しい教育を受けているのですもの、もともと庶民より有利なのです。実力で枠を勝ち取ればいいだけですわ」

男性方の反応を見て、グレースリア様はため息をつきながらそう仰った。

「言っておきますが、こたびの件で皆様方にはすでに資質に大きなバツがついているのです。その評価を覆さないと未来などありませんわ。ゆっくりしている暇はないんではなくて？」

男性方は悔しそうだけど、別にやることが変わるわけじゃない。私も思わず口を開いた。

「皆様、丁度いいのかもしれませんわ。先ほどせっかく死にもの狂いで修業する、と仰っていただいたんですもの。そのお言葉を皆様が実践なされば自ずと結果はついてきますわ」

「……そう、ですね」

「私もどうしても文官になりたいんですの、皆様に負けるつもりはありません。皆様は半年ブランクのある私によもや追い抜かれるようなことはなさらないでくださいましね？」

「わかりました。死にもの狂いで努力して、それでもブランクのある貴女や、ましてや庶民に抜かれるようでは、真に素質がないですからね」

それはそうだろう。

「地に落ちた信頼を取り戻し、揃って〝殿下の側近に相応しい〟という評価を得てみせます」

そう約束して、クレマン様たちは去っていった。すでに吹っ切れたいい顔の方もいれば、急な制度の変更にまだ心が揺れている方もいるようだ。揃って、というからにはきっと殿下とクレマン様が男性方の意思統一をしながら、将来に備えていくのだろう。

「やれやれ、ですわ。これでひとりでも多く〝使える人材〟に生まれ変わってくれるかしらね」

グレースリア様がふう、と息を吐いた。切にそう願う。

「そういえばレオさんは慌てませんでしたね。あのお話、知っていたんですか？」

ふと言ってみれば、とっても心外そうな顔をされてしまった。

「知ってるわけないでしょ。ていうかクリスちゃん、なんかいろいろ誤解してない？　俺、割と頭いいんだよ？　学年で十位から落ちたことないし、このくらいのことで慌てる必要ないからね？」

「腐ってもハフスフルールの名に連なる者ですものねぇ」

「末端だけどな」

グレースリア様とレオさんの会話でやっと納得だ。仲がよさそうなのも当たり前ね、レオさんって、グレースリア様と同じ、ハフスフルール家の人だったんだわ。

「そうそう、私がグレシオン様と婚約したから、本家は後継の座が空席になったでしょう？　お父様はきっと一族の中から有能な者を後継に選ぶでしょうね」

「だな、親父さんすでに査定モードに入ってるもんな」

「レオ、ものすご～く頑張れば、貴方にも可能性がなくはなくてよ。……侯爵位なら、なんとかなるかもしれないですわねぇ？」

「わかってるさ、交渉中だ。でも親父さんの口癖知ってるだろう？」

「実力で勝ち取れ、ね。まあ侯爵位がそう簡単に手に入るはずもないでしょう。頑張りなさいな」

「すでに功績上げてる奴らも多いからな。さっきのボンボンたちより絶対難易度高いだろ。まあ、負けないけどな」

くだけた感じで軽妙に交わされる会話は、正直私にはよくわからない。レオさんが空席になったハフスフルール侯爵家の後継を狙ってるんだってことがわかるくらい。

レオさんが侯爵かあ……想像つかないな。

「とにかく！　俺も頑張るから、クリスちゃんも頑張ってな。あのぼんくらボンボンたちはたいしたことないけど、グレースは真面目に強敵だから、よそ見しないで勉強しろよ！」

言いたいことだけをさっさと告げて、レオさんは踵を返す。少し急いだ表情になっているのは、昼休みも終わりそうな時間になってきたからかもしれない。

「あ、レオさん！　ありがとうございました！」

「どういたしまして！　じゃあな、頑張れよ！」

照れくさそうに笑ってから、レオさんはダッシュで戻っていった。

「私たちもそろそろ教室に戻りませんと。ああもう、クレマン様たちのせいで、昼食を完全に取りそこねましたわね」

先を歩くグレースリア様に小走りで追いつきながら、どうしても気になることだけ小声で尋ねる。

「あのっ……リナリア嬢はいったい……？」

「私も知らされておりませんわ、興味もありませんし。気になるならば、貴女のお父様にお聞きになったら？　一番知っていそうな方ですもの」

グレースリア様の言葉にそれもそうだと納得し、邸に帰ってみれば、珍しいことにお父様がすでに邸に戻っていた。どうやら約半年ぶりに学園に行った私を、心配してくれていたみたいだ。

私の様子を見て安心したのか、嬉しそうに笑みを浮かべるお母様とお父様に帰宅の挨拶をしていたら、邸内がにわかに慌ただしくなる。邸では滅多に聞かない、走るような音が近づいてきたかと思うと、乱暴に扉が開かれた。

「姉さん！」

飛び込んできたのはルーフェスで、僅かに息が上がっている。きょろきょろとあたりを見回して私の姿を見つけると、あからさまに安堵した声で呟いた。

「……ああよかった、ちゃんと帰ってきてたんだ」

「まあ、ルーフェスったらそんなに慌ててどうしたの？」

「どうしたの？じゃないよ……」

ぐったりした様子で頭を抱えたルーフェスが、私を恨めしげな目で見つめる。

「姉さん、帰るの早すぎだよ。なんかふたりほど脱落したんだろ？　逆恨みした奴とかに害されないとも限らないから、僕、姉さんの教室まで迎えに行ったのに、もういないし」

脱落……？

ああ、クレマン様に家に帰れって言われていた、ふたりのことかしら。

「大丈夫よ。もしかして心配してくれたの？」

「当たり前だろ」

憮然とされてしまった。

「だいたいその〝大丈夫〟って根拠がないだろ。明日からは勝手にひとりで帰ったりしないでよね」

馬車なのに、とは言わないでおこう。

「ほらほらふたりとも、いつまでも立っていないでお座りなさいな。クリスティアーヌ、久しぶりに学園に行った感想はどう？」

幸せそうな笑顔でお母様が促す。極上の紅茶を飲みながら、家族四人で談笑する時間はとてもとても大切なものに思えた。

学園であったこと……心配して声をかけてくれた人がいたこと、授業はやっぱりかなり進んでいて難しかったこと、グレースリリア様やレオさん、クレマン様たちと話したことなどを訥々《とつとつ》と話していたら、あっという間に時間が過ぎた。お父様にとってはおおむね予想通りの展開だったらしく、頷くだけで大きな反応はない。穏やかな目の中に、時折面白そうな光が宿るくらいだ。逆にお母様はいちいち相槌を打ってくださるうえに、各々の親御さんの心情に寄り添ってみたりと忙しい。終始不貞腐れた様子のルーフェスとはまったくもって正反対の様子なのがちょっと面白かった。

家族との会話を楽しみ一通りの話を終えた私は、気になっていたリナリア嬢のことを聞こうかどうかと迷っていた。

「どうした、クリスティアーヌ。なにか気になっていることでもあるのか？」

さすがにお父様はお見通しらしい。

「学園でガルア様とリナリア嬢が逃げた、なんて不穏なことを聞いたものですから、気になってしまって」

「もう聞いたか。意外と早かったと言うべきか」

ニヤリと笑ったお父様は顎をさすりながら意味ありげに私を見た。

「ありていに言うと、まあ、事実だ」

「本当にムカつくことにね」

お父様が笑っている横で、ルーフェスの機嫌はますます悪くなっている。

「事実なんですか？」

「ああ、ガルアがあの娘を攫って逃げた、とも言うな」

意味がわからない。

「お前の冤罪がわかった途端、嫌がる娘を当て身一発で気絶させて手際よく連れ去ったらしい。あの娘が罰せられるとでも思ったのであろう」

「まあ……」

「騎士団長の子息が殿下放ったらかして女攫って逃げたとか、開いた口がふさがらないよ。あの女もガルアも、僕は正式に罰するべきだと思う」

「さすがにガルアは廃嫡にしたそうだがな」

「生ぬるいよ」

「そうか？　私はそれなりに満足しているがな」

目を閉じて紅茶の香りを楽しむ姿は優雅で、お父様の言葉に嘘がないのだとわかった。

「ふたりを乗せた馬車はデイル村へ向かっている。まだ数日はかかるだろうがな」

「デイル村？」

不勉強のせいか聞いたことがない。それに、なぜに逃げたはずのふたりの行き先を、お父様が知っているのだろうか。

「まさか」

呟いて、ルーフェスが呆れたような顔をした。

「デイル村はこの国の人間でも知っている者などほとんどいないような山奥の寒村でな。ガルアの『できるだけ遠く』との望み通り、いま運んでやっているところだ」

「なんでそんな回りくどい……」

ルーフェスは察するところがあるみたいだけど、私にはなにがなにやら、ちっともわからない。

「男を簡単に誑かす女狐と、仮にも騎士団長の息子だからな、下手な近場に逃げられて妙な動きをされても困る。隣国からも遠いうえに周囲の村に行くには馬で数日かかる僻地、しかも貧しくて農耕馬もいない村なら、その心配もあるまい」

「うわぁ、厄介な奴ら押し付けられて、その村が可哀相なんだけど」

「あの村は飢饉でな、管轄の領主から減税の嘆願が出ていたのだ。減税のうえ馬車には種芋と食料を積んである。若い働き手がふたり増えるわけだし、村にとっても悪い取引ではなかろう」

「なるほど」

マズい。ルーフェスはすでに納得しはじめているというのに、私、いまひとつ理解できていないんだけど。情けないけれど、恥を忍んで質問することにした。

「あ、あの……私、よくわからなくて。ガルア様はご自身の意思で馬車を駆って逃げていらっしゃるんですよね？」

「ああ、そうだ。ただあの娘には監視をつけてあったのでな、ガルアが行動に出たのを知ってこちらも手を打たせてもらっただけだ」

「本人は逃げたと思ってるけど、その実行き先は指定されちゃってるわけだね」

ルーフェスがさらりと会話をアシストしてくれる。なるほど、同じく家出したつもりで、その実護衛までされていたことに半年も気付かなかった私には、若干胸が痛いシチュエーションだ。

「しかし今回の概要を聞くに、ありていに言えば流罪でしょう。そんな遠回しなことをせずとも、はっきり罪に問えばいいでしょうに」

「私はな、なんでも見せしめに罰することが威信に繋がるとは思っておらんのだよ。むしろ今回の一連の流れはどれをとっても醜聞にしかなるまい」

ルーフェスの不満げな顔に、お父様は苦笑を漏らしている。

「それに、今回は若干意趣返しも含まれておるのでな」

「意趣返し、ですか？」

お父様が言わんとすることは、私にはなんだか婉曲的で正直よくわからない。

「あの娘は野心家だ。見目のいい男、質のいい貢ぎ物、褒め称える言葉を常に求めている。学園で誑かした男たちも、商家の息子から始まって次々に位の高い男たちにターゲットを変えていった。そんな娘がいきなりド田舎に押し込められたらどうなる？」

「あ……」

「あの女には到底耐えられない状況だね。それはガルアを責めるんじゃない？　口でどう言うかは別として、内心不満しかないよ、きっと」

ルーフェスは確信を持っているみたいだ。彼女とかなりの時間行動をともにしたルーフェスだからこそ、わかることもあるのかもしれない。ていうか、最上級生だったガルア様をすでに呼び捨てにしているあたり、さすがに徹底してるなぁ。

「しかも、ガルアにしてみれば、あの女の窮地を、身を捨ててまで救った気持ちでいるわけだろ？　報われないよね、まったく」

「ガルアはともかく、あの娘としてはすぐに手に手を取り合って……という気にはなれぬだろうな」

ちょっと想像してみて、体をぶるっと震わせてしまった。そうだ、ガルア様はともかく。リナリア嬢にとっては、親しい男性にいきなり気絶させられたのだってショックだろうし、目が覚めたら食べる物にもこと欠く辺境の農村にいるわけでしょう？

知った顔は自分を無理矢理攫ってきたガルア様だけ。逃げ出す手段もないだろうし、多分手段があってもガルア様が止めるだろう。

「なんだ、想像でもしてみたのか？　なかなか嫌だろう？」

お父様の問いかけに、思わずこくこくと頷く。

「ふたりとも随分ナメた真似をしてくれたのでな、今回に関しては表だった処分を下したところでなにか利があるわけでもないし、一般的な罰よりも、本人にとってダメージがデカい手法を取ったまでだ」

「はあ……」

なんと言えばいいのやら。

「まあ、そのうち諦めて下手な野心を抱かずに日々を暮らしてくれればいいのだが。国に仇なさなければ、これ以上関わるつもりもないのでな」

そう言ったあと、お父様は急に真面目な顔で私を見つめる。

「さあ、これで気になっていたことは解消できただろう。お前もこれ以上、あの娘やガルアのことを気にする必要はない。そんなことに脳みその容量を使っている場合ではないぞ？　自らの夢に向かって、邁進しなさい」

お父様の言葉にハッとする。ふたりが行方不明のままだと、私がいつまでもどこかで気にしてしまうだろうことを見越して、お父様は詳細を話してくれたのだろう。

「そうですわねぇ。早く試験で一番を取って下町に行けるようにならないと、女将さんが寂しがりますもの」

お父様の傍らで、お母様が柔らかく微笑む。優しげに下がった目尻からは、慈愛のようなものが感じられた。

「クリスティアーヌ、下町に行けるようになったら、一緒にお忍びで出かけましょうね。私、クリスティアーヌと行きたいお店がたくさんあるの」

「母上、あんまり姉さんに無理させないようにね。姉さん、覚悟したほうがいいよ。母上はこう見えて意外とタフなんだ。多分くたくたになるまで付き合わされる」

からかうように口を出してくるルーフェス。ちょっと突き放すような口調も照れ隠しなんだと、このところようやくわかるようになってきた。こうして家族揃って歓談し、皆の私への気遣いをありのままに感じられる瞬間が、とても嬉しい。素直に〝頑張ろう〟と思えて、私はテーブルの下でそっと拳を握り締めた。


学園に復帰してから三カ月ほどが経った頃。なんとか三回生に進級した私は、張り出された試験の結果を見て深いため息をついていた。非常に残念なことに、グレースリア様に全然勝てる気がしない。

下町に下る前までは学年の上位三分の一くらいをウロウロしていたのが、復学してこの三カ月で上位十人に近しい順位まで上げられたことは自分でも褒めていいとは思う。

ただ、その上位十人ほどは、桁違いに点数がいいのだ。

六百点中、十位のフェイン様は五百七十六点、十二位の私は五百二十三点。その差はなんと五十点以上。本当に差が大きい。フェイン様は宮廷魔導師としてすでに働きながら学園にも在籍されているというのに、この成績を収めているあたり、以前約束してくださったように誠心誠意、努力を続けていらっしゃるのだろう。

私も、負けていられない。張り出された順位表を見ながら決意を新たにしていると、廊下の向こう側から颯爽と歩いてくるグレースリア様のお姿が見えた。

「あら、クリスティアーヌ様ごきげんよう。結果、見ましたわ。半年のブランクがあるというのに、思いのほか頑張りましたわね。私も油断できませんわ」

「グレースリア様、ご冗談を。自分の不甲斐なさに落胆していたところですのに。まだまだ道は遠そうですわ」

「ふふ、二位と三位のご令嬢も、なかなか手強いですものね」

そうなのだ。文官に実力採用枠が設けられると発表されてから、急に試験の順位発表の上位を女性陣が占めるようになってしまった。特に二位と三位のご令嬢の躍進は凄まじく、いまやグレースリア様を脅かすほどの点数を叩き出している。

まだまだ相当頑張らないとグレースリア様には勿論、そのふたりにすら勝てそうもない。

「はい、ライバルが増えてしまいました。ですがもともと自らの不勉強が原因ですから、これくらいは覚悟の上です。市井官を目指す心にブレはありませんので、いま以上に頑張るほかありませんわ」

「あのふたりも、文官志望だそうよ」

「はい、直接お声がけいただきましたわ、ともに励みましょうと。おふたりとも大変情熱的でした」

それを聞いたグレースリア様はひとしきり楽しそうに笑った。

「そうでしょうね、おふたりは貴女が文官を目指していることを知って、名乗りを上げたクチですもの」

「まあ、そうなのですか？」

「公爵家の令嬢が文官を目指すなんて異例のことでしょう？　制度が変わるときにこれほどよい宣伝はない……触発されて文官を目指す女性が増えていますのよ？」

思いもよらなかった。まさか自分でライバルを増やしていたとは。でも、制度が変わっても応募してくる人がいなくては、結局絵に描いた餅にしかならない。民は落胆してしまうだろう。

「では、三人揃って文官になれるよう頑張りますわ。グレースリア様の助けになれるように」

「ふふ、嬉しい。グレシオン様たちもやっと少しまともになってきましたし、卒業までにもう少し株を上げてくださるとよいのですが」

「大丈夫なのでは？」

リナリア嬢と過ごす時間が増えてから、成績が落ち授業にも武道の鍛錬にも身が入らなくなっていたらしい殿方たちも、いまではまるで人が変わったように真面目になったと噂になっている。いまのところ彼らも真剣に〝変わろう〟と努力しているみたいですもの。

「まあ、いまの気持ちが続けば、あるいはこの国の未来も託せるかもしれませんが……殿方ばかりあてにするのもつまらないでしょう？」

「?」

グレースリア様がなぜかにっこりと微笑む。

「殿方たちをしっかりとサポートする組織を作ろうと思うのです」

「組織」

「ええ、皆さんとても乗り気で。発足する際の茶会にはぜひ、クリスティアーヌ様もお呼びするよう、私、詰め寄られておりますの」

グレースリア様に詰め寄るって、いったいどんな人たちなんだろう。なんだか怖い。そうは思うものの、勿論断ることなんかできず、私はその『殿方たちを陰に日向にサポートする会』なんていう、よくわからない会にゲスト参加することになったのだった。

そんな会話が交わされてからさらにひと月ほどが経った頃、私はグレースリア様のお邸に招かれた。どうやら以前お話をいただいた、『殿方たちを陰に日向にサポートする会』がいよいよ発足されることになったらしい。

気負わずに話したいとの意向から、今回は庭園で茶会を催すのですって。グレースリア様のお邸の庭園は幾何学的なデザインのとても美しいものだと聞いている。幾何学的って確か、フランスのヴェルサイユ宮殿みたいな綺麗なお庭のことよね。そんなお庭でお茶会だなんて、なんて素敵なんだろう。

　グレースリア様のお邸に向かう馬車の中、私は心が浮き立つような気持ちを味わった。

　訪れたお庭は、噂通りおとぎ話のように美しい。一部の隙もなく刈り込まれた低木。木々の色彩と花とで人工的に形作られた文様の中に置かれた真っ白い華奢なテーブルと椅子は、とても精細な造りで趣味のよさを窺わせる。

　しかもそこに集まっている淑女たちの美しさたるや。

　私が庭園を抜けて茶会の会場に着くや否や、すでに到着されていたご令嬢方が、楚々《そそ》とした様子で集まってくれた。

「こんな風にゆっくりとお話しするのは初めてね、クリスティアーヌ様」

　目の前の煌びやかな淑女が妖艶に微笑む。間違いようがないこの美貌、ダダ洩れる色気。波打つ金髪も目元の涙ボクロも厚めの唇も威風堂々たるお胸様もすべてがパーフェクトな美女。このお方はクレマン様の婚約者、リーザロッテ様だ。

　どうしてクレマン様はこのお方よりもリナリア嬢に惹かれたのか、いまだに私はわからない。クレマン様と同学年の彼女もまた、あの事態を落ち着いた物腰で終始静観していたはずだ。

「あのときはおつらかったでしょう？　お察しいたしますわ」

　優しく微笑むのは清楚なエールメ様。この儚げで優しそうな方は、なんとあのリナリア嬢を攫って逃げたガルア様の婚約者だった方。こんな見るからに素敵な人を袖にして逃げてしまったなんて、いまでも信じられない。ご自身だっておつらいだろうに、私の心配をしてくださるエールメ様の優しさに、私は胸が熱くなった。

次々とご挨拶くださる令嬢たちは皆、あのリナリア嬢を取り巻く殿方たちの陰で苦渋を舐めた婚約者の方々だ。

「全員揃ったようですね。お茶と美味しいお菓子をお持ちしますわ」

グレースリア様が颯爽と現れて、給仕の方たちがしずしずとお茶を注いでいく。あたりには芳醇な紅茶の香りが漂って、テーブルの上には色とりどりのお菓子が並べられた。

美味しそうな匂いと目にも楽しいお菓子って、どうしてこう気持ちが華やぐのかしら。どのご令嬢の顔も、自然とほころんで楽しそう。

「お集りの方々はもうお気付きでしょうけれど、この会は、あの小娘にいいように踊らされたなさけない婚約者たちを持つ、運の悪い女性の集まりですわ」

「グレースリア様ったら、少しは言葉を慎みなさいませ」

「あら、失礼。そもそもこの会の発起人はリーザロッテ様ですものね、お姉様から一言お願いいたしますわ」

「まあ、ひとつしか違わないじゃないの、嫌な子」

じろりと睨んでいるけれど、どうやらリーザロッテ様とグレースリア様はとても仲がいいみたい。姉妹のように屈託なくお話しされているさまは、見ていて気持ちがよかった。

「それでは、一言。私がこの会を催したいと思ったのはほかでもありませんわ。こたびのことで私、殿方を頼ってばかりではいけないと思い知りましたの。信じて待っていても、事態は欠片もよくはなりませんでしたから」

その場にいた全員の顔が大きく縦に揺れた。

「あの忌々しい小娘が学園を去って、ようやく殿方も正気に戻りつつありますが、彼らが自力で更生するのをただ見守るだけでは不安です。私たちも自らの意志で殿方を強くサポートする姿勢を持つ必要があると思うのです」

リーザロッテ様の毅然とした言葉に、それぞれが真剣な顔で頷いている。その様子を満足そうに見ていたリーザロッテ様は、不意に私のほうへ顔を向けた。

「クリスティアーヌ様」

「はい」

いきなり呼ばれて、一瞬動揺する。

「クレマン様から聞きましたわ。殿下やクレマン様に発破をかけてくださったんですって？　私、感謝しておりますのよ。あれから彼、とても変わったのです」

「いえ、そんな大層なものでは」

「謝りたいという彼らに、行動で示してほしいと……二年後に謝罪を受け取ると仰ったと聞きましたけれど」

「それは……確かに言いましたが」

私は、つい言い淀んでしまった。感謝されるほど立派なことなどしていない。こうしてほかのご令嬢を巻き込んで状況を変えていこうとしているリーザロッテ様やグレースリア様のほうが、何倍もすごい。

「あの言葉は、自分自身への戒めでもあるのです」

「まあ、貴女がなにか戒める必要があって？　クレマン様から、ありもしない罪で貴女を糾弾し、殿下の婚約者の座も奪ったうえに学園まで休学させてしまったなどと、私、最悪な話を聞かされましてよ？　どこか違ったのかしら？」

リーザロッテ様の率直な追及に、その場が軽くざわめいた。きっと、事の顛末を婚約者から聞いていた方も、なにも知らない方もいたのだろう。

「それは、なんというか、その通りではありますが……あの状況を止めもせず、放置していたことは私も反省しているのです。彼らも私も、今回の件を糧に相当変わらなければ、この情けない事態を体験した意味がないと思い至って、互いの戒めとして口にした言葉なのです」

「あらまあ」

リーザロッテ様は睫毛まで麗しい大きな瞳を、さらに大きく見開いた。

「見た目の割に気弱な前王妃候補やぽっと出の現王妃候補だけに任せてはおけないと、わざわざしゃしゃり出てきたのですが、余計な心配だったようですわね」

「お姉様こそ少しは表現に気を使ってくださいませ。でも、こうして私たちが手を取り合って支え合うのは大切なことですもの。リーザロッテ様の発案で、この会を持てたのは僥倖《ぎょうこう》です。私もグレシオン様の情けないお姿を見ているもので、この先どうしようかと正直途方に暮れておりましたけれど、こうして皆様と一緒に歩めるならば心強いですわ」

グレースリア様が笑ってそう返すと、次々にほかのご令嬢からも同じように声が上がる。「お互いに情報交換ができるのはありがたいですわ」「こんな悩み、そうそう話せませんものね」という共感の声もあれば、「この機にもっと婚約者のお尻を叩きませんと」なんて勇ましい人までいて、会は否応なく盛り上がった。

美味しいお菓子を上品に口に運びながらも、皆様本当に情報収集に余念がない。お化粧品の話から流行のドレス、小さなゴシップに至るまで、話題はころころと変わっていく。

「ところでグレースリア様、ハフスフルール侯爵家は誰を後継に指名なさいますの？　噂の的になっていましてよ」

「目下、選定中ですわ」

「ハフスフルール家は皆様、優秀ですものね。侯爵様も選ぶのに苦労なさるのでは？」

「むしろ楽しんでいるわね。誰が最終的に次期侯爵位を射止めるか、賭けでも開催するか、なんて笑っていたわ」

グレースリア様の発言に、ご令嬢方は次々に自らの予想を口にする。あの方は先月他国との交渉を纏めただとか、この方は新しい薬の製法を編み出しただとか、推す根拠を述べる方もいればスキャンダルがあるからダメだと断ずる方もいて、私はご令嬢方の情報の豊富さに驚いた。

「レオナルド様はどうですの？　候補者のひとりなのでしょう？」

突然出てきたレオさんの話題に、私もドキッとしてしまう。

「まだ学生ですもの、分が悪いんじゃなくて？」

「ですが学園の中では一、二を争うほど人脈をお持ちよ？」

「どうなんですの？　グレースリア様」

素知らぬ顔で紅茶を口に運んでいたグレースリア様が、なぜか私を見ながら発言する。

「一番本気で侯爵位を狙っているのはレオですの。直談判してお父様の補佐までしておりますし、意外といい勝負になると思いますわ」

そうか、レオさんはそんなに頑張っているのね。そう思うとなんだか勇気が湧いてくる。私も負けてはいられない、頑張らなくては。

決意を固めている間に、話は次の話題へと移っていった。他愛ない話の中に、さりげなく欲しい情報の話題を織り交ぜてくるのだから、頼もしくもあなどれない方ばかり。私もひとしきりさまざまなことを聞かれ、少しだけ疲れてしまってひとり涼んでいたときだった。

「クリスティアーヌ様」

とても静かな、優しい声が私を呼ぶ。振り返ると、エールメ様が儚げな笑顔で佇んでいた。

「エールメ様……あの、ガルア様のこと……」

なんと言えばいいのだろう。婚約者のガルア様はリナリア嬢と逃げてしまったわけだから、きっと一番つらいのはこのエールメ様だ。私のつたない語彙力では慰める言葉すら思いつかない。

言葉に詰まった私に、エールメ様は優しく微笑んでくださった。

「気を使わないでくださいませ、私、むしろ安心したのです」

「えっ」

「正直に申しまして私、ガルア様が苦手でございました。その、声も体も大きくて目つきも怖い方でしたから。婚約者だというのに私、どうしても慣れることができなくて」

なんと。確かに親が決めた婚約だから、相手を好きになれないこともあるだろうけれど。訥々と言葉を繋ぐエールメ様は、相手を好きになれなかったことを悔いているような、それでも婚約が破棄されてホッとしているような、そんな複雑な表情をしていた。

「それよりも、私クリスティアーヌ様にお会いしたくて、今日はこの会に参加させていただいたんですの」

「私に？」

「ええ。クリスティアーヌ様が市井官を目指していらっしゃるとお聞きしたもので……そのお話は、本当のことなのでしょうか」

「はい、目指しております」

「理由をお聞きしても？　以前の貴女からはとても信じられなくて」

少しだけ考えたけれど、私は正直に話すことにした。お父様からも、この件の関係者であれば話していいと許可をいただいている。話しても大きな問題にはならないだろう。

「実は私、学園をお休みしていたあいだ、庶民の暮らしを知るために、下町でひとりの町娘として暮らしていたのです」

「まあ……！」

「半年ほどでしたけれど、皆さん、とても親切にしてくださって。私、市井の方々が心地よく暮らせるよう、少しでもお役に立ちたいのです」

「目標ができたのですね」

「はい」

「それで、学園に戻られてから急に雰囲気が変わられたのね。とても素敵だわ」

なぜかエールメ様は花がほころぶように、嬉しそうに微笑まれた。二つ年上なだけなのに、聖母のように慈愛に満ちた笑みに見える。終始ニコニコと嬉しそうなエールメ様と他愛ない会話を交わしながら、その日は穏やかに過ぎていった。


「うう～む」

思わず唸り声だって出る。

三カ月に一度行われる大規模な試験。前回は十二位、今回はようやく八位だ。なかなか上位に食い込めない。これだけ勉強しても五位にすら入れないなんて。

原因はわかっている。私は算術と星読みの二教科で十点ずつ落としているのだ。この苦手教科が克服できないと、一位なんて取れっこない。

二位と三位のご令嬢……確かマルティナ様とアデライド様。あのふたりにお願いして勉強会なんてどうかしら。とっても優秀な方たちだし、同じ文官を目指す身だ。いまのうちから親しくしておけば仕事もやりやすいかも。それにおふたりとも苦手教科がないみたいだし。

そんなことを考えているところへ、ちょうど折よくアデライド様が現れた。

「アデライド様」

声をかけると、彼女は細いメガネの端をクイ、と持ち上げて薄く笑う。

「少しずつ追い上げてきますわね」

か、完全にライバル視されている……。その視線の強さに、ちょっぴりひるんでしまった。

でも、ここで簡単に引き下がるわけにはいかない。いまの私のモットーは『できそうなことはやってみる』だ。我ながら進歩したと思う。もともとが投げやりに生きてきて、人よりも出遅れている私が、普通にただ頑張ったとしてもたかが知れている。目標を達成するには引っ込み思案でいるわけにはいかないのだ。

やれるだけやってみよう。そう思って用件を口にした。

「頑張ってはいるんですが、どうしても不得意教科が克服できなくて。アデライド様、私、どうしても試験で学年一位を取って成し遂げたいことがあるのです。算術と星読みを教えてはいただけませんか？」

「敵に塩を送れと？」

またもメガネの端をクイ、と持ち上げて、アデライド様は鋭い視線を投げかけてきた。

「お、お願いします」

「いやだわ、アデライド。いじめちゃダメよ？」

ついたじろいでしまったところに、明るい声が割り込んでくる。ぽやっとした雰囲気にのんびりした口調ながら、アデライド様やグレースリア様と激戦を繰り広げる頭脳の持ち主であるマルティナ様だ。

「別にいじめてないわよ。クリスティアーヌ様が算術と星読みを教えてほしいって言うから」

「いいじゃない。アデライドは算術が得意でしょう？　教えて差し上げましょうよ。私は星読みを教えるから。それでどう？」

「できなくはないけど。ただクリスティアーヌ様はグレースリア様と仲がいいじゃない。グレースリア様に教えてもらったほうがよろしいのでは？」

マルティナ様の参戦で、すっかり雰囲気が丸くなったアデライド様。眼鏡越しにバツの悪そうな彼女の顔を見ていたら、私も一気に話しやすくなった。

「実はグレースリア様には宣戦布告してしまっていて……あの方の力を借りずに、勝ちたいのです」

正直に話したら、ふたりは楽しそうに噴き出した。

「それに、おふたりは文官を志望されているのでしょう？　もっといろいろと話してみたいと思いまして」

「やだ嬉しい」

マルティナ様が頬を押さえて、ふんわりと嬉しそうに笑う。一方アデライド様はさらに笑いはじめた。さっきまでのお堅い雰囲気はどこへやら、結構な笑い上戸のようだ。

「あはは、クリスティアーヌ様って案外負けず嫌いな方なのね。いいわ、一緒にグレースリア様を倒しましょう」

「よくってよ。その勝負、受けて立ちましょう」

凛とした声が突如響いた。振り返るとグレースリア様が面白そうに瞳を輝かせてこちらを見ている。私の隣で、アデライド様の「聞かれた……未来の王妃に睨まれるとか、おしまいだわ、私……」という絶望感漂う呟きが聞こえているけれど。

「大丈夫です、アデライド様。グレースリア様はガッツのある方をむしろとても評価されます」

「ええ、それくらいの気概がなくては、女性が文官なんて目指せないでしょう」

私とグレースリア様の言葉にアデライド様もホッと息をついたようだ。ちなみにマルティナ様は終始ふんわりした雰囲気のまま動じていない。彼女のほうが実は大物かもしれないと密かに思う。

「負けるつもりはないから、全力で挑んでくださいませ」

余裕綽々で微笑むグレースリア様。確かにいまのところ全然勝てる気がしない。まずは目の前にいるこの高い壁を乗り越えなくては。

「グレースリア様、必ず追い越しますから」

もう一度はっきりと宣戦布告して、背筋をピッと伸ばしてみる。

私が不甲斐ないばかりにグレースリア様に重い責を負わせてしまった。それなのに、友人のように親しくしてくださる懐の深さには、感謝してもしきれない。

立派な市井官になって、家族に、下町の皆に、恩返しをしたいというのが目下の私の目標だけれど、いまでは勿論グレースリア様も私が恩返ししたい人のひとりだ。市井官になって、民の暮らしをよくすることは彼女の助けにもきっとなるはず。

なんにしたって、私は頑張るしかないのだ。

「アデライド様、マルティナ様、どうぞよろしくお願いいたします」

ふたりにもしっかりと頭を下げてから、私は決意も新たに踵を返した。


「頑張ってるね、クリスティアーヌ嬢」

「レオ様！　またお会いしましたね」

思わず顔がほころんでしまう。しばらく前から資料館で勉強していると、こうしてときどきレオさんに会えることがある。

顔を見るだけでもなんとなくホッとして嬉しいのだけれど、レオさんは本当に頭がよくて、困っている部分をさらりと教えてくれて、颯爽と去っていく姿はもはや神々しい。私にとっては打倒グレースリア様の思わぬ助っ人になっていた。

もちろん長時間一緒にいたりして、噂になってしまったりすると迷惑をかけてしまうので、一緒にいられる時間はごく僅かだけれど、それでも私は嬉しかった。

「おーい、レオ！　悪いけど、こっちも見てやって」

「……残念。ごめんね、クリスちゃん」

レオさんはどうやら随分と交友関係が広いようで、話しているとこうしてすぐにお呼びがかかる。

私のように勉強を教わっている人もいれば、単に雑談したい人まで内容はさまざまだけれど、レオさんはそのどれもに隔てなく対応しているのがすごい。

『テールズ』にいたときはからかわれることも多くて、困った人だと思っていたけれど、こうして離れて見ていると、レオさんって人との距離の取り方が抜群にうまいんだわ。

自分にはないその特質に、私は尊敬の念を持つようになっていた。


アデライド様やマルティナ様と勉強会をしたり、『殿方たちを陰に日向にサポートする会』の皆様とお茶会をしたり、レオさんに勉強を教えてもらったり、自主勉強をしたりしているあいだに、月日はどんどんと過ぎていく。

新年が明けてすぐ、最高学年である五回生を間近に控えたグレシオン様は生徒会長に、クレマン様は副会長に就任した。

王族は最高学年で学園の自治を体験するという、半ば伝統に従ってなされた就任は、最初こそ一般生徒に冷ややかに受け止められたけれど、いくつかの伝統行事を済ませ、制度改革を行う頃には随分と好意的な目が増えてきた。

フェイン様やルーフェスだけでなく、クレマン様の婚約者リーザロッテ様も生徒会の役員として就任したこともあり、生徒会でなにを考え、実行しているのかがつぶさにわかって、彼らがいかに努力しているか、肌身に感じることが多い。

「ふふ、レオも意外と頑張っていますし、少しは期待してあげてくださいませね？」

グレースリア様がいたずらげに微笑む。グレースリア様とお話しすると必ずといっていいほどレオさんの話題が出るあたり、やっぱり仲がいいんだろう。

「勿論ですわ、このところレオ様も人気ですものね」

そう、レオさんも生徒会入りしたのにはびっくりした。

会計担当らしいけれど、貴族から庶民まで幅広く交友関係があるからか、生徒の意見を取り入れた起案を精力的に行うことで、随分人気になっているという。人間っていろいろな側面があるんだなと素直に驚いた。

まだまだ皆、試行錯誤でもがいている段階だけど、確実に日々成長していると感じている。

あのとき約束した〝二年後〟、誰もがしっかりと成長の証を持ち寄ることができれば、この国の未来も、民の生活の向上も、少しは期待できるんじゃないだろうか。

第三章　カフェ・ド・ラッツェでお祝いを

やった！　やった！　やった！

ついに試験で学年一位を取ることができた！

私は張り出された試験の結果を前に、飛び上がりたいくらいの歓喜に包まれていた。

三回生のうちに一位になれてよかった。あと三カ月もすると四回生だもの、学年一位を取るのに結局復学してから一年もかかってしまった。なにせグレースリア様は勿論、二位と三位を争っていたマルティナ様とアデライド様もとにかく勉強家で、この三強の牙城を崩すのがとにかく難しかったのだ。

本当に、我ながらよくやったと思う。

マルティナ様とアデライド様とは定期的に勉強会を開いていて、マルティナ様からは星読みを、アデライド様からは算術を教えていただいているから、おふたりのおかげともいえるのだけれども。

密かに喜びを噛み締めていたら、カーラさんとエマさんが満面の笑みで走り寄ってきてくれた。

「おめでとう、ついにやったわね！」

「ずっと頑張ってましたもんね、これで町に行けるようになるんでしょう？　お祝いにカフェ・ド・ラッツェのケーキ、食べに行きましょう！」

ふたりの率直な祝福が嬉しい。

復学して最初に話しかけてきてくれたこのふたりは、いまではとてもいいお友達だ。クリスとしてただの町娘の期間を過ごしたせいか、貴族としての生活や言葉遣いをより窮屈に感じてしまう私にとって、庶民であるふたりとの会話はちょっと気を抜くことができる癒やしの時間になっていた。

「まあ、嬉しい。カフェ・ド・ラッツェのケーキ、皆さんがよく噂してらしたものね。私も食べてみたかったんですの」

「よーし！　じゃあお祝いに奢っちゃうぞー！」

「おっ、太っ腹！」

「なに言ってんの、ふたりで奢るのよ」

「やっぱり？　今月キツいのに」

貴族と庶民の垣根を感じなくてすむほど、ふたりとは仲よくなれた気がする。

「おめでとうございます、クリスティアーヌ様！」

「よかったですね、応援していたんです」

「流石ですね！」

通りすがりの人たちも声をかけてくれるようになって、これもひとえにカーラさんとエマさんが屈託なく話しかけてくれることの効果なんだろう。誰彼となくそんなちょっとした会話ができるようになったことが嬉しくて、私は思わず微笑んだ。

これから先、希望通りに私が市井官になったときには、いろいろな立場や階級の方と話したり交渉したりする場面も多いだろう。そう考えたらこんな風に話しかけてもらえるようになったのはとても嬉しいことなのだ。そういう意味でいうとレオさんは本当にすごくて、貴族から庶民まで分け隔てなく交流しているし、なによりお友達がとにかく多いのもとても尊敬できるところだ。私も、あんな風になりたい。

今回の試験でトップになって、ようやく下町に定期的に行ける権利を得られたから、今後はがむしゃらに勉強だけに時間を費やすのではなく、もっといろいろな方とお話しする時間を取っていったほうがいいのかもしれない。

それにしても、ようやく……ようやく、下町に行けるのね。

女将さんは元気だろうか。お店のお客様ともまた話したりできるだろうか。マークさんやセルバさんは護衛として『テールズ』に来ていたんだから、もしかしたらもう会えないかもしれないけれど……でも、会いたい。

懐かしい顔を思い出したら、急にドキドキ、ワクワクしてきた。早ければ今週末のお休みには下町に行けるかもしれない。私はもう楽しみで楽しみで、胸の高鳴りを抑えることができなかった。たくさんの人から賞賛され祝福されて、スキップしたいくらいの嬉しさで舞い上がっていた私だけれど、勿論令嬢ゆえにスキップするわけにはいかない。

浮き立つ気持ちをぐっと抑えて帰路に就く。

「クリスティアーヌ、おめでとう。本当によく頑張りましたね！」

邸に着いたら、いきなりお母様にきつく抱き締められた。目にはうっすらと涙が見えて、本当に喜んでくれているのが実感できる。私の口からはまだ報告してもいないのに、こうして私の帰りを待っていてくれたところを見るに、学園での出来事はいまだに筒抜けということなんだろう。

「母上、嬉しいのはわかりますがその辺にしてあげてください。まだ大事な話があるのでしょう？」

弟のルーフェスが、やんわりとお母様を押し留める。この一年でルーフェスはすっかり頼もしくなった。骨格が大分しっかりとしてきて、剣士の体つきになってきたのを感じる。これで魔法も使えるんだから羨ましい。さすがは乙女ゲームの攻略対象者。スペックが違う。

お父様のお仕事を手伝っているせいか年齢よりも大人びて見えるし、なにより穏やかに話しているだけなのにいつの間にかルーフェスの思い通りに事が動いていくという、お父様直伝の技を身に着けてしまったあたり、まったくもって侮れない。

ルーフェスの言葉を受けて目尻の涙を拭ったお母様は、「そうね」とにっこり微笑んだ。

私と同じくらいウキウキしているお母様に促されてお父様の書斎に向かったら、なんとお父様がこんなに早い時間に邸に戻っていらした。このところは日付が変わる時間まで帰ってこないことが多かったのに……。まさかとは思うけれど、私が試験で一位を取ったからなのだろうか。

「クリスティアーヌ、ついに目標を達したようだな」

「はい、時間がかかってしまいましたが」

「半年のブランクがあったうえ、お前の学年にはグレースリア様がいらっしゃるからな、むしろ早かったと褒めるべきところだろう」

お父様にそう言わせる実力があるグレースリア様がちょっと羨ましい。

「さて、これからだが」

「はい」

「約束通り下町へ行くことは許可しよう。だが、護衛は付けさせてもらう」

「……はい」

仕方がない……のかもしれないけど、自分がなにかをするともれなくほかの誰かに迷惑がかかってしまうのって、やっぱり心苦しい。それに市井官になったら、下町へ行くたびに護衛が付くというのもどうかと思うし。

「御者に腕の立つ者を配しておく。学友と下町へ行く場合も必ず当家の馬車を使いなさい」

「はい、ありがとうございます」

「僕が一緒に行ってもいいけど」

ルーフェスがそう言ってくれたけれど、お父様から「お前はほかに仕事があるだろう」と一笑に付されてしまっていた。若干、不貞腐れた顔が可愛い。

この一年で、ルーフェスはときどきこんな可愛い顔も見せてくれるようになった。距離が近くなったように思えて、とても嬉しい。弟の仕草を微笑ましく思いながら、私は考えていたことを少しお父様にお話ししてみた。

「あの、お父様」

「なんだね？」

「私、武術かなにか習うわけにはいかないでしょうか」

片眉だけを器用に上げて、お父様は少し訝るように私を見る。

「はい、いずれは市井官として身を立てようというのに、護衛なしで外も歩けないようでは配属された先でも困りますでしょう?」

「お前が、武術?」

そう口にすれば、お父様は苦い顔をした。

「現状の業務内容でいえば、特に問題はないがな。月に一度、民が嘆願を持ち込む場を設けて、数名の市井官が聞き取る形になっておるゆえ、警備も最小限で済んでおる。基本的に市井官はその折に持ち込まれた嘆願を城内で精査、計画、遂行指示をするのが主たる任務で、実行部隊は別におるのだ」

「まあ」

では書物にある市井官の『市井に入り込んで民の声を聞き生活を向上させる』という謳い文句は、実行部隊も含めてのことだったのかしら。正直ちょっと想像とは違う。

「さすがに実行部隊のほうに入りたい、などというのは聞けぬぞ。心臓がいくつあっても足らん」

「あらあら、クリスティアーヌの意思に任せると仰っていたではないですか」

「せっかく手元に戻ってきたのだ。市井に出していたあのときのような肝の冷える思いは、できれば避けたいのは親心だろう」

お母様のご指摘に、お父様は苦い顔をさらに苦くした。

「それにな、クリスティアーヌ。貴族の令嬢が政務に進出するのはまだ稀なことなのだ、反対派も多い。新しい制度が軌道に乗るまでは、あまり議論の火種を生みたくはない。いまは下町へ顔を出すことだけで我慢してはくれぬか」

弱った顔でそう言われてしまったら、私も強くは言えなかった。せっかく女性にも庶民にも、官吏登用の機会が増えようとしているこの大切な時期に、私の身勝手な希望だけで制度自体が葬り去られてしまったら、泣くに泣けないもの。このところ一緒に勉強会を開いているマルティナ様とアデライド様の一生懸命な顔が浮かんで、ここはお父様の言に従うことにした。

大丈夫、私が学園を卒業するまでにはまだ、二年以上もの月日が残っている。やれることなんていくらでもある。二年という月日は意外と長いのですもの。そのあいだに状況が変わることもあるし、変えることだってできるんだと、私は学んだはずだから。


そんな経緯で、私はその週末に早くも下町へ足を向けた。

ゴージャスな縦ロールの鬘を外せば、一気に庶民っぽくなる私。鏡を見れば久しぶりの〝クリス〟の嬉しそうな顔が微笑み返す。お化粧は最低限のナチュラルメイク、いつもの私よりもずっと幼く見える。キツそうに見えるツリ目も、今日はなんだか大人しい。また伸ばしはじめた琥珀色の髪は、ポニーテールにして軽やかに纏めてみた。服は大切に取っておいた、町にいた頃に着回していたなかでもお気に入りの、動きやすい大人しめのワンピース。さらに動きやすいペタンコ靴までフル装備で、その場でくるっと回ってみたら元気のいい町娘の完成だ。

うん、どこから見ても庶民だわ。

「クリスちゃん、用意はできて？」

満面の笑みでお母様が部屋に顔を出す。最初の町行きはお母様とって決めていた。ずっと一緒に行くのを楽しみにしてくれていたし、私が頑張って勉強しているのをずっと傍で見守り励ましてくれたのはお母様だったから。

「まあ、さすがねえ」

目を細め口元を押さえる仕草はやっぱりどこか上品で、クリスと呼び方を変えても、上品すぎる言葉を改めてもらっても、隠しきれない優雅さが滲み出ている。

お母様をして「さすが」と言わしめるほど町娘姿が似合う私とは、明らかに下地が違う感じだ。お母様は自分の姿を見下ろして「裕福な商家のご婦人に見えるかしら？」なんてはにかんでいたけれど、どうかなあ。

お母様が一緒のときは隠れた護衛の数も多いから、もうここはそれを信じるしかないだろう。

なにせ今日は盛りだくさんのスケジュールで、朝の市場の混雑がひと段落した時間を見計らって邸を出発、服や雑貨、お洒落なカフェが店を開ける頃に下町へ到着し、それからはお母様とウィンドウショッピングを楽しむつもりだったりする。

弟のルーフェスによると、お忍びで私が働くのを見に来ていたお母様は、そのついでにとルーフェスを引っ張ってあちこち連れ回したらしい。ルーフェスは辟易した顔をしていたけれど、私にとってはお母様とそんな風に気軽なお出かけなんて、これまで当然したことなんかなかったから、楽しみで仕方がない。

家紋のない小ぶりな馬車で町の路地裏まで連れていってもらい、あたりに人がいないのを確認して密やかに降りる。お母様と視線を合わせて、どちらからともなく「ふふっ」と笑みがこぼれた。

夜中に邸から逃げ出して、あてもなく町へ走ったあのときとは明らかに違う高揚感。馬車で通り過ぎるだけではない、肌で感じる町の熱気は、一年前と変わらず生き生きと働く人たちのエネルギーであふれていた。なんだかそれがとても眩しく思えて、なぜか少しだけ胸が熱くなる。

「まあクリスちゃん、泣いているの？　鼻の頭が赤いわ」

「……嬉しくて。私、町の人たちがこうして毎日元気よく働いている姿を見るのが、とても好きだったから」

「そうね、今日は元気を分けてもらいましょう」

お母様はお手製の美しい刺繍が施されたハンカチで、涙ぐんだ私の目の端をそっと押さえてくださる。慈しむような柔らかな微笑は、前世で見たマリア様の像みたいに優しかった。

「今日は元気をもらって、代わりにクリスちゃんが市井官になったときには、皆さんがもっと元気でいられるように尽くせばいいのよ」

コクコクと頷く私に、お母様は「さあ、行きましょうクリスちゃん」と発破をかける。

「時間は有限ですもの。今日は行きたいお店も数えきれないほどあるし、なによりクリスちゃん、貴女は女将さんにも会いたいのでしょう？」

そう、今日はなんとしても女将さんに会いたい。泣いている場合じゃなかった！

お母様が連れていってくれたお店は、多岐に渡っていた。夜会のために仕立てるような高級ドレスを扱う一流店から、護衛がいるからこそ勇気を出して入っていけるような、怪しげな裏道にあるお茶を売っているお店まで。

「クリスちゃん、町にはね、いろいろな側面があるのですよ」

お母様は町を見回して、静かにそう呟いた。

「クリスちゃんは町にいるとき、表通りの安全で一番人通りの多いところしか見ていないでしょう？」

勿論だ。なぜなら治安はそれなりにいいとはいっても、一本奥の道に入るだけで途端にそのレベルは下がるのだ、女ひとりで行けるはずがない。そして逆に高級店が立ち並ぶエリアも、私にとっては鬼門だった。邸に出入りしている店だって多い。かなり印象が違うはずだとは思っても、商人の目は侮れない気もして、怖くて迂闊に近くには寄れなかった。まあ、町娘には高級店エリアはハードルが高すぎて、生粋の町娘も基本行かないらしいし。

今日はお母様がお忍びで来店するとお店側に告げてあったようで特に混乱はなかったけれど、本来ならご遠慮したいエリアだもの。

「大多数の民が利用する市場やクリスちゃんが働いていたお食事処のように、誰もが安心して利用する場所もあれば、一部の上流階級や逆に貧困層が使う場所も多いでしょう。そのすべてに目を向けることも市井官には大事なことだとお父様が仰っていたわ」

「お母様……！」

「クリスちゃんだけで行くのは危ないでしょう？　今日は普段は見るのが難しいところを見せてあげようと思っていたの」

　単に一緒にお出かけするのを楽しみにしてくれているのだと思っていたら、しっかりと私の夢のことを考えてくれていたなんて。私は感動した。

「ありがとう、お母様」

「ルーフェスにもお礼を言って頂戴ね。クリスちゃんが市井に行けるようになったときのために、一緒にリサーチしてくれたのですよ。頻繁に行くことはできなくても、そういう場所があることを知っているだけでも考えるためのヒントになるでしょう」

　あ、なるほど……。

　ルーフェスの疲れたような顔が目に浮かぶ。きっと休日を使ってお母様とたくさんの店を廻ってくれたのだろう。

「さあ、食べましょう？　ここのシュトゥルーデルは生地がとても上品で絶品なのよ」

　いくつもの店を巡ったあと、お母様のお気に入りだというカフェで絶品スイーツをいただきながら見る市井は賑やかで、活気に満ちている。町のそこここで立ち話している人たちはとても楽しそうだし、路端で売っているアクセサリーを見つめる女の子たちははじけるような笑顔で、お互いにアクセサリーを当ててみてはなにかしら言葉を交わし合っている。呼び込みの声があちこちで響き、急に走り出した男の子を追いかけるお父さんも、待ち合わせだろうか人待ち顔の男の人も、誰もが表情豊か。クリスとして慣れ親しんだ光景が、そこにはあった。

　無条件に緩みそうになる涙腺をどうにか抑え、昼食のラッシュが終わった頃にようやく私は女将さんのお店、宿屋兼お食事処の『テールズ』に辿り着いた。

「クリス！」

「女将さん！」

　お店に入るなり駆け寄ってしっかりと抱き締めてくれた温かい腕に、私はもう嬉しすぎてなにも言えなくなってしまった。なんだか涙がとめどなくあふれてしまう。

「待ってたよ！　よく来たねえ」

　そう言って豪快に頭を撫でてくれて、私はさらに涙した。

「ルーフェスが知らせに来てくれてねえ、学年で一番取ったんだって？　頑張ったんだねえ」

「すっかり……遅くなってしまって……私、私、会いたかった……！」

「おやまあ、そういうのは惚れた男に言うもんだよ。ほら、クリスに会いたがってた男たちが来てるんだ、可愛い顔を見せておやり」

　そう言われて顔を上げてみたら、お店の常連さんたちが一斉に「お帰り！」「また綺麗になったんじゃねえか⁉」「クリスに乾杯！」と騒ぎ立ててくれる。ガラは悪いけど、祝福してくれているのを肌で感じる、懐かしい温かさがそこにはあった。

　そして、いつもの定位置にいるのは冒険者のマークさんと宮廷魔導師のセルバさん……それに。

「まあ、レオ様まで。わざわざ来てくださったんですか？」

「だって学園じゃ自由に話せないじゃん。クリスちゃんもさ、ここではそのかたっ苦しい話し方、やめなよ」

そう言われて、ハッと口を押さえる。

「ホント……そうよね。ありがとう、レオさん」

学園で過ごした一年間で、すっかりレオさんへの言葉が丁寧になっていた自分がおかしくて、口元が緩むのが自分でもわかる。途端にレオさんの視線がウロウロと彷徨いはじめ、その挙動不審さが面白くって私はまた笑ってしまった。

うん、この感じ。とっても懐かしい。

「こらボウズ！　お前はこの一年間も会ってたんだろーが！」

「そうだそうだ！」

「俺たちも話してーぞー」

「クリスちゃん、こっちにバーグ酒！」

「俺は奮発してランタスの串焼き三本とサラマンダーをロックで！」

なんだか大騒ぎになってしまった。

「やれやれ、今日はクリスだってお客様なんだよ。悪いねえ、クリスが来るって言ったら皆もう浮かれちまってさあ」

「そんな！　嬉しいです……私、お手伝いしてもいいですか？」

随分と顔を出せなかったのに、こんなにも変わらずに温かく迎え入れてくれるなんて。これまで

の流れで、少なくとも私がただの町娘じゃないことは皆もわかっているだろうに、自然に接してく
れるその気持ちになんとか応えたくて、私は手伝いを願い出た。
「親御さんがよければ大歓迎だよ」
その言葉に振り向けば、お母様もニコニコと頷いてくれる。
お母様と込み入った話があるのか、厨房近くで立ち話を始めてしまった女将さんの代わりに、私
は早速腕まくりをして店に立った。久しぶりに愛用の前掛けを身に着けて、たくさんのテーブルの
あいだをクルクルと動き回る。あっちにバーグ酒、こっちにピール酒、こっちに唐揚げ、と配りま
くって最後に辿り着いたのは、マークさん、セルバさん、レオさんの元護衛三人衆の席。
この三人にはひとかたならぬお世話になっている。女将さんに次いで、最も会いたくてお礼が言
いたかった人たちだ。私は女将さんに断って、いくばくかの時間をいただいた。自分の分も含めて
グラスを四つと、皆大好きナッツとチップスのおつまみをトレイに載せて、私は軽い足取りで三人
のテーブルに歩み寄る。
マークさんは相変わらず平気な顔をして、強いと噂のバーグ酒を水みたいに呑んでいるし、レオ
さんはお皿を三つくらい並べてあれこれ楽しそうに摘まんでは誰彼構わず話しかけてケラケラと
笑っている。真逆なのはセルバさん。コーヒーの香りをゆるりと楽しんでいるらしい彼の周りは、
そこだけ別の空間みたいに静かな空気が流れていた。
ホント三人とも全然タイプが違うのね。改めて見ると面白い取り合わせだわ。
「クリスちゃん、楽しそうだね。どうだい、久しぶりのテールズは」

私がテーブルに近づくのを目ざとく見つけたレオさんが、気さくに声をかけてくれる。

そうそう、レオさんってこうだった。不慣れで緊張していた最初の頃も、いつだってこうして声をかけてきてくれたのよね。自然な感じでこっちに警戒心を与えない。

邸を飛び出して女将さんに拾ってもらったはいいけれど、不安でいっぱいだった私にとって、それがどんなにありがたかったか。特に最初の頃は砕けすぎてもいなくて紳士だったし。

「やっぱり楽しい！　このお店も女将さんもお客様も、大好きなんだもの」

「だろうなぁ、全身からそういうオーラが漂ってるもんな」

レオさんの言葉に、思わず赤面した。そんなにわかりやすく反応してしまっていただなんて少し恥ずかしい。でも、マークさんやセルバさんが頷きながら笑ってくれたから、よしとしよう。

「……どうだ、やりたいことは見つかったのか？」

バーグ酒をあおりながら、マークさんがさらりとそう口にした。

「はい、マークさんのおかげです。マークさんにあの話をしていただいたあと、私、一生懸命に考えました」

「そうか」

「私、市井官になりたいんです」

マークさんを真っ直ぐに見つめて、宣言する。あのときマークさんが助言してくれなかったら、きっと目標なんて定めていなかったと思うから……本当に、感謝しているの。ちらりと私を見て、マークさんは少しだけ目を細めた。

「この城下町で出会ってお世話になった方たちにも恩返しがしたいし、でもこれまで疎かにしてしまっていたことにもきちんと向き合いたかったんです。家族のことも、学園のことも、ほかにもいろいろ」

「なるほど」

マークさんが視線をさりげなく動かした先にはお母様。いまは女将さんとなにやら話しているみたいだけれど、マークさんの視線に気付いたのかほんの僅かに流し目をくれた。

「まだまだ頑張らないといけないんですけど、私、いまとても充実してるんです」

「いいんじゃねえか？　いい顔になった」

頑張れよ、とニヒルに笑うマークさんの横で、レオさんが「え、なに？　あの話ってなに⁉」となぜか色めきたっているけれど、私はとりあえずマークさんに及第点をもらえたようで、とても充実した気持ちになった。

「でも、それじゃクリスちゃんはこれからはちょくちょく下町に来られるわけか」

「はい、その約束は取り付けました！」

そう言って胸を張れば、レオさんが「よかったな」と笑ってくれて、嬉しい気持ちがまたじんわりと体を包む。うん、本当に頑張ってよかった。

こうしてお店の端の席から見ていても、見慣れた顔ぶれが陽気にグラスを傾けていて、ここは昼間っからとても賑やか。大きな笑い声や注文の声、誰かが言った冗談に近くの席の人までが笑い合う、こんなわいわいザワザワとした空間は、本当に久しぶり。

貴族が多いからなのか、学園だってここまでオープンじゃないもの。特に女の子はお淑やかな子が多くて、大声を上げるなんて滅多にない。私は、この雑多であけすけな雰囲気を懐かしく思っていた。

「できれば、これからもこんな風に、お店にも顔を出したいなと思って」

「へえ、そりゃあ常連のおっさんたちが喜ぶな」

マークさんが相変わらずバーグ酒をあおりながら、そう請け合ってくれる。うん、そうなら嬉しいな。荒々しくジョッキを打ち鳴らしているオジサマたちが「クリスちゃんに乾杯！」とか叫んでくれているのを見る限りでは、喜んでもらえそう。

「俺も大歓迎！　やっぱり学園じゃこんなにざっくばらんには話せないからね」

レオさんもそう言ってくれて、ますますその気持ちが強くなる。ただ。

「勿論、女将さんが許してくれればですけど」

「なんだ、まだ話してないのか？」

「ええ、女将さんはまだお母様とお話し中なので」

「……ああ、なるほど」

女将さんとお母様の話し込む様子にチラリと目をやり、少しだけ考える仕草をしたマークさん。

「親御さんには、その希望は話してあるのか？」

急に真面目な顔で私を見る。

「ええ、勿論。女将さんの了承があれば、という条件付きで許してくださいました」

「なら問題ないんじゃないかな。案外女将さんたちもそのことで話し合ってるのかもしれないよ」

レオさんの言葉に、確かにそうかも、と思い当たった。マークさんも頷いている。

「まずは女将さんの了承がないと話が進まんな」

「ん。事と次第によっては、また僕らも護衛任務ができるかも」

それまで無言でコーヒーの香りを楽しんでいたセルバさんが、ぽそりと呟いた。

「……でも、ご迷惑じゃないですか？」

「全然。研究棟に籠もってるだけより息抜きになるんだよ。護衛費をもらえるうえに、君を見ながら読書や自分の研究にも時間を使えるし、いいことずくめ」

「俺も問題ない。実入りと金払いのいい依頼は大歓迎だ」

セルバさんとマークさんの率直な言い分を聞いて納得だ。なるほど、迷惑をかけると心配していたけれど、彼らや護衛の任に就くほかの人にとっていいお仕事になるなら、少しは気持ちが楽になる。家族には心配をかけるし、お金もかかってしまうけれど、その分ドレスとかにかけるお金を節約するから許してほしい。

「わかったなら、女将さんのところに行ってこい」

「うまくやってね」

「クリスちゃんならできる！」

三人に送り出され、私は女将さんとお母様のもとへ駆け寄った。

ちょうどお話の切れ目だったのか、お母様と女将さんがすぐに私に気付いてくれる。

「クリスちゃん、もう積もる話は終わったのかしら？」

「男どもが名残惜しそうに見てるじゃないか、もうちょっと話しておいで」

お母様も女将さんもそう言ってくれるけれど、せっかくお話に割り込んだんだもの、用件だけは口にしたい。

「あの、ひとつだけ……。女将さんがご迷惑じゃなければ、これからもこうして定期的にこのお店で働きたいんです」

「ああ、そのことかい。いまその話をしてたところさ」

女将さんがそう言えば、お母様も鷹揚に頷く。

「クリスはもともとウチの看板娘だったんだ。こっちとしちゃクリスが来てくれるならありがたいけどねえ」

そう言いながらも女将さんは少しだけ渋い顔をした。

「でもそのせいでせっかく学年で一番になったっていう学問が疎かになったり、クリスが危険な目に遭うのは嫌なんだよ。手だってせっかくこんなにツヤツヤして綺麗になったってのに」

私の手を優しく撫でて、女将さんが心配げに見つめてくる。私は、その目をしっかりと正面から見つめ返した。

「ありがとう、女将さん！　だけど私、それでもここに来たいの。お勉強はちゃんと頑張るってお母様たちとも約束したし」

お母様もニコニコと頷いて私の言葉を肯定してくれる。それに勇気をもらって、私は女将さんに率直に自分の希望を話すことにした。

「女将さん、実は私、将来市井官になりたいと思っているの」

「しせいかん？」

「ええ、ここでたくさんお世話になっていろいろな人と出会えたから、私、少しでも恩返しがしたくて。市井官なら皆の生活をよくするための取り組みができるんです」

「バカな子だねえ、たいしたことしちゃいないよ。それより〝しせいかん〟なんてあんまり聞いたことがないけど、皆の生活をよくするとか……なんだか大層なお役目なんだねえ」

女将さんの反応に、私は驚いてしまった。どうやら市井官という仕事があることどころか、月に一度嘆願できる制度があることなんかも、町の人たちにはあまり知られていないらしい。女将さんだけでなく、お客様たちも「なにそれ？」っていう顔だったのが切ない。思ったよりもまったく浸透していない仕組みであることに、一瞬落胆の気持ちが浮かんでしまった。

でも、よく考えれば、いまそれがわかってよかったのかも。市井官になってからこの事実を知ったらもっとショックだったかもしれないもの。うっかり落ち込みかけたけど、私だって調べるまではそんな仕事や制度があることも知らなかったし、もっというなら、いまの治世がどのように運営されていて、どのような問題点があるかなんてこと、詳細に知る人のほうが少ないだろう。貴族なら勿論一定の知識はあるけれど、市井の人たちが知るのはもっともっと難しいことに違いない。

ちょっと考え込んでいたら、なんだか視線を感じて顔を上げる。

視線の主は女将さんで、目が合った途端に小さく口元がほころんだ。目尻が下がって小さな子供でも見るみたいに優しい表情になっている女将さんに若干戸惑いを覚えて小首を傾げたら、頭に温かい手がふわりと乗せられる。

「もう、ちゃあんと夢を持てるようになったんだねえ」

目を細めて私の頭を優しく撫でてくれる仕草に、ずっと心配をかけていたんだと実感した。私がお邸に帰ってからまったく会っていないのだから当然かもしれない。ありがたくてジーンとしていたら、いきなり背中をバーン！と景気よく叩かれた。

「なんか難しいことはわからないけどさ、クリスがやりたいことなら大歓迎さ！　勿論店にだって立たせるし、夢があるなら協力するよ。それでいいだろう？」

頼もしすぎる。女将さんにはもう、感謝しかない。

こうして私は週に一度、この『テールズ』で働けることになった。

「そっか、よかった！　じゃあ、またここで働けるんだな」

「はい！」

女将さんやお母様とのお話が終わって席に戻ると、レオさんが満面の笑みで迎えてくれた。

「それで？　僕らの護衛の話は？」

セルバさんが珍しく勢い込んで聞いてくる。その様子に、本当に護衛任務が嫌ではないのだとわかってホッとした。

「はい、それもお母様に承諾をいただいてきました！」

「さすがクリスちゃん！」

笑顔が輝いてる！　セルバさんのこんな晴れやかな顔は見たことがないかもしれない。

「それがお母様にお願いしたら、もともと次回からは皆さんに依頼するつもりだったんですって」

「あ、そうなの？」

そうなのだ。送り迎えや友人との散策には屈強な御者兼護衛の方が付くらしいのだけれど、『テールズ』にいる間は慣れているマークさんたちのほうが、店に馴染んでいることも含めてよいだろうという判断があったらしい。

「ふーん。じゃあ、僕とマークで交替で護衛する感じでいいのかな」

「ああ、問題ない」

「ええっ、俺は？」

「レオはいま重要な時期だと、さっき自分で言ったばかりだろう」

「そうそう。頑張って出世して、僕らのこと私兵で雇ってもいいんだよ？」

慌てたように話に割り込んでくるレオさんを、ふたりはすげなくいなしている。以前から仲がよかったのかこの頃仲よくなったのかは不明だけれど、歯に衣着せず話せる関係性があるみたいで少し羨ましい。ふたりに言い返せる言葉がなかったのか、つまらなそうに「ちえー」と机に伏してしまったレオさんは、学園で見かけるときよりも随分とくだけて子供っぽく見えた。

「あの、それで……護衛してくださるおふたりに、折り入ってお願いがあるんですが」

おずおずと切り出した私のお願いに、ふたりはちょっと驚いた顔をした。

「正気か？　俺が教えられるなら主に剣技だが……クリスに剣技は難しいと思うぞ」

「剣技でなくてもいいんです、なにがしか身を守れる手段が欲しくて」

そう、お父様に相談したときは市井官には必要ないと暗に断られてしまった、武芸を習いたいという気持ち。私はそれを諦め切れなかった。学園を卒業するにはまだ二年以上ある。週に一度としてもかなりの回数、私はこの下町へ来ることができる。護衛の方を付けていただけるのはわかっているけれど、やっぱり自分で僅かなりとも身を守れるという自信が欲しい。

「いいだろう。鍛えることは無駄じゃない」

そう言いながら、マークさんがグラスを勢いよくあおる。

「俺は武術関係、セルバは魔法関係と言ったな」

「はい、お時間があるときだけでもいいんです。なんなら基礎の型だけでも」

「セルバ、いけるか？」

「勿論。まずは適性を見るところから始めるけどね」

「あ……ありがとうございますっ」

思わず勢いよく頭を下げた私に、セルバさんは意味ありげに口角を上げる。

「貴族の令嬢が自分で身を守りたいなんて面白いからね。それに、この年から魔法を習おうなんてなかなかいないし、研究対象としても魅力的」

「研究対象」

「うん。通常高い魔力特性がある子供は早い段階で魔力の制御を習うものでしょう。それに該当しなかった子が、成人に近くなってから魔法を習うんだから、それは貴重なサンプルだよ。……うん、面白い」

「……」

なんか、すごい無謀なことをしようとしてるんだろうか、私。

「フハッ」

思わず視線が彷徨ってしまった私の挙動不審な様子を見て、マークさんが噴き出す。

「言っておくが、武術も同じぐらい難しいぞ。護身術が主になると思うが、体力づくりと反射を鍛えるところから始めることになるからな」

「……は、はい」

「ダンスである程度体は動かしているだろうが、まったく別物だと思え」

「はい！」

「教えるからには容赦はしない。さすがに傷は付けないように気を付けるが、ドレスに隠れる部分の痣くらいは覚悟しろ」

それくらいは覚悟の上だ。私は力強く頷いた。

「あの、報酬なんですが」

「報酬は親御さんから護衛費をたっぷりもらうから問題ない」

「教えていただくのは私が勝手にお願いしていることなので」

そう答えたら、マークさんは「まあ、そうだな」とバーグ酒をあおる。結局話し合いの結果、鍛えていただいた日の『テールズ』での飲食代を代わりに支払うことになった。面倒がなくていいし、なにより私が働いて得たお金で支払えるのがありがたい。

本来その程度の代金で済むはずはないと思いながらも、私はふたりのご厚意に甘えることにした。ちなみにレオさんが終始隣で「ちえー」「俺もなんかしたい」と呟いていたのはご愛敬だ。


「ねえねえ、なに食べるー？」

私はいま、可愛い女の子ふたりに囲まれて、至福の時を過ごしている。

あの日、マークさんとセルバさんに護衛と講師のお願いを無事に終えたあと、小一時間ほどとても楽しく『テールズ』のウエイトレスをやらせてもらった。さすがにお母様も一緒だというのに終日居座るわけにはいかず、名残惜しいと思いながらも店をあとにして、お母様と町を散策した。

お母様と町を歩くのはとても楽しくて、同時に勉強にもなるのだ。馬車が走り抜ければ辻馬車の起源やちょっとしたエピソードなんかを話してくれるし、単なる石畳が実はお父様渾身の公共事業だったなんて話も聞けて、クリスとしてこの町で生活していたときにはなんら気にしていなかったことにも、さまざまな歴史があるのだと感じられた。

土曜日はお母様と町を散策。日曜日は『テールズ』でウエイトレス。それが、今後の私の生活スタイルになりそうだ。

そうなると、学園のお友達と町に行くのは当然、平日の放課後が都合がいい。

そんなわけで今日は、カーラさんとエマさんと一緒にカフェ・ド・ラッツェという人気のケーキ屋さんに来ているのだ。

私が試験で学年トップを取ったお祝いに、ふたりが奢ってくれるんですって。

シンプルなロングドレスの制服のまま、縦ロールの髪を揺らしてこの町でケーキ屋さんに入るなんて初めてのことで、なんだかとてもわくわくする。

もう思い出すこともだいぶ少なくなったけれど、前世での友達との学校帰りの買い食いって、こんな感じだったよね。どうでもいいバカな話ばっかりして、食べるものを全部スマホで撮って。あの髪型可愛いとか、先生にバレない薄めのメイクがどうだとか、どこの学校のバスケ部のキャプテンがかっこいいとか。

そんななんでもないことが、いまになってみるとキラキラした宝物みたいに思い出される。

「ほら、早く決めないと」

「言っておくけど、私たちは庶民だからね？　懐具合を想定して選ぶように」

思わずぼんやりしてしまった私をやんわり急かしてくるエマさんも可愛いし、「高すぎるものは却下！」とはっきり言ってくるカーラさんはわかりやすくて大好きだ。

「どれにしようかしら」

あんまり待たせるのも悪いので、真剣に店先のサンプルを見ながら吟味する。邸で出てくるデザートもいつも素晴らしいと思っているけれど、ここのお店も負けてはいない。さすが大人気のカフェだけあって、色とりどりのケーキはどれもとても美味しそうだった。

うわあ……この白い粉が降りかけられたカップケーキ、可愛い。ホワイトチョコで形作った一枚の羽根がちょこんとケーキに載せてある。すごく可愛い、これにしようかな。いやいや、そういえば今日はお目当てのケーキがあるんだった。

そう思って手を伸ばしたとき、目の端に変わった色のケーキが見えた。ビー玉くらいのまん丸い青い果実が大量にトッピングされている……こんな果実、初めて見たかもしれない。

果たして甘いのか酸っぱいのか、意外にも苦いのか。大量にトッピングされているんだからまさか激辛とかじゃないだろうけど、味の想像がつかない。ふと個性的な香りのドリアンが脳裏に浮かんで、はしたないとは思いつつそっと鼻を近づける。

うん、甘くてフルーティーな香り。多分、不味くない香りだ。

ツヤッと光るこのまん丸で可愛い果実は、大きさはほぼ同じだけれど色合いがどれも微妙に違っていて、青ってこんなにたくさんあったんだと少し驚くほど。サファイアくらい鮮烈な青もあればアクアマリンくらいの優しい青まであって、まるで宝石箱を開けたように綺麗なケーキ。でも、ちょっとお高い。

「お！　お嬢さんお目が高いね」

このカフェの店主だろうか、まだ若い快活な男性が話しかけてきた。

「あまり見ない果物だと思いまして」

「ああ、こりゃあ昨日久々に入荷したばっかりなんだ。綺麗だろう？　ブルーフォルカっていう、いまが旬の果物さ」

「旬？　えー、それにしちゃ果物屋さんでも見たことないけどなあ」

店主の答えに、カーラさんも疑問を持った様子で、「おっかしいなあ」と言いながら首をひねっている。エマさんも興味津々、キラキラした瞳でケーキを見ていることからも、この果物はやはり珍しいものだろうと思えた。

「まあな、辺境の村からときどきしか入荷しない、レアものだからな。王都や周辺の町や村は栄えてるけど、離れるほど道も悪いし商隊もわざわざ足を伸ばさねえんだよ。だからどうしても稀にしか入らねえ」

「綺麗……！　美味しそう……！」

いつの間にかエマさんの瞳が蕩けそうな熱を帯びていた。確かに甘いものと可愛いものが大好きな彼女にとって、あまりにも魅惑的すぎるケーキかもしれない。でも、本当にちょっとお高いと思うけれど。

「ダメだよエマ、結構高いよ？　ケーキが二個買える値段だからね？」

「でも、今日は特別……だってお祝いなんだもの」

夢見るようなふわふわした笑みを見せるエマさん。店主はここぞとばかりに推してくる。

「それにするかい？」

「え、私今日はこのカフェで一番人気と噂のラッツェが食べたいのですけれど……」

何度も話に聞いたラッツェ。ひと口サイズのパイ生地の上にふんわりスポンジ、その上に果物やクリーム、チョコレート、ビーンズや変わったところではサラミなんかまで、さまざまなものがトッピングされた目にも楽しいひと皿らしい。日によってトッピングが変わるとあってみんなでシェアして食べるのも楽しいんだとか。これなら値段も手頃だし、なにより本当に食べてみたかったんですもの。

「おや、いいのかい？　次はいつ入るかわからねえぜ？」

さすが店主さんは商売上手だ、限定感を出してこちらの心を揺らしてくる。案の定エマさんがふるふると震えだした。

「ええ〜っ、そんなあ、だってラッツェはいつでも食べられるじゃない。ブルーフォルカはいまだけなのよ⁉」

「それはそうですけれど」

でも、お高いんだもの。学生の僅かなお小遣いから捻出するには厳しい。庶民に人気のラッツェだって、よくて月に一度、皆でお金を出し合ってシェアして食べるんだと聞いた。その倍の値段がするケーキを、自分で買うならまだしも人に奢ってもらうだなんて。

「エマったら今月キツいって言ってなかったっけ？」

「ほかのものを全部我慢すればなんとかなる！」

私とカーラさんは顔を見合わせて、思わず噴き出してしまった。いつもは大人しくってカーラさんの陰に隠れがちなエマさんが、こんなに自分の意見をグイグイ押し出してくることなんか滅多にない。そんなに食べたいのか。

「笑わないでよ……ふたりはどんな味か知りたくないの？」

急に恥ずかしくなったらしく、頬を赤く染めるエマさん。

「それは確かに知りたいわ。未知の味ですものね」

「そうよ、だってクリスティアーヌ様も食べたことがないなんて、相当レアじゃない」

同意すれば、我が意を得たりと腕組みして深く頷いてみせる。今日のエマさん、本当に面白い。カーラさんなんか後ろを向いて笑いを噛み殺しているけど、肩がプルプルと震えている。

ツンツンと手の甲をつつかれて視線を送れば、カーラさんはまだ笑いが残っているのか、口元をふるふるさせながら頷いた。そうね、カーラさんがいいならブルーフォルカで決まりだ。エマさんの言う通り、ラッツェはいつだって食べられるんだから。

「ブルーフォルカにしましょう、やっぱり気になるもの。私もちょっと出すわ」

「えっ、いいの？」

やっぱりちょっと懐が痛かったのか、カーラさんが胸を撫で下ろす。

いいの。だってこうして奢るだとか、これが食べたいだとか、そんな風に友達と言い合ってお菓子を選ぶこと自体、本当に久しぶりなんだもの。

「ご、ごめんなさい……！　今日はクリスティアーヌ様のお祝いなのに、我儘を言って……」

「いいえ、私、嬉しいの」

そんなにシュンとしないで、本当に嬉しいの。

「さあ、注文しましょう。どんな味がするのか、とても楽しみですわ」

「えーっと、あとは人数分のコーストリッチェティーね、それから取り分ける小皿も！」

カーラさんがテキパキとオーダーを済ませ、店内に通される。

お店の中はなんだかとても温かみがある、木の風合いを生かした内装だった。あちらこちらに小さくて可愛い観葉植物が置かれているし、カーテンや飾られた小物類、店を照らす灯りまでこだわって選ばれているのがわかる。テーブルクロスは柔らかな生なりの風合いだけれど糊が利いて清潔そうだし、ひとつひとつのテーブルの中央には水を張った小皿に花びらが数枚浮かんでいた。

「素敵……」

贅を尽くさずとも歓迎の意を感じる、その心遣い。この店が若い女性に人気なのはきっとケーキが美味しいからだけではなく、こうした店の雰囲気もあってのことだろう。

『テールズ』のざっくばらんな感じも大好きだけど、こういうちょっとお洒落で気が利いたお店もとても好ましい。あの店主さんのセンスなんだろうか。なんとなく店主さんの快活な印象よりはちょっと繊細な感じがするけれど、可愛らしいたくさんのケーキたちを生み出していると思えばそれもおかしくはないのかしら。

「いらっしゃいませ」

さりげなく店内を見回していたら、ふんわりした印象の優しげな女性が席に案内してくれた。

「まあ、愛らしいお仕着せですのね」

「でしょ⁉　でしょ⁉　可愛いでしょう⁉」

思わず声を上げれば、カーラさんから全力で同意されてしまった。

確かに本当に愛らしい。

爽やかな若草色を基調にしたタイトなドレスにまっ白なエプロン。シンプルなデザインは、長いブラウンアッシュの髪を三つ編みにして前に垂らしている、彼女のフェミニンなイメージにとてもよく合っていた。なんとこのお仕着せも店長の見立てだという。サバサバした感じの方だったけれど、本当に感性は意外にも細やかだ。

「ブルーフォルカおひとつ、コーストリッチェティーと取り分け用のお皿をお持ちしました」

店員さんが目の前で丁寧にコーストリッチェティーを淹れてくれる。メイドに給仕してもらうことが多い私にとっては見慣れたその仕草も、カーラさんやエマさんにとってはそれだけで優雅な気分に浸れるんだと絶賛していた。

この方、本当に所作が美しい。どこかでメイドをしていたことがあるのかも、と思うほどには。

彼女が一礼して去ると、直径十二センチくらいの小ぶりなブルーフォルカを、エマさんが早速取り分けてくれる。目の前に置かれると、期待で胸がドキドキしてきた。

私に取り分けられた部分は、一番青みが強い粒が多い。上から透明な蜜がかけられているのか、ツヤツヤとしてとにかく発色がいい。ラピスラズリのような濃い青が店内の灯りに煌めいてとても綺麗。

ブルーフォルカに見惚れていたら、カーラさんたちがニコニコしながらこちらを見ていた。

「えへへ、嬉しそうでなにより。改めて、おめでとう！」

「クリスティアーヌ様、よかったですねえ」

ふたりのストレートな祝福に、ジーンと胸が熱くなる。頬っぺたが熱く感じたから、少し赤くなってしまったかもしれない。

「ありがとうございます。私……私、本当に嬉しくて」

「うんうん、そんなに喜んでくれてよかったよー！　財布を痛めた甲斐があった！」

カーラさんの素直な発言に思わず笑ってしまう。ひとしきり三人で笑って、カーラさんの「それじゃあ、いただきます！」に唱和して一斉にケーキを口に入れた。

「甘い……！」

トロリと蕩けるような、濃厚な甘みが口に広がる。最後に僅かな酸味があるけれど、果汁にはとろみまであるように感じる……そう、メイプルシロップばりの甘さだった。

「ええ？　そう？　なんか酸っぱい！」

カーラさんは言葉の通り酸っぱそうに顔を歪めている。顔の中央にぎゅっとパーツが寄っちゃったような、酸っぱい感丸出しの表情だった。

「そんなことないわ！　甘みと酸味のバランスが絶妙じゃない、素晴らしい味わいだわ〜！」

エマさんは絶品！と言わんばかりに頬っぺたを押さえて悶絶している。三者三様、といってもあまりに意見が違いすぎじゃないだろうか。

不思議に思った私は、互いの皿の上のケーキをよく観察してみた。

カーラさんのケーキに配されているブルーフォルカは特に色が薄い部分が多く、青と緑が混ざったような薄い青緑のグラデーション。私のは、一番色が濃くて鮮やかな青もあれば濃紺から紫檀まで深い色合いも多い。そしてエマさんのはその中間色。若干濃い粒もあれば色の薄い粒もあるけれど、おおむね普通の青い粒が揃っている。

「……熟し方が違うのかもしれませんわ」

「え？」

口直しなのか、コーストリッチェティーを勢いよく飲んでいるカーラさんが、驚きの声を上げる。その目にはうっすら涙があった。本当に酸っぱかったらしい。

「ほら、それぞれのケーキ、ブルーフォルカの色味の濃さがかなり違いますでしょう？　熟し方によって色も味も変わるのかも」

「え、ちょっと食べてみてもいい？」

「どうぞ」

私の皿のケーキを口に含んだ瞬間のカーラさんは見ものだった。目を大きく見開いて、口を押さえたまま私を見つめること数秒。

「あ……まっ！」

「でしょう？　甘いでしょう？」

思わずうふふ、と笑いが漏れる。そう、本当に濃厚な甘さだったんですもの。

「ええっ、そんなに違うの⁉　わたしも！　わたしも食べていいかな」

「ええ、食べ比べしましょう？　多分エマさんのケーキが一番バランスがいいと思いますわよ」

そうして私たちはひとしきり「酸っぱい！」だとか「甘い！」だとか、わいわいと味の違いを楽しんだ。やっぱりエマさんのケーキは本当に絶品で、口の中でぷちっと果実が潰れる瞬間、みずみずしい果汁が口の中に広がる。上品な甘さのあと爽やかな後味が残り、それがスポンジのほんのりした甘さと絶妙にマッチしてとても美味しい。

本当に、三つとも全然別のケーキみたいに味が違って感じられる。

「どうだ、面白い果実だろう？」

あんまり騒いでいたからか、いつの間にか店主さんが後ろに立っていた。

「まあ、騒ぎすぎてしまってごめんなさい」

「いいや、いい宣伝になる。そのケーキの魅力を全面的に伝えてくれてるからな」

確かに我慢できずに頼んだ人たちがいたのか、ブルーフォルカがいくつかのテーブルに運ばれていく。どのテーブルの女の子たちも、期待に満ちた目をしていた。

「本来はこの完熟の手前が一番うまいんだが、この果実は色味の複雑さもウリでな」

綺麗だろう、と嬉しそうに店主さんが笑う。彼はきっと、このブルーフォルカという果実をとても愛しているんだろう。

「味も確かに強弱がありすぎるんだが、でもその若い果実の酸っぱさも熟した果実の甘さも、それぞれに旨みがあるだろう？　個性の違いを楽しんでもらうのも一興かと思ってな。あえてひとつのケーキに仕立ててみたんだ」

「でもあの酸っぱいのはキツいよ～」

「あ、でも私は結構好きだったよ」

カーラさんとエマさんの言葉に、店主さんはうんうんと頷いて、こう言った。

「そうやって食べ比べてさ、味をあーだこーだ言うのも楽しくないか？」

「あ……」

「うん！　そうだね！」

笑顔になった彼女たちを見て、店主さんも満足そう。

「いい返事だ！」

店主さんもとってもいい笑顔だ。この方はきっと、美味しいケーキを作りたい、食べさせたいという気持ちだけでなく、みんなが楽しく幸せになることを考えているのね。そういえばこの店の看板メニュー、ラッツェだって皆でわいわい分け合って食べることができるのがウリだったわ。

ブルーフォルカを食べはじめたのか、あちらこちらの席で歓声が上がる。女の子たちの華やかな笑い声が店内に満ちて、私は一層幸せを感じた。

「宝石箱みたいに美しくて、しかもこんなに楽しいケーキ、私初めて食べましたわ。……とても、感動しました」

「ありがとな！　本当は看板メニューにしたいくらいオレも気に入ってるんだけどな。なんせ稀にしか手に入らねえ」

「さっきもそう仰ってましたよね。そんなに手に入りにくいものなのですか？」

「ああ、今年は手に入っただけで儲けもんだ。そもそも下町の市場に出回ること自体少ないからな。

競争が激しくてよ、苦労したぜ」

そういえば、この世界には目立った四季がない。少しの寒暖差はあっても年中温暖な気候が保たれていて、寒い、暑いというのは地域によるのだ。そのせいか食材の幅は意外なほど少ない。肉類は野生の肉も使うし魔物の肉まで使ったりするから種類が多いかもしれないけれど、野菜や果物の種類は少ないのだ。邸で使われていた食材も一定だと思っていたけど、下町では両手で数えられるほどの種類しか流通していない。

たしか女将さんも、変わった食材はべらぼうに高いし市場にも滅多に出ないから、商売には使えないって言ってたっけ。もしかして、こんな風に町の普通の生活の中に、皆が困っていることってたくさん隠れているのかもしれない。

「腰を落とせ！　振り抜きが遅い！」

容赦なくマークさんの怒声が飛ぶ。無事に四回生に進級した私は、週に一度『テールズ』でお手伝いをするたびに、こうして約束通り訓練を受けていた。仕事は、朝の市から十八時の鐘が鳴るまで。本当はものすごく混む夜も手伝いたいけれど、私は翌日は授業に出なくてはならないから、夜の部の仕事はいまは控えている。そして朝の十時から十一時くらいと、午後の三時から四時くらいのあいだが休憩で、私の自由時間だ。手早くご飯をかき込み、残った時間で集中して私は訓練を受けていた。

マークさんとセルバさんは隔週で担当してくれているから、今週はマークさんに武術系を習い、来週はセルバさんに魔法を習う、といった寸法だ。

といっても、実は訓練はとても難航している。正直、子供のときからダンスをずっとやっていたし、体術くらいならなんとかさまになるんじゃないかって、ちょっと舐めていた。

全然、違う……！

いや、型があるところは似ている。似てはいるけど。

まずは一番役に立つことを、とマークさんが護身術を教えてくれているんだけれど、相手の動きを瞬時に判断して必要な技を繰り出すなんて、いつになったらできるようになるんだろう。

正面から腕を掴まれた場合、背後から確保された場合、それぞれに勿論対応が違うし、なによりやってみてわかったのは、初動の判断がとても大事だということだった。相手が素人の無頼漢ならまだしも、公爵家の娘である私を狙うような人物なら手練れの可能性もある。非力な私がそんな人に一撃を与えることができるとしたら、反撃してくるとは思われていない初手でどれだけの動きができるかということがカギになるだろう。ひとつひとつの型は、マークさんが丁寧に教えてくださったおかげでなんとか理解できたし、毎日の自主トレでさまになるようにはなってきた。

私のいまの課題はスピードと腕力の不足、そして判断の遅さだった。

特に判断力の部分が厄介で、実戦練習に入った途端、「えっと、これはどの型で対応すべき？」と一瞬どうしても迷ってしまう。そしてその一瞬で初動が鈍ってしまうのだ。マークさんくらい力が強くて俊敏な人が相手だと、初動が鈍るだけで反撃のチャンスなんて簡単に潰えてしまう。あっさりと抱き込まれ、動きを封じられてしまうのが関の山だ。

「全然、うまくいかない……！」

午前の部は全戦全敗、午後の部も一回だけちょっといい感じに抵抗できただけで、あとは全敗だった。はあはあと息を切らしている私とは真逆で、マークさんが涼しい顔なのも悔しい。

「まあ、まだ訓練を初めて四回目だ、こんなもんだろう」

「そ、そうでしょうか……」

「こういう類《たぐ》いは数をこなすしかない。だいたいはなんの想定もないときに、いきなり事件ってのは起こるもんだ。頭で判断するより、条件反射で動けるようになるまで体に叩き込んでいくほうがよっぽど実践では役に立つ」

マークさんにはそう言われたけれど、冷静な目で技を止められるたびに無力感を覚えるのは仕方がない。精一杯、自分としてはフルスイングで技を繰り出しているというのに、「ハエが留まるぜ」と言わんばかりに軽〜い手足の動きで軌道を変えられてしまう。

護身術を習っているというのに、こんなに躱されるとは思わなかった。勿論『型の練習』のフェーズではしっかり受けてくれるんだけど、いざ実践となると容赦ない。

才能ないのかなあ、と思わずため息をついた。

第四章　暗中模索の日々

「まあ、ため息だなんて珍しいですわね」

その声にハッとして顔を上げる。目の前には楽しそうな表情のグレースリア様がいた。

「ごめんなさい、せっかく付き合っていただいているのに」

せっかくグレースリア様と昼食をともにしているというのに、うっかり昨日のうまくいかなかった訓練のことを思い出して、考え込んでしまっていた。グレースリア様に失礼だわ。

「ふふ、嫌だわ。なにを考えていたのかくらい、教えてくれてもいいでしょう？」

イタズラっぽく笑われて、私はすぐさま観念した。グレースリア様に詰め寄られてシラを切り通せたことなんかないんですもの。

「実はいま、護身術を習っているんですの」

「まあ、影宰相がよくお許しになったこと」

「私が勝手に。お父様も黙認してくれている、という状態です」

「あら、貴女って本当に、意外とお転婆ですのね」

ほほほ、と屈託なく笑うグレースリア様。この方はたいがいのことでは眉を顰めることすらしない。驚くほど懐が深いのだ。

「ただ、全然上達しなくて」

「なに言ってんのさ。まだほんの四、五回しかやってないだろう?」

「!」

急に後ろから話しかけられて、思わず固まった。

「レオ、挨拶もなしに会話に入ってくるだなんて礼儀がなっていなくてよ」

「ごめんごめん。でもさ、聞き捨てならなかったから」

片眉を器用に上げげて睨みを利かせたグレースリア様にも、レオさんは全然気に留めた様子もない。

グレースリア様とお話ししていると、こうしてよくレオさんも顔を見せてくれる。生徒会のお仕事も忙しいだろうに、いつもにこやかに楽しいお話やためになるお話をしてくれるレオさんは、私にとっていまやとても頼もしい先輩になっていた。

「いやホント、だってクリスちゃんさ、あいつらに訓練頼んでからまだふた月くらいだろ?」

「はい」

「何回目?」

「護身術は四回目です」

「で、いまはなにやってんの?」

問われて、ひと通りマークさんに教えていただいていることや、実践で困っている咄嗟の判断力の低さについて話してみる。

レオさんは「ちくしょう、マークの奴」とか「いいなあ」とか、ブツブツ言いながら聞いてくれていたけれど、私の悩みのところに話が至ると、急に真剣な顔になった。顎に手を当てたまま、しばらく考えていたレオさん。なにか思い当たることでもあるのかと凝視すれば、私の視線を感じたようで、目を合わせてニッコリと笑ってくれた。

「クリスちゃん、俺ちょっとアイディアがあるんだけど、やってみない？」

「は、はい！」

すごい！　私なんて考えても解決の糸口すら見つからなくて困っていたというのに、レオさんったらこんな短時間で……！

「まだなにも言ってないのに、そんな尊敬の目で見るのやめて……」

「そうですわよ。もしかしたら検討の余地もないほどくだらない意見かもしれないのですから、すべては話を聞いてからです」

「それはそれで酷い！」

相変わらず息が合った様子のグレースリア様とレオさんのやり取りを聞いて、クスリと笑いが漏れる。従兄だと言っていたけれど、本当に仲がいい。

「それで？　なにを思いついたのかしら」

「いや、多分だけどさ。いまできないのは当たり前でさ、技術も経験も足りないからなんだよね」

ぐ……それは、その通り、ですけれど。

「で、そんな段階で習った型をあれもこれも同じレベルで実践しようとしても、混乱して難しいと思う。集中してひとつずつ確実に対処できるようにしていくほうがいいんじゃないか？」

「集中……」

「そう、習った型はいくつくらいある？」

「ええと、前方から襲われたとき用のがふたつ、後方用が四つです」

「前から襲われたときの型も結構混乱する？」

「はい、見分けられなくて」

そう、だから落ち込んでいるのだ。後ろからの攻撃ならまだしも、前から襲われたときですらうまく対応できないのって、かなりダメな気がするんだもの。でもレオさんは「なるほど、なるほど」と頷いて、私に習った型を披露するように言った。

「腕を取られたときの対処と、打撃を受けそうなときの躱し方だね」

そうやってひとつひとつ丁寧に私から話を聞き出しながら、結局レオさんはいくつかのことを提案してくれた。

主な方針は三つ。

まずは、あれこれ全部練習するんじゃなくて、体が覚えるまでひとつかふたつの型を集中して練習すること。相手の手や体の動きで条件反射みたいに体が動くようになるまで。でも、言われてみればそうかもしれない。ダンスの練習のときもひとつの曲を完璧に踊れるようになるまで繰り返し練習する。いくつもの曲を同時に練習することなんてほとんどなかった。一連の流れを体に覚えさせるのが大事なのね。

次に、観察力を高めてイメージトレーニングすること。いまは自分の動きをどうすればいいのかということに気を取られて、相手の動きをよく見ていないんじゃないかっていう指摘は、ものすごく納得感があった。前から来る人なら初動に特徴があるはずだし、後ろから来る場合でもどこに手がかかったら初手をどう動かす、というのをセットでイメージトレーニングすることで対応しやすくなるはずだと。歴史の年表を覚えるのと一緒で、ひとつ思い出せばスルスルと記憶が一緒に出てくるように、関連事項として記憶するのが大事なのかもしれない。

そして最後に、基礎力の向上。レオさんにずばりと言われた。「やっぱり動きの切れが悪いし、力がないよね」って。いくら型が適切に使えても、相手の動きが読めたとしても、女の力で男性を圧倒するのは至難の業だ。護身術だって、相手から逃げるためのきっかけを作るのが主な目的で、けして本気で戦えるなんて思うなと、マークさんにもしつこいくらい言われている。

はっきりいえば走って逃げ切るのだって難しいから、まずは声を上げること、抑え込まれる前に振り払うこと、そしてとにかく人がいる方向へ逃げること。そのために必要な型を、マークさんは教えているという。

ただ、いまの私では力が弱すぎるしスピードもない。相手にすぐに見切られて躱されるか、逆に抑え込まれることになるのがオチだと、レオさんにはあっさり言われてしまった。

「……そういうことなら、あまり落ち込まなくてもいいかもしれませんわね」

それまで黙って成り行きを見守っていたグレースリア様が、ポツリとそう言った。

「？」

「まあ、たかだか四回程度訓練を受けたくらいで、そう簡単にできるものでもないでしょうし」

「それは、確かにそうなんですが……」

「多分ですけれど、マークと仰るその方も、実践ではあえて実力差を感じられるように対応してくださっているのだと思いますわ」

「あえて、ですか？」

「ええ、下手にできると勘違いしたら、本当に暴漢に襲われたときに応戦する気持ちになってしまうでしょう？」

「あ……」

確かに、そうかもしれない。

「なまじ応戦すれば余計に危険が増しますわ。少なくともそのマークという殿方が本気で応戦し、そのうえで逃げおおせるようでなくては、役に立たないとお思いなのでしょう」

それは、相当レベルが高いのでは。

「それほどの実力がつくまでは、自身の足りなさを自覚させて、危機意識を高めておくほうがよほど有事の際に有効ですもの」

「……確かに」

「それなりに有能な方なのではなくて？」

初っ端から容赦がないと思っていたマークさんの実践での行動も、そう説明されると非常に納得がいく。

「ありがとうございます、グレースリア様」

「ふふ、どういたしまして」

笑顔のグレースリア様に、レオさんは「あんまりマークの株を上げないでくれよ」なんて軽口を叩いている。冗談めかしたその様子はとてもフランクだけれども、迷っていた私に的確なアドバイスをくれたのは紛れもなくレオさんだ。

「レオ様、さっきいただいた助言、本当に勉強になりました。私、今夜から早速特訓いたします」

喜びの気持ちを精一杯の笑顔にのせてストレートにお礼を言えば、レオさんは驚いたように目を見開いて、次いで僅かに頬を赤らめた。いつも飄々としているのに、お礼を言うと途端に照れる方なのだ。私には、彼のそんなところもとても好ましく感じられた。

不安が完全に拭えたわけではないけれど、グレースリア様とレオさんの助言のおかげで随分と気持ちが楽になった。

「おふたりのおかげで、随分と頭がすっきりしました。実は魔法のほうはまだスタートラインにも立てていなくて」

「まあ」

「多分、さっきのお話と一緒であれこれ手を出しすぎてどれも集中できていない、ということなんだと思います」

「魔法は特に幼少時からの訓練が重要だと聞きますものね」

グレースリア様も深く頷いてくれる。

「それに学園の勉強をして、マナーやダンスも習っているのでしょう？　さすがにやりすぎではないかと密かに心配していたのです」

「そうだよ。効率が悪くなるってのもあるけどさ、体を壊したらなんにもならない」

「はい……なんだか私、焦ってしまっていたようです」

ふたりの表情で、かなり心配をかけてしまっていたのだと気が付いた。これまでの分を取り戻さないと、って気持ちばっかりが先走って、いろいろと詰め込みすぎていたんだわ。

邸に戻ると決めたとき、誓ったことがある。

いままでの不義理の分も、それまでは不要になると思って手を抜いていた勉強やマナーも、全部しっかりやろうって思った。そのうえで人の役に立つことがしたいし、できれば迷惑をかけないように強くなりたいと思った。

でも。

それで心配をかけているようじゃ、本末転倒なんだわ……。

必死になるあまり、周りのことが見えなくなっていたのかもしれない。自分の限界を考えて自己管理できてこそなんだと、気付かせてもらった。

「クリスちゃん、できれば魔法はしばらく置いといたほうがいいかもしれないな。セルバにも話を通してさ」

「そうですね……私からお願いしたのに、勝手なことばかりで心苦しいですけれど」

「きっとわかってくださいますわ」

そんなやり取りを受けて、週末、私は早速セルバさんにその件を相談した。

「ああ、別にいいよ」

実にあっさりと、セルバさんは首肯する。結構これまでの訓練のときは楽しそうな様子だったから、もう少し別な反応があるのかと思っていたのだけれど。

「ごめんなさい、私から言い出したことなのに」

いい研究材料だとも言っていたのに、差し支えはないのかしら。

「いや、ちょっと時間をかけたほうがよさそうだなって、ちょうど思っていたから」

「？」

「完全に諦めたわけじゃないんでしょ？　いまはやることがあふれてるから、またそのうちってことだと理解したけど」

なんとおおらかな方なのか。問題ないと請け負う彼に、もはや感謝しかない。いつも『テールズ』の隅の席で周囲に興味なさそうにコーヒーを飲んでいる彼は、少し厭世的な印象があったけれど、こうして話してみると普通に優しい殿方だった。

「だから、僕の実験には付き合ってもらえるってことだよね」

「え？」

「やだなあ、そんなポカンとした顔をしないでよ。実験には付き合ってくれるんでしょ？」

さりげなく念押しされて思わずコクコクと頷いたら、セルバさんはニンマリと笑みを浮かべた。

「うん、それならなんの問題もないよ。どっちみち、実際に魔法を教えるのはもうしばらく先の話かなって思ってたんだ」

「そうなんですか？」

「うん。これまでって魔力特性や魔力量を段階的に見させてもらったんだけどね」

「はい」

「結構魔力が少なくて、すぐに発動まで持っていくのは無理だったんだよね」

なんと、そもそこからだったのか。意識せずに随分と無理なことを言ってしまっていたことにいまさら気付いて、恥ずかしいやら情けないやら……私は赤面しながら謝ることしかできなかった。なのに、セルバさんはますます笑みを深くする。

「いやだな、だからいいんじゃないか」

なんだろう。笑みが怖い。

「魔力の適性が低いうえに、この年齢から挑戦しようなんて子、本当にレアなんだよ。こんなに実験しがいのあるシチュエーション、ほかにないから！」

満面の笑みでそう言われて、若干笑顔が引きつってしまったのは否めない。セルバさんの中ではすでに私は魔法を教わる生徒の位置付けよりも、『一定年齢を超えてからの魔法習得』だかなんだかの被験者になってしまっているらしい。

「それで僕、考えたんだけどね。ちょっと手を出してくれるかい？」

「は、はい……」

勢いに押されて思わず手を差し出してしまった。

エスコートするような優雅さで私の手を取ったセルバさんは、そのまま柔らかく私の手を包み込む。魔導師だからか、セルバさんの手は男の方にしてはとても柔らかくて繊細だった。マークさんやレオさんのように剣だこもなければ、色までも私に劣らぬほど白い。少し骨ばっていることだけが、男性の手だということを感じさせる。

「クリスちゃんはなにもしなくていいからね」

そう告げて、セルバさんはゆっくりと目を閉じた。

どうしていいかわからずに、セルバさんの様子を窺うしかできない私は、必然的にセルバさんの顔をじっくり見つめる時間を得たのだけれど。

こうして見るとセルバさんは手だけではなく、顔もとても繊細な作りだ。細面の青白い顔に薄い唇、睫毛も長くて少し女性的な風貌にも見える。いつもは黙々となにか本を読んでいらしたから、こうして顔を見つめることなんてなかった。けれども今日は楽しそうな顔も悪巧みをしていそうな顔も、そしてこんな冷静な顔も見ることができて、なんだかとても親しみが増した気がする。顔をまじまじと見つめていたら、セルバさんの切れ長の目がゆっくりと開く。セルバさんも私をまじまじと見つめてくるものだから、しばし見つめ合うことになってしまって内心焦る。すごく焦る。

このままでは、赤くなってしまうかも……と少し身を引こうとしたら、逆に手を握る力がグッと増してしまった。若干挙動不審になった私に、セルバさんはとても真剣な表情で問いかけてきた。

「どう？」

「な、なにがでしょう」

「あれ？　わからないかな……結構大量に魔力を送ってるんだけど」

ええっ⁉　なんですって⁉

それならそうと言ってほしい。ひとりでドギマギしてしまった……ああもう、恥ずかしい！

違う意味で赤面しつつ、魔力を感じ取ろうと集中すれば、確かに手からは仄かに温かいなにかが流れ込んできていた。

「手が温かく感じます」

「それだけ？　体の中を巡ってる感じはしない？」

問われて一生懸命に魔力を追ってみたけれど、やっぱり体を巡るなんて、そんな感覚は微塵も感じられない。申し訳なくてションボリと首を横に振れば、セルバさんは「うーん、手強いね」と苦笑いした。

「クリスちゃんには感じ取れなくても、魔力はちゃんと巡ってる。しばらくはこうやって魔力が体の中を循環することに慣れていくようにしよう」

「で、でも……」

「大丈夫、クリスちゃんはなにもしなくていいからね。護身術に専念して大丈夫だよ」

それを聞いて、少しだけホッとする。どう考えたっていまの私にはキャパオーバーですもの。

「いま送り込んだ魔力は継続的にクリスちゃんの体内を循環するように術式を込めてあるんだ。でも、少しずつ魔力が消耗していくから、そう長くは保たない。体が魔力の流れを忘れないように定期的にこうして魔力を送り込む必要がある」

充電みたいなイメージなのかしら。でも、あれを定期的にやるのか……若干、体が引けてしまった。だって結構さっき恥ずかしかったんですけれど……何度もやるなんて恥ずかしすぎる。

「僕が担当する二週間に一度のタイミングじゃ間が空きすぎる。マークが護衛に付くときも、顔だけは出すからちょっと時間を作ってくれる？　チョチョイっと魔力を送ってあげるから」

「そんな、ご迷惑では」

「大丈夫、大丈夫！　面白い研究結果が得られると思えばこれくらい。それに気分転換に丁度いいし……クリスちゃんは嫌じゃない？」

「まさか！　そもそもこちらからお願いしたことですもの」

「うん。じゃ、決まり！　護身術がある程度できるようになる頃には、多分魔法を使える素地ができると思うよ？　無駄がなくていいじゃない」

笑顔でそう請け負ってくれたセルバさん。あまりのありがたさに、こちらもできる限り研究に協力しようと誓った。

「クリス！　そろそろ給仕に入っとくれ！」

「！　はーい！」

急に聞こえた女将さんの声にハッとする。

いつの間にか午後の休憩の時間が終わっていたみたい。私は慌てて裏口へ向かった。

「クリスちゃん！」

後ろから呼び止められて「はい？」と振り向いたら、なぜかセルバさんが意味ありげに笑う。

「さっきさ、結構ドキドキしてたでしょ」

「～～～～！」

なんという人だ！　確信犯だったとは……！

赤くなってしまっただろう私を見て楽しそうに笑うセルバさんを路地に残し、私は恥ずかしさを振り切るように裏口の扉をくぐる。

ああ、心臓に悪い！

「ああ戻ったね。それで、どうなんだい？」

お店に入った途端、女将さんに心配そうに問いかけられた。

「どうって……」

「魔法なんて、危なくないのかい？」

眉をちょっぴり顰めて、こわごわといった風情の女将さん。何事にも豪快な方なのに、こと幽霊とか魔法とか、物理とかけ離れたところにあるものがとてつもなく苦手らしい。だって、わけがわからないじゃないか、というのが女将さんの言い分だ。

「大丈夫ですよ」

「でもよっぽど適性がないと危ないっていうじゃないか。なんか爆発して魔法院に入れられた子供がいるって聞いたことがあるよ。爆発したりしないだろうね？」

その不安そうな様子を見て、ちょっと申し訳なくなってしまう。女将さんがこんなに怖がるなんて思っていなかったから……ごめんなさい、女将さん。

「爆発じゃなくて〝暴発〟ね。大丈夫だよ女将さん、クリスちゃんに暴発するほどの魔力はないから」

遅れて入ってきたセルバさんが女将さんを安心させてくれたけど……私の魔力ってそんなに少ないんだろうか。

「暴発ってのはね、本当に稀なことなんだ。もともと莫大な魔力を持った子供が制御方法を学ばずにいると、増大する魔力が体の中で不安定に暴れはじめるんだよね。そんな莫大な魔力を持った子なんてのが、そもそも富くじに当たるくらい珍しいんだから」

一息にそう言って、セルバさんがやんわりと微笑む。女将さんは「あんた、そんなに喋れるんだねえ」と変なところに感心していた。

「専門のことなら口も滑らかになるさ。クリスちゃんが魔法を練習しても爆発したり暴発したりはしないから、安心して」

「専門の先生が言うならそうなんだろうねえ。難しいことはわからないけどさ、危なくないようにしてやっておくれよ？」

「勿論」

言いながら、所定の位置にゆったりと腰を下ろすセルバさんは、すでに分厚い本を開いている。目線でいつものコーヒーを所望しているのがわかって、私はすかさず給仕した。ほかのお客様はまだ入る前だ、いまのうちに女将さんにも事情を説明しておいたほうがいいのかもしれない。

「女将さん、私、魔法を本格的に習うのはもう少ししてからにしたんです」

「おや、この前まで随分勢い込んでたじゃないか」

「はい……本当はすぐにでも習いたいって思っていたんですけど、護身術もまだうまくできないし、あれこれやるより、ちゃんとひとつずつマスターしたほうがいいと思って」

そう言ったらなぜか目を見開かれ、次いで背中を思いっきり叩かれた。

「なんだ、ちゃんとわかってるんじゃないか！」

いたた……と思わず座り込んだ私に、女将さんは「ごめんよ、ちょっと強すぎたかねぇ」と笑う。

「でも嬉しくってさ」

なにがだろう？と首を傾げれば、女将さんは今度はちょっと乱暴に私の頭をグリグリと撫でた。

「あんた、無理してんじゃないかって、気になってたんだ」

「無理、ですか？」

「そうさ、クリスの母さんが言ってたんだよ。家に帰ってからずっと、クリスはそりゃあ頑張ってたって。勉強だって家での習いごとだって人が変わったみたいに一生懸命で、息抜きさせようと思っても難しいって心配してたんだよ。根を詰めすぎなんじゃないかってさ」

お母様が。

『テールズ』に来たとき、随分と女将さんと熱心に話し込んでいるとは思ったけれど、まさかそんなことを話していたなんて想像もしなかった。

「だから、ここでは少し気を抜かせてあげられれば嬉しいってさ。そんな風に言ってたのに、肝心のあんたはもう腕まくりであれやこれや、やろうとするじゃないか。そのうちパタッと倒れないように、そろそろ釘を刺しとこうと思ってたんだよ」

あっちこっちで心配をかけていたという事実に、もう情けないやら恥ずかしいやら。女将さんは「自分で気付いて、ちゃあんとセーブしようってんなら文句はないさ」と笑ってくれるけど、それも違うのです……。落ち込みつつ、正直にお話しした。

「いいえ、学園のお友達とレオさんが止めてくれたんです」

「へえ」

「護身術が上達しないって悩んでいたら、いろいろ手を出しすぎなんじゃないかって注意してくれて」

グレースリア様をお友達と表現するにはいささか不敬な気がするけれど、関係性を正確に伝えるわけにもいかないから仕方がない。心の中でグレースリア様には謝っておく。

「いい友達じゃないか」

ニコニコと笑う女将さんは、「よかったねえ」となぜか感慨深そう。

「最初に会ったときにはさ、ホント捨てられた猫みたいに警戒心丸出しで誰も信じてない感じだったのにさあ、そんな友達がいるってわかっただけで安心だよ」

そう言われて、改めてそれがどれだけありがたいことかと気が付いた。邸を飛び出した頃の私は、実際、誰も信じられなかった。家族も、学園の人も、すべての人が敵に思えていたのに、いまでは皆、なくてはならないほどに大切だ。

「ああ、今日は嬉しいねえ。夜までバリバリ働けそうだよ」

そう言って女将さんは「えいや」と腕まくり。たくましい腕を自分でパシンと叩いてみせた。タイミングよく、早めに店じまいした商人たちがわらわらと来店する。この波が引いたら、今度はクエストをこなした冒険者たちが換金を済ませて店になだれ込んでくるだろう。

「さあ、クリス！　稼ぎどきだよ、気張っておくれ！」

「はい！　頑張ります！」

私も女将さんを真似て、勢いよく腕まくりした。

「クリス！　バーグ酒三杯、カナフェのドカ盛り、メメ魚の刺身、ニール貝の酒蒸し、上がったよ！」

「はーい！」

「クリスちゃん、こっちも注文頼む！」

来るわ来るわ、お客様が波のように押し寄せる。むくつけきオジサマたちが相席で目一杯席に着いているからか、熱気むんむん、『テールズ』はもう戦場のような有様だ。私も休みなくクルクルと動いているけれど、全然追い付かない。厨房はもっと凄まじい状況なんじゃないかしら。

「カナフェの肉巻き、二皿追加！」

「ついでにルパナの串焼き三皿も頼む」

「はーい！」

なんだか今日は、カナフェとルパナって単語をよく聞くなあ。でも、定番のメニューにはなかったはずだけど。もしやメニュー開発とかに取り組んでいたりするのだろうか。ふと疑問に思ったそのとき、女将さんが勢いよく厨房から飛び出してきた。

「あんたたち、いったい何皿目だい⁉」

女将さんの剣幕に、注文してくれた冒険者さんたちは揃って苦笑い。壮年の熟練パーティーらしいこのお三方は、いつも仕事上がりに来てくれる常連さんだ。

「心配しなくてもちゃんと金は払うって」

「そうそう、今日は実入りがよかったからな」

ふたりがご機嫌でそう返すのを無言で聞きながら、残るひとり、お髭のオジサマは強いお酒をグイグイあおっている。この人がこれだけグイグイいくんだから、きっと今日は随分と稼げたんだろう。冒険者は割と飲みっぷりで稼ぎ具合がわかる人たちが多いのだ。

「別に支払いなんか心配しちゃいないよ。カナフェもルパナも滅多に手に入らないいんだから、いろいろな人に味わってもらいたいんだよ」

「あー、そっか」

「まあ、そうだなあ」

ふたりが同意を示すところを見るに、そのカナフェだとかルパナだとかは割と希少な食材なのだろう。お髭のオジサマだけは相変わらず「俺ぁ、酒さえ呑めりゃなんでもいい」と、興味なさそうだけれども。

「でもよぉ、こんな高けえのそんなに出るか？」

「そうそう、鮮度が落ちる前に俺たちが美味しくいただいて……」

ふたりが言うと、あちらこちらから「バカにすんなー！」「それぐらいの甲斐性はあらあな」「女将！　こっちにもカナフェのドカ盛り！」「肉巻きも頼む！」「ルパナのおろしはできるか？」と盛んに声が上がる。

「おっ、ルパナが入ってるのか、珍しいな」なんて、いま気付いたらしいお客様までいて、店は一層喧騒に包まれた。

「うわ、藪蛇だ」

「競争率が一気に上がった」

冒険者のおふたりは、苦笑いで首を竦める。

「アッハッハ、ありがとよ！　あんたたちのおかげで一気に注文が入った」

機嫌よく笑って、女将さんは厨房に急ぐ。一気に入った注文を、これから厨房でさばいていくのだろう。

どうしても気になって、私は冒険者のオジサマ方に話題のカナフェとルパナについて聞いてみることにした。

「あの、カナフェとかルパナってあんまり聞いたことがないんですけど」

そう言ったら、あちゃー！と思いっきり天を仰がれてしまった。

「クリスちゃん、そりゃーダメだ、人生を損してる！」

「そこまで⁉」

「ああ、カナフェはなあ、ほんのり苦げえのがこれまたうまいんだ」

「うんうん、天ぷらもうまい」

「うむ、バーグ酒に合うな。山間部で僅かしか採れぬというのがまことに惜しい」

お髭のオジサマまで会話に加わったところを見るに、本当に美味しいんだろう。でも、なんかこの前も、似たような話を聞いたわよね？

「それって、もしかして商隊が運んできてくれた……？」

「お、そうそう。なんだそこは知ってんのか」

「はい、先日カフェ・ド・ラッツェで、宝石みたいな青い果実を食べたんです」

「あー、じゃあ一緒だ。辺境の村から届いた特産物だな」

冒険者のオジサマたちは、納得という顔。どうやら同じ商隊が運んできたものらしい。

「せっかくだ、食ってみな」

陽気な赤毛のオジサマが、カナフェの肉巻きをひとつ摘まんで私に差し出してくれたけど。

「皆さんの好物なんでしょう？　せっかくだから食べてください」

「俺たちゃ結構食ったしな。またしばらくは食えねえんだ、味を覚えとくといい」

なぜかニヤニヤしているオジサマからありがたくひと口サイズの肉巻きを受け取って、口に放り込む。途端に、思いがけないほどの苦みが口内を襲った。

に……がっ！

苦い！　ほろ苦いなんてもんじゃない。目を白黒させていたら、オジサマ方に大笑いされてしまった。

「頑張って噛め！」

「すげえ苦いのは一瞬だ、すぐに甘みがくる」

「うむ、そのあとにくる肉の旨みも捨てがたい」

あ……ホント。

なぜだろう、苦みは急速に消えていき、さっぱりとした後味の中に甘さが顔を出す。そして、刺激された味蕾《みらい》に、お肉の脂身の優しい旨みがゆっくりと浸透していく。

美味しい……。

後味は、確かに美味しい。でも、苦かった！

「ははは、お子様にはちょっと苦みが勝ったか？」

「そこをルパナで和らげるんだ」

「うむ、そのコンボもよし。苦い酒で迎え撃つのもオツだがな」

与えられるがままに、今度は蒸したルパナを口の中に放り込む。ふんわりと湯気を上げていた、ホックホクな実の部分も美味しいけれど、その中から出てきたトロトロの甘いところが超絶美味しい！　優しい甘さに舌が癒やされる。

「はははっ、幸せそうな顔だなあ」

「やっぱお子様にゃ、ルパナのほうがウケがいい」

かなり笑われてしまったけれど、それでも貴重な食材を味見できたのはラッキーだった。特にルパナは本当に美味しい！

「おーいクリスちゃん。幸せそうなのはなによりだが、俺らにも幸せを運んでくれー」

ほかのお客様の声にハッとする。

いけない！　ついついこの席に長居してしまった。まだまだ注文は引きも切らないのに、失態だ。

オジサマ方にお礼を言って、私は自分の仕事をまっとうすべく、料理を受け取るために厨房へと急いだ。少しお店が落ち着いたら、あの珍しい食材について女将さんに聞きたいと思っていたのだけれど、ありがたいことにその日は私が帰るまでお店はずっと忙しいままで、ゆっくり話すことすらできなかった。


カナフェは私には苦すぎたけれど、オジサマ方は皆とても美味しそうに食べていらしたから、もっと頻繁に食べられればいいのに。そう、ブルーフォルカだってとても美味しかったわ。あれだってもう次はいつ食べられるのかわからないなんてちょっと寂しい。

迎えに来てくれたらしいルーフェスとふたり、邸へ帰る馬車に揺られながらも、私は完熟したブルーフォルカの濃密な甘さを思い出してうっとりしていた。

「どうしたの、姉さん。ニヤニヤして」

「えっ」

ニヤニヤしてた⁉

カアッと頬に血が集まった気がするけど、対面で座っているから隠しようもない。情けない……。

美味しいものを思い出してニヤついてしまうとは、淑女にあるまじきことだ。

「で？　なに考えてたの？」

面白そうに目を細めて、ルーフェスがさらに聞いてくる。仕方なく、私は白状することにした。

「今日、お店でカナフェとルパナという珍しい食材を食べて」

「ああ、辺境のガレーヴが原産の植物だね。そういえば久しぶりにそっちからの商隊が到着したと報告が上がっていたな」

「まあ、ルーフェスったら詳しいのね」

「父上に付いて仕事をしてることも多いから、これくらいは」

ちょっと照れたように笑うルーフェス。頼もしいと思う一方で、私にはちょっと悔しい気持ちも生まれてしまう。年下のルーフェスのほうが、確実に知識が豊富なのをこうして随所に感じるからだ。かなり頑張って勉強しているつもりなんだけれど、やっぱり幼少期からコツコツと真面目に勉強してきたルーフェスと、一年前から必死になった私とでは知識の広さや深さが違う。それにこの頃、お父様のお仕事を手伝うようになったから、余計に博識になった気がする。

悔しいけれどこれが現実だ。

範囲が決まっている学園の試験ならば、なんとかグレースリア様ともいい勝負ができるようになったけれど、まだまだ私は努力する必要がありそうだ。

「それで？　カナフェとルパナでなんでニヤニヤするわけ？」

「その流れで、ブルーフォルカを思い出してしまって」

「ブルーフォルカ？」

「ええ、先だってカーラさんたちとカフェ・ド・ラッツェに行ったと話したでしょう？　そこで宝石のように美しい果実がふんだんにトッピングされた青いケーキをいただいたの」

「それが、ブルーフォルカ？　あまり聞かないね」

「まあ！　とても面白い果実なのよ？　熟し方によって色合いも味もさまざまで、熟した実はとても甘いの」

「なるほど、それを思い出してニヤニヤしてたわけか。姉さん、甘いもの好きだよね」

くくっ、と堪えるようにルーフェスは笑っている。ルーフェスと他愛ない話をできるようになったのは嬉しいけれど、こうしてちょいちょい揶揄《からか》われるのは姉として少し情けない。

「皆、珍しい食材をとても楽しみにしているみたいなの、もう少し頻繁に手に入らないものかしら」

気恥ずかしさを払拭するように、私はそう切り出した。ルーフェスは私と目を合わせたまま、僅かな時間沈黙する。

「……難しいだろうね」

真面目な顔でそう返された。なんらかの根拠があって、ルーフェスはそう判断しているのだろう。

「理由を聞いてもいいかしら」

「ああ。辺境の村ガレーヴは、険峻《けんしゅん》な山脈地帯に位置しているんだ。だからこそ、この温暖な王都とは違う植生があるんだけどね」

「ええ」

確かに、気候や地質に大きな差がないと、カナフェやルパナみたいな変わった植物ばかりが生育しないわよね。

「王都から馬車を飛ばしても往復二、三週間はかかるほど、まず距離が離れている」

「……遠いのね」

「辺境というからには、そりゃ遠いよ。物理的に遠いうえ、道も悪い」

私はこの王都と隣接しているお父様の領地しか知らない。どちらも道は大きめの石畳でしっかりと舗装されていて、馬車に乗っていても揺れに困ったことはなかった。でも、きっと辺境に行けば行くほど、道路事情は悪くなっていくだろうことは想像に難くない。

「道が悪いとスピードも出ないし、せっかく仕入れたものが衝撃で傷みやすくなったりもするからね。商人にも敬遠されるんだ」

「あ……確かに。鉱物ならまだしも、果物とかの食品類は影響が大きいでしょうね」

そう考えたらブルーフォルカなんて、よくぞ美しいまま運んでくることができたものだ。柔らかいし水分も豊富だから、傷みやすさでいえば最たるものだろう。

「しかもあの近辺は山賊もいるし」

「山賊」

やっぱり、本当にいるんだ。

思わず口がぽかんと開いた。確かに座学の一環でその単語とは遭遇していたけれど、初めて実感を持った感じだ。

「ああ、以前この話は父上ともしたことがあって。生活が厳しい地域ではどうしても一定数の賊が出てしまうんだ。頭が痛い問題だよね」

「まあ、お父様も頭を痛めていらっしゃるの？」

「そりゃあね。王都やその周辺だけよけりゃいいってわけじゃないからさ。しかもそういう辺境には兵士や冒険者も少ないだけに魔獣の被害も多いんだ」

「冒険者って、辺境にも多いイメージだったのだけれど」

「ある程度のデカさの村や町ならギルドもあるけど、人口の少ない農村じゃ無理だよ」

話を聞けば聞くほど、辺境の村は厳しい環境だ。むしろよくそんななか、商人たちも商隊を組んでまで物資を運んでくれたものだと感心する。

「……辺境の方たちは、この王都に住まうよりもずっと過酷な環境で暮らしているのね」

本当に、想像していたよりも、ずっと過酷だ。

「そう、そしてそこへの行き来もかなり困難だ。遠くて、危険で、運ぶのにも気を使う。商人たちにとってはリスクが高すぎるってことさ」

終始ルーフェスが渋い顔なのは、お父様とこの話をした折にも、簡単には改善できないという結論に至ったからだろう。せめて道だけでもなんとかならないのだろうか。商人たちが安全に行き来できれば、村の産物も換金できて村が潤うだろうに。ルーフェスとそんな話をしながら邸に戻り、自室に戻るなりだった。

「クリスティアーヌ様、魔法の訓練を受けたのですか？」

部屋付きの侍女シャーリーが、怪訝な顔で私の全身をしげしげと見つめてくる。空色の瞳がどんぐりのようにまあるく大きくなって、珍しく少しあどけない印象になっていた。

「いいえ、セルバさんには事情を話して、ちゃんと魔法の訓練はしばらく延期にしてもらったわ」

「ですが、お体に多量の魔力が巡っております」

「まあ、見えるの？」

私はすっかり驚いてしまった。魔力を視覚的に捉えられるのは、魔法を発動できるほどの魔力を持つ人のなかでも、さらに〝見る〟センスが必要なんだって、セルバさんが言っていたから。

「はい、魔法は多少心得があります」

なんと有能な。

知らなかった。なぜならシャーリーは普段は本当に普通の大人しめの侍女なのだ。年は二十代後半くらいかしら、浅い金色の髪をきっちりとひっつめた小柄な女性で、仕事は早くて適確。所作は丁寧で粗暴なところなど微塵もない、理想的な侍女が彼女だ。

その印象が少しずつ変わってきたのは、わりと最近のこと。

あれは初めてマークさんに護身術の型を習った日だった。自室で空いた時間を見つけては、型を忘れないように練習をしていた私に、シャーリーがこう申し出てくれたのがそもそものきっかけだ。

「クリスティアーヌ様、その……私、練習相手をいたしましょうか？」

多分ひとりで黙々と体を動かす私を見兼ねて、シャーリーは声をかけてくれたのだろう。

「いいのよ、ダンスのステップと同じで型の訓練くらいはできるもの」

「ですが相手がいたほうが実践に近くなるのでは？　私、こう見えても少々武術の心得がありますので」

私はとても驚いた。この小柄で華奢な女性が多少なりとも武術の心得があるだなんて。

でもそういうことなら断る理由はない。単に型の練習をするだけよりも、組手のようなことができたほうが絶対にいいに決まっているもの。実際に相手をしてもらえば、確かに身のこなしはとても俊敏だし、体幹がしっかりしていて、こちらが攻撃をしかけても流麗な動きでするりと躱されてしまう。

マークさんとはタイプが違う、女性ならではのしなやかな動きだった。それだけでも驚いていたというのに、さらに魔法の心得があるだなんて……シャーリーっていったい何者なの？

そんな気持ちが顔に出ていたのかもしれない。シャーリーが僅かに苦笑した。

「私はクリスティアーヌ様の護衛も業務の範疇にございます。お体に変化がないかは常に最大の関心事ですので」

「まあ、そうだったのね」

お父様の周到さには恐れ入る。ありがたいと同時に、少しだけ呆れてしまった。侍女まで護衛要員だったなんて。

「それで、そのお体を巡る魔力はいったい」

シャーリーも常々頑張りすぎだと私のことを心配していただけに、事情がわかるまでは引きませんよ、という堅い決意をその瞳からビシバシと感じる。

別に隠すほどのことでもないし、私は素直に事情を説明した。

「セルバさんが、魔力を流してくれたんですの」

「魔力を他人に流すなんて、そんなことができるんですか」

シャーリーもびっくりしているところを見るに、そんなにポピュラーなことではないらしい。

「ええ、なんでも私はまだ魔力が少なすぎて、すぐに魔法を発動させるのは難しいんですって」

「そうでしょうね、難しいだろうとは思っていました」

なかなか容赦がない。護衛も任務だと明言したことで、シャーリーも少しすっきりしたのかもしれない。いつもよりもはっきりと物を言ってくれる。それが嬉しくて、思わず口が軽くなった。

「それで、セルバさんが実験しようと仰って」

「実験？」

その言葉に、シャーリーは器用に片眉をピクリと上げた。実験という言葉に少し抵抗感があるみたいだけれど、そんなに大仰なことではないのよ。

「魔力を常に体内に循環させて、体に馴染ませるんだそうよ」

「体に馴染ませる……ですか。それで魔力を送ったと？」

「私も驚いたのだけれど、こう……手を取るだけで魔力を送り込めるだなんて不思議ね」

「むちゃくちゃですね」

「珍しいことなのかしら」

「少なくとも、魔力の譲渡などそう簡単にできることではありません。しかも、その魔力に方向性を与えて、クリスティアーヌ様の体内を絶えず循環するようにさせるだなんて」

知識がなさすぎてどれくらいレアなことなのかわからないけれど、シャーリーの様子から察するに、かなり特殊なことのようだ。

「やっぱり、すごいことなのね」

「勿論です。そのセルバ様という方、並の使い手ではありません。ただ常々申しておりますが、クリスティアーヌ様は無理をしがちです。そのお方に触発されてこれ以上無理をなさらぬよう」

「大丈夫よ、私はなにもしなくていいと、はっきり言われているんですもの」

私の髪の毛を丁寧に梳いてくれながらも、小言をしっかり言ってくるシャーリーは、なかなか頼もしい。

「それはそうとシャーリー、寝る前に少しだけ手合わせをお願いしてもいいかしら」

「今日は三十分だけですよ？　お店の仕事でお疲れでしょうし、まだ魔力の循環に体が慣れていないでしょうから、無理は禁物です」

真剣な様子でそう忠告してくれるシャーリー。私の体調を常に気にかけ見守ってくれていることに安堵して、私はとても幸せな気持ちになった。

＋✳♛✳＋

そうしてシャーリーに付き合ってもらいつつ自主トレする日々を送る私に、ついに効果を実感する日が訪れる。その日も私は必死にマークさんの特訓を受けていた。お昼ご飯を超特急で食べても、残る四十分ほどしか手合わせの時間はない。一本でも多く実践しようと、私は無心で体を捌く。自分で言うのもなんだけれど、以前に比較したら、格段に体の切れがよくなったと思う。

「驚いた、なかなかいい動きだ」

後ろから腕を捻り上げられたときの型を実践しているときだった。

マークさんが唐突に褒めてくれる。私は、マークさんから表情が見えない体勢なのをいいことに、ニンマリとほくそ笑んだ。この型と、もうひとつ。前からの攻撃に関しての型を、このところ徹底的に訓練してきたんですもの。その上達がマークさんにも気付いてもらえるレベルであったことに、嬉しさと誇らしさを感じる。知恵を授けてくださったレオさんと、実践に毎日付き合ってくれているシャーリーのおかげだ。

「特に飛び抜けて反応がいい型があるな」

鋭い指摘に、私はレオさんに助言を受けて、型をしぼって集中して特訓していることを白状した。するとニヤリと左の口角だけを上げたマークさんが、満足そうに頷く。

「なるほど、いい判断だ。あの坊主もなかなかやるじゃないか。……これはどうだ？」

後ろから覆いかぶさる暴漢から抜け出すのは、まだ特訓していないだけに簡単に捕らわれてしまった。読みが追い付かないだけでいちおう型は知っているから、一拍遅れながらも逃れるために腹部を狙って肘鉄をくらわせるように動くけれど、マークさんの鍛え上げられた腕から逃れるのは至難の業だ。

「こちらはまだまだだな。だが、いまの覚え方は効率は悪くない。続けるといいだろう」

マークさんのお墨付きももらえて一安心。

レオさんの話を聞いたマークさんが妙に嬉しそうだと思ったら、マークさんも頃合いを見て同じアドバイスをする予定だったと聞かされた。自分で気付くもよし、しばらく悩むもよし。いったんすべてをひと通り試してから集中して型を高めていくほうが、自分の得意不得意もわかっていいのだとか。セルバさんのときにも思ったけれども、いろいろなことを考えながら教えていただいているのだと感じられて、とにかくありがたい。精進しなくては。

「おっ、やってるやってる」

そこにやって来たのはセルバさん。少し本を読んで帰るつもりなのか、分厚い魔導書を持参しての登場だった。今日はモノクルというのかしら？　片目だけのメガネをかけていて、余計に頭がよさそうに見える。

「セルバか。どうした」

「ああ、用があるのはクリスちゃんのほう。実は魔力注入に来たんだ」

セルバさんの簡潔すぎる説明に、マークさんは意味がわからない、と眉根を寄せる。

「クリスちゃんの魔力はまだまだ少なくてね、体も魔力に慣れていない。一時的に僕の魔力を注入して循環させることで、魔力の通る回路を作ろうという試みなんだけどね」

セルバさんはなんでもないことのように仰るけれど、やっぱり相当すごいことなんじゃないかしら。なぜなら、マークさんは口をぽかんと開けてしまっているのだから。

「お前は本当にデタラメだな」

「ありがとう、褒め言葉と受け取っておくよ。じゃあ、ほんの一、二分ほどで済むからさ、クリスちゃんをちょっと借りるね」

そう言って、セルバさんは颯爽と私の手を取る。マークさんは「仕方ないな」と苦笑いしてあっさり力を抜き、私を解放してくれた。そのままさっさと日陰に入ったマークさんは、壁に寄りかかったまま器用に刻みたばこを吸いはじめている。

なんというか、切り替えが早い。思わず見つめていたら、マークさんと目が合った。

「ひと息入れるのにちょうどいい、やってもらえ。セルバ、疲れさせるなよ」

「大丈夫、僕がちょっと疲れるくらいでクリスちゃんはノーダメージだから」

そんなことを言いつつ、セルバさんは私を裏口の扉近くの階段にエスコートする。

「さっきからずっと体を動かしていただろう？　魔力を送っている間くらいは座っていたほうがいいよ」

店の裏口あたりに都合のいい椅子なんかあるわけもない。つまり、この階段に座って休むといい、と言ってくれているのだろう。素直に座って魔力を受け取ろうと両手を差し出したら、なぜかセルバさんの顔がほころんだ。

「前から思ってたんだけど、クリスちゃんってかなり高位の貴族の割にホント庶民的っていうか……むしろ貴族らしいこだわりを感じないよね」

なぜにいきなりそう思ったのかわからないけれど、それはきっと前世の影響だろう。そもそも日本ではバイトもこなす女子高生だったわけで、バリバリの庶民だったんだから、私が庶民的であることになんの不思議もない。しかも、今世もどうせ後々には庶民になるんだと思ってたから、貴族のマナーや教育は正直話半分で聞いていていて、貴族らしさがイマイチ醸成されなかったのだろうと思う。後半部分は若干の後ろめたさも感じてしまうのだけれど。

「地べたに座るのもためらわないし、こうして手を取られるのも厭わない」

「あ……」

握り込まれた両手には、セルバさんから送られてくる魔力の仄かな温かさを感じる。

不思議だわ、前回よりも魔力を感じやすくなっているみたい……？

「いまの姿のときならば、それでも勿論構わないんだけど、本来の……貴族の姿でいるときは気を付けたほうがいいよ。君の隙を狙っている人間など、いくらでもいるんだからね？」

セルバさんの魔力がゆっくりと体の中を巡りはじめた。前回は魔力の循環なんて感じ取れなかったのに、今回は手から腕へ、二の腕を通って胸へ、頭へ、脚へ……体の隅々まで行き渡るのが感じ取れる。なんとも不思議な感覚だった。

「聞いてる？　クリスちゃん」

ええ……なにか仰ってるのはわかるけれど……。

どうしてかしら、セルバさんの声が遠くに、近くに、揺れているように聞こえるの。

「ちょっ……あれ？　クリスちゃん⁉」

セルバさんの慌てた声。どうしたのかしら。

「大丈夫⁉　クリスちゃん、え？　なんで⁉」

「クリス、大丈夫か！　セルバ、なにがあった！」

「わからない、こんなはずじゃ」

慌てふためいたふたりの声が、頭の奥に響いてくる。

安心させてあげたいけれど、声が出ないの……。

ごめんなさい。

意識を保っていられたのは、そこまでだった。


目が覚めたら、とてもとても心配そうな女将さんの顔が見えた。

「クリス！　よかった、目が覚めたんだね！」

「あら？　私……？」

「倒れたんだよ！　まだ寝てな、急に起きてふらついちゃいけないからね」

女将さんに押しとどめられて、私は身を起こすこともできずにベッドの上で記憶を反芻する。

ああ、そうだわ私、セルバさんに魔力を分けてもらっている途中だったのに。私ったら途中で意識を失ってしまったの？

記憶はあやふやだし、どれくらい意識を失っていたのかもわからなくて混乱する私の額に、女将さんがそっと手を当てる。そして、安心したように笑ってくれた。

「うん、だいぶ落ち着いてきたね」

「……？」

「さっきまでは体温が上がったり下がったりしてさ、そりゃもう心配だったんだから。真っ赤になって大量に汗をかいたと思ったら、急に真っ青になって体が氷みたいに冷たくなるしさ。こっちはもう、生きた心地がしなかったよ」

「ええ⁉」

起きた感じは普通というか、気分が悪いとかそういうの、まったくないんだけれど。でも、女将さんの顔を見れば本当に心配をかけてしまったんだということだけはわかる。なにが起こったのか自分でも理解できていないけれど、すっかり迷惑をかけてしまった。

「ごめんなさい、女将さん。お手伝いに来たのに、忙しい時間だろうにすっかり迷惑をかけてしまって」

「バカな子だね！　あんたが謝る必要なんかこれっぽっちもないってのに。文句ならさっきセルバにたっぷり言ったから安心おし」

「セルバさん？」

「ああ。どうやらセルバがやりすぎたみたいでねえ」

私に水差しのお水を注いでくれた女将さんは、自分で言ったその言葉でなにかを思い出したらしく、エプロンで手早く手を拭いてあたふたと部屋を出ていった。

まあ、この部屋。懐かしいわ。私がこの『テールズ』に住み込んでいたときに使っていた、私の部屋。ベッドも調度品もそのままで、まるであの頃に戻ったみたい。天井のむき出しの梁までもが懐かしい。

「セルバ！　セルバ、クリスが目を覚ましたよ！」

階下では、女将さんがセルバさんを呼ぶ、慌ただしい声。続いて、ドタバタと階段を駆け上がる足音が聞こえてきた。

「クリスちゃん！」

いきなり扉を押し開き、転がるような勢いでセルバさんが入ってくる。そして、そのすぐあとに入ってきたマークさんは、無言でセルバさんの頭に拳骨を落とした。

うわ、痛そう……。なんかいま、ゴツッて鈍い音がしたけれど、セルバさん大丈夫かしら。

「クリスはついさっきまで意識がなかったんだぞ。周りで騒ぐなど言語道断。しかも女の部屋にノックもなしに入るのもマナー違反だ」

よっぽど痛かったのか、頭を押さえてうずくまるセルバさん。マークさんも容赦がない。宮廷魔導師が冒険者にマナーを説かれている……と一瞬思ったけれど、そういえばマークさんは貴族出身だったものね。マナーも女性の扱いも慣れているんだろう。妙なところで感心していた私に、拳骨の痛みから若干復活したらしいセルバさんが歩み寄ってくる。

「ごめんね、クリスちゃん。僕の……僕のせいで」

かつてないほどシュンとしてしまっているセルバさん。でも、倒れた理由も定かでない私には、なぜセルバさんがそんなにも悲愴な顔をしているのかすら見当がつかなかった。

「あの、私……？」

「クリスちゃんが倒れたのは僕のせいなんだ。本当にごめん」

先ほどからの話の流れでそれはなんとなくわかったけれど。

「なにがあったのか聞いても？」

「うん……」

途端に歯切れが悪くなったセルバさんの頭を、マークさんが剣の柄で軽くこつんと小突いている。早く話せ、と急かしているんだろうけれど、それでもセルバさんは口ごもったまま。

「クリスは意識を失うほどのダメージを負ったんだぞ。お前の〝実験〟とやらの中身を知る権利があるはずだ」

「いや、わかってる、わかってるんだけど。まさか倒れるなんて思わなかったんだ。そもそもそんな危険な実験じゃなかったんだよ」

「ご託はいい」

突然、少し高めの声が割って入ってきた。

「まあ、ルーフェス。もうそんな時間？」

もうルーフェスが迎えに来るような時間なのかしら。なんということだろう、午後からまったくお店を手伝えなかったんじゃないかと思うとかなり落ち込む。しかもむしろ心配も迷惑もかけてしまったし。

「姉さん、なに呑気なこと言ってるの。姉さんが倒れたってここの女将が連絡をくれたから、僕、飛んできたんだけど」

ジト目で見られてしまった。

なんと、女将さんったら連絡してしまったのか……。家族にまで心配をかけてしまったと思うといたたまれない。私自身は倒れた自覚もあまりないほど、体調にも変化がないのだけれど。

そう、どちらかというとポカポカして気持ちいいくらい。

「心配してくれたのね。来てくれてありがとう」

「……うん」

お礼を言うと急に恥ずかしそうに目を逸らす姿がちょっと可愛い。この一年ほどでときどき見かけるようになったルーフェスのこの表情を、実は私はとても気に入っている。面倒見がいいくせに素直じゃないから、お礼を言われると照れちゃうのよね。

微笑ましくてついつい顔がほころんでしまう。

「でも大丈夫よ、いまはとても気分がいいの。いつもよりも調子がいいくらい」

そう言った瞬間、セルバさんが勢いよく顔を上げた。ついさっきまで暗雲を背負っているみたいだったのに、いまは輝かんばかりの笑顔だ。

「ホント!?」

「え、ええ。なぜかポカポカと温かい気がして」

「よかった！　僕の仮説は間違っていなかった！」

私の両手を取って、ぶんぶんと上下に振るセルバさんは、なぜか喜びに満ちあふれている。

「いたっ」

「気安く触るな」

セルバさんの手を手刀で叩き落として、ルーフェスが私とセルバさんの間に立つ。ひょろりと背の高いセルバさんをルーフェスは冷たい目で睨みつけていた。守ろうとしてくれるのは素直に嬉しいけれど、セルバさんをそんなに警戒しなくても。

「そもそも弁解だの実験の内容だのを聞く必要などない。今後、関わらなければいいだけだ。姉さん、帰ろう」

「え、ちょっと」

ルーフェスは私の手をぐっと掴むと、扉のほうへずかずかと歩んでいく。

「わ、ちょっと待って！　違うんだ、僕は継続的な回復魔法を魔力の循環に組み込んだだけなんだって！」

「回復魔法？」

「そうさ、本当に単なる回復魔法だよ。クリスちゃんが疲れていたみたいだったから、ちょっと回復させてあげようと思っただけなんだ」

マークさんの怪訝そうな声に、セルバさんは少しだけむっとしたように答える。そして、その答えを聞いたルーフェスは、脚を止めてセルバさんを仰ぎ見た。

「回復？　なぜそれで倒れるんだ。貴方は高名な魔導師だと、父からは聞いていたんだが」

セルバさんに相対するとなぜかルーフェスの言葉が堅いけれど、もしかしてお仕事モードなのかしら。それにしてもセルバさんが高名な魔導師だとは。そんな方に護衛なんてお願いしてよかったのかと心配になってしまう。どういう経緯で私の護衛を引き受けてくださったのかはわからないけれど、ありがたいことだ。

「なぜ倒れたかなんて僕のほうが知りたいくらいだったさ。そもそも倒れるようなことなんかして

いなかったんだから」

「話にならない。行こう、姉さん」

「まあまあ、せっかちな男は大成しないよ」

からかうようにウインクしたセルバさんには、なぜか余裕のようなものが感じられた。ルーフェスもセルバさんの変化を感じたのか、不愉快そうな表情ながらも、話を聞こうという気になったらしい。

「で？　止めたからには聞く価値があるんだろうな」

「多分ね」

「聞こう」

憮然としたままのルーフェスに苦笑しながらも、セルバさんは「仮説だけど」と前置きして、自らの考えを語ってくれた。

「今回の件は多分、ふたつの想定外のことが同時に起きたことで発生したんだろうね。ひとつは魔法の術式が想定よりも大きく魔力に反応したこと。そしてもうひとつはクリスちゃんの体が想定よりも魔力への順応が早かったということだ」

「なるほど、単に読みが甘かったという話か」

「そう言われると身も蓋もないんだけど、その通りだね。……ごめんね、クリスちゃん」

一刀両断、といった風情のルーフェスに、セルバさんは眉尻を下げる。そしてまた、申し訳なさそうに私に頭を下げた。

「は、はい。あの、でも、ごめんなさい。意味がよくわからなくて」

「安心しろ、俺もわからん」

私だけ意味がわからないのかと内心ドギマギしていたから、マークさんの援護射撃にホッとする。

もうちょっとでいいから、わかりやすく言ってくれないものかしら。

「俺たちにもわかるレベルで話せ」

どうやら同じことを思っていたみたい。マークさんが単刀直入にそう言うと、セルバさんはうーん、と言葉を選びながら説明してくれた。

「ええと、まずは魔法の術式が想定よりも大きく魔力に反応した、っていう点なんだけど」

「おう」

「さっき言った通り、僕はクリスちゃんが元気になるようにと思って、今回は術式の中に回復魔法を組み込んでみたんだ」

「いきなり小難しいな」

「だろうね。一般的に出回ってる魔法はすでに術式が確立されて一般の人にも使えるレベルに昇華されてるものだしね」

「待て、待て待て。その話はさらにややこしくなるのか？」

若干面倒くさそうになったマークさん。気持ちはわからないでもないけど、私は今後魔法だって習っていこうと思っているわけだから、自分の体に起こったことくらいは理解しておきたい。

「別にややこしくはないさ。僕が研究しているのは、一般に普及させる前の魔法式を組み立てるものでね」

「十分にややこしいぞ」

「そうかな。えーと、たとえばエクスプロージョンって爆発系の魔法、あるだろう?」

「あるな、あの派手なやつか」

「そうそう。あれは焔系の魔法と風系の魔法を組み合わせたものだ。それぞれの術式を組み合わせて、新しい魔法を生み出している」

セルバさんの説明に、マークさんが瞠目した。私だって驚いている。今まで魔法はすでに決まった手順と決まった呪文……セルバさんがいうところの術式?で発動させる、という認識だった。

セルバさんは、新しい魔法を生み出すのがお仕事だと、そう言っているのよ……ね?

「お前、実は結構すごい奴だったんだな」

マークさんの褒め言葉にセルバさんは照れくさそうに笑って、今回の経緯を話してくれた。

「今回、もともとクリスちゃんに施していたのは、魔力贈与の術式だった。まだ一般には流通していないけれど検証も済んでいる安全な術式だ。他者に魔力を与えられるようになるといろいろ便利だからね」

「それは、理解できる」

しぶしぶ、といった様子でルーフェスが頷いた。ルーフェスは剣技が得意ではあるけれど、魔法にも素養がある魔法剣士だから、魔法についての興味や理解は深い。

「ただ、クリスちゃんの場合は魔力が少ないから、前回はその発展型として、僕が送った魔力が継続的に体内を循環するように組み替えてみたんだ。うまくいけば、魔力が循環することを体が覚えて、触発されて魔力が底上げできるんじゃないかと仮定した」

「それは……もしそうなったらどえらい発見なんじゃないのか。魔力の開発なんざ冒険者仲間からも聞いたことがねえぞ」

「夢の発見だよ！　クリスちゃんから相談を受けて、なんとかできないかと考えたあげくに閃いたときには、さすがの僕も心が躍ったからね」

マークさんの言葉に、セルバさんは小さく拳を握った。そんなに重大な実験の一端を担っていたなんて予想もしていなかった。ただ、ルーフェスは興奮したような、でも憤っているような、とっても複雑な表情。

「すごいよ、すごいけど。僕の姉さんで実験するなよ。言っとくけど、公爵令嬢なんだからな！」

どうやら、私を心配してくれていたらしい。

「いや、流し込む魔力は微量だったし、もともとの魔法も安全性は保証されていたからね。大丈夫かと思って」

「あんたみたいなバケモノ級の魔力の人が微量といって流し込む魔力は信用ならない。現に姉さんは倒れたじゃないか」

セルバさんに文句を言いつつ、話が長くなると思ったのか、さりげなく椅子を用意して私を座らせてくれるあたり、ルーフェスはやっぱり紳士だ。

「それなんだけどね、以前は特に問題がなかったんだ。むしろ反応がなさすぎてびっくりしたくらい」

「そう……でしたね」

以前は、セルバさんにそう言われるまで、魔力を送ってくれていることすら気が付かなかった。

「では回復魔法を組み込んだのが悪かったのか？　ところがだ」

人差し指を自分の顔の前で軽く動かしながら、セルバさんは考え考え口にする。

「術式に組み込んだのはそれこそ微弱な回復魔法だ。なにせ疲労回復用だからね、たとえば欠損を癒やすときの出力とはレベルが違う。そもそも回復魔法なんて使い古された感があるくらいに安全な魔法だ」

「そう、ですね」

「だから僕は途方に暮れてしまった。倒れる理由が見つからない」

確かに。

「ただ、こうしていまの君をじっくり見ていると、少し理由が読めてきた」

セルバさんはそう言って、私をじっと見つめている。エメラルドのような透明感のある瞳で、まるで皮膚の中まで見透《みとお》そうとしているかのように深く深く観察されるのは、なんだか緊張するし面映ゆかった。

「クリスちゃんが倒れたときには体の中で魔力があまりにも激しく動いていて、体内でなにが起こっているのか皆目掴めなかったんだけど、いまはかなり安定してる」

「さすがにそういうのはわからんな。俺から見ればさっきまでのクリスは真っ青で、いまは元気そうってことくらいだが」

「体内を巡る魔力を視認するにはセンスがいる。魔導師でも見ることができない者も多いからね」

「そんなもんか」

マークさんはしばらく目を凝らしていたけれど、諦めたらしく両手を上げ、いわゆる〝お手上げ〟ポーズをしてみせる。一方ルーフェスは見極めようとしているのか、セルバさんに倣って私をマジマジと見つめてくるんだけど。眉間に深い皺が寄って、我が弟ながらちょっと怖い。

「君は見える？」

「……なんとか。薄くって見づらいけど、姉さんの魔力は見慣れてる。だから、この見慣れない緑色の魔力が多分あんたが注入した分だろう」

「ご名答。クリスちゃんの魔力の変化はわかるかい？」

「……ああ、いつもよりも色が濃い」

「それだけ？」

「あんたの、魔力を……取り込んで、混ざろうとしてる……絵の具が、滲むみたいに……」

「上出来。もういい、目を閉じて」

セルバさんが言うが早いか、ルーフェスは大きく息を吐いて、長椅子にぐったりと倒れ込んでしまった。

「だ、大丈夫？」

思わず駆け寄る私に、ルーフェスは力なく頷いた。慌ててベッドサイドから水差しを運んで水をあげたけれど、随分と疲れてしまったみたい。

「しばらく休ませてあげて。魔力を詳細に検分するのは、慣れないととても疲れるんだ」

ルーフェスの額にはうっすらと汗が浮かんでいて、いまや私よりもよほど体調が悪そうに見える。

仕方なく水差しが置かれていたトレイを手にしてパタパタと風を送ってあげたら、「姉さん、せめて扇とか……ああ、いまは持ってないのか」と脱力されてしまった。

「悪かったね。でも君には僕が簡単に説明するよりも、自分の目で確かめてもらうほうがいいと思ったから」

「いや、大丈夫。あんたの言う通り、自分で見たほうが納得できる」

青い顔のままセルバさんに同意するルーフェスには、もうさっきほどの険は感じられない。セルバさんもひとつ頷いて、ルーフェスの見立てを解説してくれた。

「つまりね、クリスちゃんの魔力の色が濃くなっているっていうのは、魔力が強くなっているってこと。思ったよりも随分と早く効果が出はじめているよ」

「ええ⁉」

思わず大声を上げてしまって、ルーフェスから無言で睨まれた。いけない、いけない。

「まあ、まだ微々たる増加だけどね。でも、僕も驚いたよ」

「はあ……」

「そして問題は僕の魔力を取り込んで混ざろうとしているってとこだよ」

「問題なんですか？」

残念ながらどこが問題なのかは、私には皆目見当もつかない。

「ああ、魔力贈与の術式は検証済みだと言っただろう？　その際〝取り込む〟とか〝混ざる〟なんて事例はなかった」

「まあ」

「あくまで人からもらった魔力をそのまま使うだけだ。自分の魔力とは当然質が違うから効率が悪い。なのに君はいち早く僕の魔力に順応して自身の魔力を高めただけでなく、僕の魔力を取り込もうとしている」

とても面白いと思わないかい？と尋ねられたけど、勿論私が狙ってやったことでもないし、いまいち面白さがわからないんだけど……。

「送り込んだ魔力が継続的に体内を循環する術式に組み替えたから起こったことなのか、君という器の問題なのか。それを探るだけでも面白いだろう。そうだ、弟君。君も協力してくれないか？　血筋の可能性も否めない」

「嫌だね、なにをされるかわかったもんじゃない」

「おや、この発見で魔法の歴史が塗り替えられるかもしれないよ？　国の発展には欠かせないことだと思うんだけどな」

そう言われてしまうとルーフェスも弱いらしい。うーん、と唸って黙り込んでしまった。以前は毎朝、隅の席で優雅にコーヒーを飲みながらずっと本を読んでいる寡黙な印象だったのに、研究のことが関わると急に饒舌になるセルバさんには、このところ驚かされてばかりだ。

意外にも押しが強い方だったのね……。

しばらく唸っていたルーフェスは、やっと決心がついたのかセルバさんを仰ぎ見た。まだ青い顔をしているというのに、瞳だけはなぜか挑戦的に輝いて見えるのは気のせいかしら。

「まずは仲間内での検証を先にやってくれ。その結果をもとに血筋の可能性が出てきた場合は、僕も協力する」

「それはありがたい。サンプルの質としてもちょうどいいしね」

にっこりと微笑むセルバさん。ルーフェスはげんなりした様子で「ただ、このことは父にも報告するから」という言葉を残して、長椅子に体を沈める。

可哀相に、こんなにぐったりしたルーフェスなんて、そうそう見ないわ。さっきの『魔力見極め』が、よほど疲れたんでしょうね……。

「ふふ、回復魔法をかけようか？」

長椅子につらそうに体を預けるルーフェスに、セルバさんがからかうように声をかける。勿論ルーフェスは不機嫌な顔のまま、セルバさんを睥睨《へいげい》した。

「僕まで昏倒させる気か」

「とんでもない。クリスちゃんだっていまはすごく元気じゃないか。クリスちゃん、体がポカポカしてるって言ってたよね？」

「ええ、湯船に浸かっているように心地よい温かさです」

「ほらね。しっかり回復してるだろう？　さっきは多分、回復魔法の術式が体内を循環させている魔力に〝混ざる〟ことで、効果が極端に上がってしまったんだと思うよ」

なるほど、栄養ドリンクのつもりが強すぎるお薬になっていたってことなのね。おかげさまでいまならルーフェスをおんぶして帰れそうなくらい、力が湧き上がってくるのを感じる。

渋るルーフェスを説き伏せて、セルバさんに回復魔法をかけてもらってから、私たちは家路に就いた。本当はお店を手伝ってから帰りたかったのだけれども、倒れてしまったせいで女将さんがとても心配していて、お店に立つのを許してくれなかったから。

護身術もお店の手伝いも中途半端になってしまったのが心残りではあるけれど、この日私は、この世界の魔法について、少し詳しくなれたのだった。

翌日の放課後、私は学園の資料館でさまざまな資料を漁っていた。

セルバさんのおかげでとにかく体調がよくて、昨夜はシャーリーにお小言を言われてしまうくらい、護身術の練習に打ち込んでしまった。邸に戻ったらついついダンスとか体を動かすものに取り組んでしまいそうで、自重しているのだ。資料館に籠もっていれば体力を使いすぎることだけはないはずだから。

知識が足りないことが気になっていたから、ちょうどいい。

この前珍しい食材の話をしたときに、ルーフェスはすぐにガレーヴ原産だと断言した。それに、辺境の村が直面している問題や商業にも詳しかった。お父様の補佐をしているから当然なんだとルーフェスはこともなげに言うけれど、弟との知識の差をまざまざと見せつけられた私にしてみれば、心中穏やかじゃない。

もうひとつ、気になって調べていたのは、国政の概要と市井官についてだった。邸の書庫で調べた内容は概念だけで、あまり仕事の内容や民との関わり方には触れられていなかった。

女将さんたちのキョトンとした様子を見るに一般に知られている職務でもないように思えるから、学園の書庫であればもっと詳細な記述が見つけられるのではないかと、私は期待していた。

記述がありそうな本を片っ端から積み上げて、必要な情報があるかないかざっと目を通す。じっくり読むのはあとでいい。とりあえず今日は、仕分け作業に専念だわ！

どれくらいの時間が経ったのだろう。

右に積んだ本を仕分けして、二つの山にしながら左に置いていたのだけれど、その本の山も相当高くなった頃だった。

「あれ？　もしかして」

頭上から、聞き慣れた声が降ってくる。明るい、こちらが元気になるようなこの声は。

「やっぱり。どうしたんだい？　そんなに資料を積み上げて」

振り返ると、腕に多くの本を抱えたレオさんがこちらを見下ろして笑っていた。

「――へえ、じゃあそれで調べものを？」

〝不要〟のほうに振り分けた本を一緒に片付けてくれながら、レオさんは私の悩みをニコニコと聞いてくれる。話を聞いてもらえるだけでなんだか心が軽くなったみたい。

そういえばレオさんは、こんな風に性別も身分もあまり関係なく、とても朗らかに話を聞いてくれるから、とても人気が高いって聞いた覚えがある。エマさんが、噂なのよ、とすごく楽しそうに話してくれたっけ。

それも納得だわ。

しっかりと目を見て話を聞いてくれるし、いちいち頷いて、時折質問を挟みつつアドバイスもくれる。『テールズ』で話していた頃は調子のいい方だと思っていたけれど、いま思えばふさぎがちで人との関わりを極力避けていた私に、無理にでも人との関わりを持たせようとしてくれていたのかもしれない。

「どうかした？」

「えっ？」

「いや、そんなに見つめられると照れるんだけど」

考えごとをしていたせいで、ついレオさんの顔をまじまじと見つめてしまったらしい。確かにレオさんの頬はちょっとだけ赤みを増していて、なんだかこちらまで照れてしまう。

「ごめんなさい、考えごとをしていたから、つい」

「考えごと、か。また無理をしてるんじゃないのか？　体を壊すような無理だけはやめてくれよ」

「そこは大丈夫です。私いま、踊り出せそうなくらい体調万全なんです」

言い切った私を見て、レオさんは「確かに」と頷いた。

「なんだろう、なんか漲るパワーを感じるね。目が生き生きとしてる」

「セルバさんが継続的な回復魔法?をかけてくださったんです」

「継続的……っていうと、その場で治癒するだけじゃなくて、まさか数時間とか持続的に癒やし続けてくれるって意味?」

「ええ。セルバさんによると、多分、数日間じわじわと微弱な回復魔法をかけ続けているような効果があるのだそうです」

「そんな便利な魔法、聞いたことがないけど」

「ええ、まだ開発途中らしいので」

「開発中⁉　え、どういうこと?　大丈夫なのかそれ!」

開発中と聞いて一気に不安げになってしまったレオさんに、私は昨日の出来事を簡単に説明する。でも、説明の仕方が悪かったのか、逆にレオさんを驚かせてしまったみたいだ。

「気絶した⁉」

顔色を変えるほど驚きながらも、声を抑えてくださるのがありがたい。レオさんは基本的にとても気の利くお方なのだ。

「ちょっと魔法が効きすぎたみたいで。でも、そのあとは本当に調子がいいんです。体中がポカポカあったかくって、体の中からエネルギーが湧き出てくるみたい。いまならなんでもできそうな気がします」

安心してもらえるように「お肌もツヤツヤです」とおどけてみせれば、レオさんも「実害がないなら、いいけど」と矛先を収めてくれた。まだどこか微妙な顔なのは、やはりルーフェスと同じで開発中だという魔法に全幅の信頼はおけないからだろう。

「ちくしょう。セルバの奴、株を上げやがって」

「いま、なにか仰いました？」

なにか呟いたみたいだけれどよく聞こえなくて問いかければ、レオさんはハッとしたような顔で振り返り、にっこりと笑ってくれた。

「いや、俺もその回復魔法をかけてほしいなーと思って」

疲れているのだろうか。そう思ってレオさんの顔をよく見れば、確かに目の下になにやら隈ができている。いつも快活で元気なイメージだっただけに、私は少し驚いてしまった。

「まあ、隈ができていますわ。お疲れなんですの？」

「はは、まあね。これでも結構忙しいんだよ」

そういえば、レオさんはグレースリア様のハフスフルール侯爵家の家督を継ぐために、ずっと努力しているといっていた。学生の身で家督相続の争奪戦に本気で挑むのは、なかなかに骨が折れるだろうことは想像に難くない。なにせハフスフルールの一族といえば、天才肌の実力者揃いだ。ひと癖もふた癖もある、実績を積んだ御仁たちと争うんだから、並大抵の苦労ではないのだろう。

そう思って労えば、レオさんは困ったように笑った。

「うーんまあ、そっちもそりゃあ大変なんだけどね。いまは生徒会のほうの実務でも追われてて」

今度は私が驚く番だった。レオさんが生徒会の事案でいろいろと忙しくしていることはあっても、こんな風に目の下に隈を作って、弱ってしまうようなことはなかった。心配させないようにという配慮もあってか、それを表に出すことなんてこれまで一度もなかったから。

「まあ、生徒会の？」

「ああ、あと半年もしたら紅月祭《こうげつさい》があるの、知ってるだろう？」

「ええ、勿論」

紅月……前世でいうと十一月に行われる学園の伝統行事よね。卒業や入学の祝いに開かれるパーティーに負けず劣らず盛大で、皆が楽しみにしているものだ。

貴族の子弟が多く集まるこの学園らしく、皆華やかな装いで参加するのは勿論、豪華な食事や、麗しいダンスといった社交界のパーティーを模した部分と、楽器演奏のコンクールや演者を呼んでの出し物もあったりと、ちょっと高尚な文化祭のような催しだったりする。

紅月祭は確かこの乙女ゲームでは、どんなドレスを着るか、誰にエスコートを頼むか、誰とダンスを踊るかでルートが確定すると言っても過言ではない重要なものだった。

「この紅月祭が俺たちの代の生徒会で実施する最後の大きな催しだからね、なんとしても成功させたいんだ」

隈はできているけれど、レオさんの瞳には強い決意が漲っていた。

「ほかの催しと違って、紅月祭は自由度が高いんだよ。だからこそ主催の力が試される」

そういわれれば、入学や卒業のパーティーは基本的に式次が決まっているし、来賓も多くて堅苦しいものだけれど、毎年、紅月祭だけはとても賑やかで楽しいし、なにより趣向が凝らされている。参加する生徒たちの装いも最も煌びやかで、誰もが一番気合を入れて参加する催しなのだ。なにが起こるかわからない面白さもあるし、パーティー自体もとても派手だ。

人脈を駆使して楽隊を呼ぶこともあれば、過去にはファッションショーのような催しをしたこともあると聞いた。曲芸だったり流行の劇団だったり、その年その年で目玉が違う。

特にこの学園に通う平民の生徒たちは、普段は接することができない豪華な食事や華やかな見世物をとても楽しみにしていて、精一杯のお洒落をして楽しむのだと、カーラさんやエマさんも目をキラキラさせていた。

そして貴族たちのあいだでは勿論、社交パーティーと同じく、お相手を探す絶好の機会として利用されるわけだ。どちらにしてもこのパーティーにかける熱い思いは変わらない。

「皆さん、とても楽しみにしていますものね」

「ああ、だからこそ、いい思い出になるように東奔西走しているわけさ」

生徒たちの期待を一身に背負って、生徒会の人たちはこうして毎年やつれながら頑張っているのね。それは確かに回復魔法だってかけてほしいところかもしれない。

「もしかして、それで調べものを？」

レオさんの腕に山と積まれていた本を思い出す。私に負けず劣らずのその量は、普通に本を読んだり勉強したりするには異常な量だったから。

「ああ、今日は提供する料理について調べていたんだ」

「料理！　毎年とても豪華ですものね。紅月祭はまだ半年も先なのに、カーラさんたちったらお食事はなんだろうって、いまから楽しみで仕方がないみたいで」

彼女たちの期待に満ちた目が思い出されて、ひとり、ふふっと笑みをこぼしてしまった。

「メインのお料理も楽しみなようですけれど、女性陣はとりわけスイーツのお話になるともう、止まらないくらいに盛り上がるんです」

ケーキがいい、フォンデュがいい、コンポートがいい、いや会場は熱気がすごいからアイスがいいと、もう好き放題に話しては、期待に満ちあふれた目で夢見るようにふんわりした顔をしていた。

「うわ、それは一層頑張らなきゃだな。男連中は酒にうるさいし、ホントに頭が痛いよ」

「それは確かに」

私は深く頷いた。お酒は悪酔いしないものを慎重に選んでほしい。なにせこの世界は学園に入学する十五の年からお酒が飲める。パーティーに慣れている貴族はさすがに羽目を外すことは少ないけれど、一般生徒のなかにはこの時とばかりに深酒してしまう生徒もいるのだ。

「ホントに頭が痛いよ。ただ俺は会計担当だからね、いいものだからってあまり金をかけすぎるわけにもいかない」

「そうですわね。会場の設営にも見世物を呼ぶにもコストがかかりますものね」

そのうえこの学園の全生徒数は八百人を優に超える。その人数を賄えるだけの食事をただ用意することだって大変なはずだ。

「実際、毎年一番金がかかるのは食事なんだよな。でも、貴族でもない一般生徒は滅多に食えない豪華な食事やデザートが一番の楽しみだからな」

珍しい、うまいものを食わせてやりたいんだよ、と笑うレオさんの気持ちは痛いほどわかる。

レオさんは身分性別問わずのお友達にいつも囲まれているから、特にそういう気持ちが大きいのだろう。勿論、個人的にも食事だけは手を抜いてほしくない。

『テールズ』でも、クタクタでよろよろしながら入ってくるお客様たちが、美味しいご飯を食べるだけで元気になって酒を酌み交わし、笑顔になるのが嬉しかった。

カーラさんたちとケーキを食べたときも、たった僅かな仕掛けがあるだけで、食べたケーキが何倍も美味しく感じられた。きっと、パーティーで出る食事が美味しくて、楽しくて、心に残るものならば、記憶にだって一生残るに違いない。

「レオ様、実は」

私は、レオさんにブルーフォルカのケーキのことや、『テールズ』で見た変わった食材のことを一生懸命に話した。

あれは滅多に手に入らないものだと言っていたし、流通にも時間がかかる。ということはコストもかかる。紅月祭の時期に手に入れるのは無理かもしれないけれど、人を楽しませるアイディアや珍しい食材のヒントくらいにはなるだろう。

僅かでも、考える参考になれば。そんな気持ちだった。

なのに、相槌を打ちながら聞いてくれていたレオさんの顔が、段々と眉根が寄り、真顔になっていく。こんなに真剣な表情、かつて見たことがない。訪れた沈黙に、私は徐々に焦ってきた。

どうしよう、もしかして、出すぎた真似だったのかもしれない。

そうよね、だってあんなにたくさんの書物を読んで、調べているんだもの。それに、レオさんはお友達だってとても多い。私が差し出がましいことをせずとも、これくらいの情報は入ってきていたに違いない。とても疲れている様子なのに、時間を無駄にしてしまったのかも。

すっかり黙り込んで、なにか考え込んでいるレオさんの様子に、私の心中には心配だけがもくもくと浮かんできた。

ダメだ、沈黙に耐え切れない。

「あの、レオ様」

おずおずと話しかけた私に、レオさんがハッとしたように笑顔を見せる。

「ごめんごめん、とても参考になったよ。ちょっと考えてみる」

そう言ってくれたけれど、レオさんの優しさから出た言葉ではないかと思うと、いたたまれない。

そんな私の不安を敏感に読み取ったのか、レオさんはいつものように明るく笑う。

「それはそうと、今日は君の調べものを手伝ってもいいかな？　実は俺も興味があるんだ」

「そんな！　だってお忙しいのに」

「大丈夫、大丈夫」

「だって隈ができているじゃありませんか、そんなことより休まないと」

心配しているのに、レオさんは一切退いてはくれない。まあまあ。大丈夫、大丈夫。これ一冊だけ……と言いながら、結局その日は私の調べものに付き合ってくれたのだった。

それからさらに二週間。

今日も私は、とても真面目にマークさんの特訓を受けていた。

先週はセルバさんの番だったんだけれど、ルーフェスに厳しく言われていただけに、魔力の循環も継続的な回復魔法の実験もできず、粛々と『テールズ』の仕事をこなし帰路に就いた。

あの回復魔法のおかげで本当にその一週間はとても体が楽だったし、できることならまたあの魔法をかけてほしかったのだけれど、セルバさんから断られてしまったのだ。

なんでも、一度想定外なことが起きたからには、実験が終わって安全性が検証されてからでないとダメなんですって。

ああ、あのとき気絶してしまったばっかりに、貴重な機会を逃してしまった。とても残念だけれど……ルーフェスは魔力の流れもチェックできるから、こっそりやるわけにもいかない。これはばっかりは諦めるしかなかった。

そんなわけで、予定通り護身術からしっかり学んでいるのだけれど。数回手合わせしたところで、マークさんはフッ……と動きを止めて、僅かに目を細めた。とはいえ、いつマークさんが攻撃に転じるかもわからない。両手両足は自然体ながらも、私は油断なく、迎撃する心づもりで様子を窺う。

マークさんの口元が、ゆっくりと動いた。

「前のときよりも、瞬時に反応できる型が増えている。さぼらずに特訓したようだな」

ほ、褒められた！

嬉しくて、内心小躍りしそうになった。

「それに、一手一手に重さが出るようになったのはいい傾向だ。前はなんとか型を思い出して対応するってのが関の山だったから、簡単にはねのけられるし、力づくで無効化できるレベルだった」

私の手刀を受けた手を軽く振りながら、マークさんがいつものように左の口角を軽く上げてニヤリと笑う。

「攻撃に重さが乗れば、相手に与えるダメージもデカい。なかなかいい反撃だった。型が身に着いてきた証拠だな」

こんなに嬉しいことがあるかしら！　今日は帰ったら早速シャーリーに報告しなくては！

これまで彼女が文句も言わずにずっと訓練に付き合ってくれたから、私、少しずつでも上達できたんですもの。嬉しくって思わずマークさんを投げ飛ばす手にも力が入る。マークさんの大きな体が宙に舞い、路地に転がされて土埃が上がったところで、軽快な拍手が聞こえた。

「おー、すごいねクリスちゃん！」

どこからか、聞き慣れた声が。

振り返れば、柔らかそうな黒髪が風にふわりと揺れていた。

「レオさん！　どうしてここに？」

「特訓してるって言ってたからさ、ちょっと激励に」

そう言って、レオさんは冷たい飲み物が載ったトレイを差し出してみせる。トレイの上では、氷がふんだんに入ったミント水のグラスがたくさんの水滴を光らせていた。

「やれやれしょうがない、少し休憩するか」

マークさんの言葉で、私もようやく全身から力を抜く。

確かに少し喉が渇いていたみたい。ミント水にはレモンも落としてあるようで、爽やかな香りとスッキリした味が運動後の体に心地いい。コクコクと勢いよく水分を補給する私の横で、マークさんは「なんでお前もセルバも邪魔しに来るんだ、集中できん」とぼやいている。

確かに、マークさんとの特訓のときって来客が多いわね。

「まあまあ、実はマークにも用があって来たんだ」

「用？　お前が？」

人懐っこい笑顔でレオさんが言うと、マークさんは少し警戒したような表情を見せた。

「ああ、クリスちゃんも一緒にいいかな」

聞いていい話なのか判断しかねて、ジワリと後ろに下がったのがわかったのだろうか、レオさんが声をかけてくれた。勿論聞いていいのならば、私も特に問題はないけれど。

お店へと続く裏口の階段に、レオさんがさりげなくハンカチを広げてくれたから、お礼を言ってそのまま腰かける。ミント水を口に含みながら、私は黙って話に耳を傾けた。

「マーク、急な話で悪いんだが、辺境のガレーヴ村まで護衛してくれないか？」

思いもよらない話に、マークさんは訝しげに首を傾げた。

私も驚きを隠せない。護衛って……レオさんの護衛よね。レオさん、ガレーヴに行くの？　学園は？　忙しいって目の下に隈を作っていたというのに、無茶じゃないのかしら。

「ガレーヴとはまた遠いな。なんで急にそんな辺鄙な場所に行くことになったんだ？」

「卒業生だから知ってると思うけど、実は紅月祭の準備で必要なんだ」

「紅月祭か！　懐かしいな」

ふわっとマークさんの顔が緩んだ。楽しい思い出とか、あるのかしら。

マークさんが参加したのは、きっともう何年も前のことなんだと思うのだけれど、ふと、どなたをエスコートされたのだろうと気になった。まだきっと、冒険者になっていなかった、私たちと変わらぬ年のマークさん。ふふ、ちょっと想像できないけれど、会ってみたいものだわ。貴族然とした顔で、気取った装いで誰かとダンスを踊ったりしたのだろうか。

「……しかし、それでガレーヴとは意外だな。そう特色のない村だったと思うが」

すぐに真剣な表情になったマークさんが、考え深げにそう問いかける。マークさんもその辺の事情はしっかりと把握しているらしい。

「特産物も少ないうえに悪路で流通も難しい地域だろう、確か賊も出ると聞いた。坊ちゃんが危険を冒して行くほどの場所ではないだろう？」

「坊ちゃんとは酷いな、これでもクリスちゃんの護衛を任されるくらいには剣の腕もあるつもりだけど」

「それでも危険だと踏んだから俺に依頼しようってんだろう？　お前はまだ学生だ、無理するもんじゃない」

レオさんはなんとか空気を和らげようと冗談めかして返すけど、マークさんは本当に心配なのか、厳しい瞳のまま揺らがない。

「なんなら俺が商隊と、目当てのものを確保してきてもいいが」

「うーん、ありがたいんだけどさ、それじゃ意味がないんだよね。俺が行くことに意味がある」

口元は笑みを作っているのに、レオさんの瞳はとても真剣で、その言葉が大げさでもなんでもないことを端的に表していた。

「クリスちゃんから、商隊が持ち込んだガレーヴの食材の話を聞いてね、面白そうだったからちょっといろいろ調べてみたんだよ」

「でもあの食材はいまが旬だと聞きましたけれど。紅月祭の頃では旬を過ぎているのでは？」

私の話がきっかけだったことに少し驚きながらも、懸念をすぐさま口にした。無駄足を踏ませるのは、レオさんの忙しさの点からも、マークさんにまで迷惑をかけるだろう点からも、看過できない。

「ブルーフォルカとかは、さすがに紅月祭の頃にはすでに実が落ちているみたいだ。でも」

「それに代わる面白い食材を見つけたわけか」

マークさんの言に、レオさんが満足げに頷く。

「そういうこと。しかもガレーヴと谷間を挟んでさらに奥地のピッカ村までのあいだに、この王都ではほとんど出回っていない特産物がいくつかあるんだ」

「紅月祭は食事に凝るからな、気持ちはわからんでもないが。自ら行かずとも、それこそ商隊に頼んでその時期に手に入るようにしたほうが無難だろう」

「食材を手に入れるだけなら、勿論そうさ」

「というと？」

「マークには話したっけ？　俺さ、侯爵位を狙ってるんだ」

「は？」

突然のカミングアウトに、マークさんは鳩が豆鉄砲を食ったみたいにポカンと口を開ける。

「あ、その驚き加減じゃ俺、言ってなかったみたいだな」

「いや、まあ、そう大っぴらに言うことじゃないだろう」

屈託なく笑うレオさんとは逆に、マークさんは気まずそうに口元を歪めた。

「そういうことは、こんな誰が聞いているかわからないような場所で、軽々しく口にするもんじゃない」

厳しい口調でたしなめるマークさんに、レオさんは笑って「大丈夫、大丈夫」と請け負った。

「みんな知ってるし、それこそ俺が狙ってる家の家長も知ってるし」

「どういうことだ」

「俺ん家さ、ハフスフルール侯爵家の傍流なわけよ。で、ハフスフルール侯爵家のひとり娘が嫁に出ることになったから」

「ああ、跡継ぎがいなくなるのか」

「そうそう、それでいま、我こそは！って奴がこぞって名乗りを上げてるんだ」

そこまで聞いたら、元貴族のマークさんにはおおむね事情が理解できたらしい。

「ハフスフルール家はバカがつくほどの実力主義だったな。力を示せ、とでも言われたか？」

「ご明察」

「フッ、あの狸親父らしい」

わかり合ってしまったらしいふたりは、目を合わせて互いにニヤリと笑みを交わしたあと、盛大に笑いはじめた。きっとふたりの脳裏にはハフスフルール侯爵が浮かんでいるのだろう。

ひとしきり笑って、レオさんは急に真顔になった。

「俺はね、マーク。絶対に侯爵位が欲しいんだ。でもすでに政界で頭角を現してる奴らに、学生の俺がそうやすやすと追い付けるわけでもない」

「ま、そりゃそうだろうな」

「だからこの紅月祭を大成功させることは必須だと思ってる」

「確かに。貴族は誰も皆、学園の卒業者だからな、紅月祭には思い入れがある。見る目が厳しくなるのは仕方がないだろう」

「そういうこと。ついでに学生でもなにかしらの問題解決……少なくとも解決案の提起ができるところを見せておかないとマズいと思うんだ」

「まあ、そうだな」

「頼むよ、マーク。この地域の安全で早い流通ルートを確立できれば、一目置かれるんじゃないかと思うんだ」

「そのための視察も兼ねているということか」

顎を撫でながら考えを纏めていたらしいマークさんは、ひとしきり唸ったあと、「わかった。いいだろう」と重々しく頷いた。

第五章　恋をしても、いいのかしら

「まあ、それでレオったら急にこんなに長期間、学園を空けているんですの⁉」

「ご、ご存知なかったんですね……」

怒り心頭なご様子のグレースリア様に、思わず私の首もちょっと竦んだ。

レオさんが旅立ってから、もう三週間くらい経ってるんじゃないかと思うんだけど。まさかガレーヴ村に行くことをグレースリア様に話していなかっただなんて。私、想像もしていなかったから……話さないほうがよかったのだろうか。

疲れて帰ってくるであろうレオさんが、グレースリア様にしたたかに怒られているところが早くも目に浮かんで、申し訳ないことをしてしまったと身の縮む思いだ。

「クリスティアーヌ様がそんなにバツの悪い顔をなさる必要はなくってよ！」

思わずシュンとしてしまった私に、グレースリア様が活を入れる。

「レオが抜けることで想定以上に生徒会の仕事が回らなくなって！　あげく、この私に急きょ救援要請が来ることに考え至らなかったレオが悪いのですから。ついでに言うと、大丈夫だろうという甘い考えで許可したグレシオン様も同罪です。少しはマシになったと思っていましたが、時間管理能力はまだまだですわ！」

グレースリア様は言葉が途切れる隙もないほどにぷりぷりと怒りつつも、なぜか私を慰めてくださる。でもどう考えても、本人が言わなかったことを私から伝えてしまったのは失態だ、ごめんなさいレオさん。そして殿下。せっかく上がってきていた殿下の株まで下げてしまった。

「言っておきますが、状況が掴めないままで生徒会の仕事を延々手伝わされて、レオがノホホンと帰ってきたら、いまの怒りどころでは済まなくってよ」

言われて、確かにそうかもと思い直す。急きょ救援依頼をかけられて大わらわのグレースリア様から、さらにヘルプを頼まれたのが私なんだから、仰ることもわかるというか。生徒会って書類仕事がこんなにも多いのね。

「むしろレオにとってはクリスティアーヌ様は救いの神のようなものでしてよ。帰ってきたらプレゼントのひとつやふたつ、ねだってやるといいんですわ」

「まあ、そんなこと。レオさんをお慕いされている方に失礼ですもの」

いたずらっ子のように片目を瞑って冗談を飛ばすグレースリア様にそう返したら、ものすごく怪訝な顔をされてしまった。

「誰？　レオを慕っている方、って」

「え？　誰とは私もわかりませんが……この学園の生徒に、とても人気があると皆様から聞いたものですから。もしかしたら婚約者もおいでになるのかもしれないし」

「やだ、呆れた。レオったら」

口元に手を当てて、切れ長の目を大きく見開いているグレースリア様はいつもよりも幼い表情に見える。

「気にすることなんかなくってよ、レオに婚約者など存在しません」

「そうなんですか？」

私たちの国では、割と幼い頃から婚約者を決めておくことが普通だ。だから乙女ゲームの攻略対象者たちにはすべからく婚約者が設定されていた。その婚約者を捨て、ヒロインを選び取るというストーリーも人気の所以《ゆえん》だったはずだ。

ああでも、レオさんは攻略対象者ではなかったから……だからなのかしら。

「貴女だってご存知でしょう？　我がハフスフルール家は変わり種だって」

「あ、なるほど」

「親から決められた婚約者があろうとも、本人がこれと決めたら、交渉なり実力行使なりを考えるのが我が一族として生まれた者の特性ですもの。バカバカしいから元より決めないのですわ」

思わず笑ってしまった。なんともハフスフルールの一族らしい。

「ところで」

「はい」

「クリスティアーヌ様は、今年の紅月祭、誰のエスコートを受けるつもりなのです？」

「えっ……」

突如問われて、私は書類を繰る手が完全に止まってしまった。

考えてすらいなかった。そうか、一年目はグレシオン様だったたし、二年目は下町にいたから関係なかった。去年は心配したルーフェスが自分の婚約者を拝み倒して私をエスコートしてくれたんだ。

今年は勿論そういうわけにはいかない。

紅月祭は絶対にエスコートが必要というわけではなくて、庶民の子なんかは単独だったり友達同士で和気あいあいと参加する例も多い。ただ、貴族はエスコートを受けて参加するのがほとんどだ。

うわ、これは困った。

「そう……ですね、困りますね。グレースリア様って、一昨年まではどうされていたんですか？」

「私？　レオに頼んでいたわ」

そうか、従兄妹同士ですものね。いいなぁ、レオさんか。

「ふふ、パートナーが決まっていないことだけは理解できましたわ」

なぜか満足そうにグレースリア様は微笑んでいらっしゃるけれど、むしろ気付きたくなかった。

女性からエスコートしていただけるよう働きかけるなんて無粋なことはできるわけがないし、このまま憂鬱だと思いながら過ごすだなんて。

「そんなに困った顔をなさらなくても大丈夫ですわ。私、クリスティアーヌ様にエスコートを申し出そうな殿方、心当たりがありますもの」

「私は思い当たりませんが」

「ええ、ちょっとお尻を叩かないとならないと痛感しましたわ」

なぜにグレースリア様が握り拳を作っているのかわからないけれど……未来の王妃としてすでにそのあたりの情報も把握されていたりするのかしら。つくづく自分との器の違いを感じるわ。

「とにかく、クリスティアーヌ様はゆったりと構えていらっしゃいな」

優雅に微笑みながらも、書類処理の手だけは高速で動かしているグレースリア様を感動しつつ眺めながら、私はあいまいに頷くことしかできなかった。

グレースリア様のお手伝いを終えて教室に戻っても、なかなか気持ちは浮上しない。

ああ、困ったわ……。

「どうしたの、ため息なんかついちゃって」

カーラさんとエマさんが心配げな顔で覗き込んでくる。

いやだ、気付かずにため息までついていたなんて。どうやらパートナー問題は自分で思う以上に私にとって憂鬱なことだったらしい。心配顔のふたりに、私はいまの悩みを正直に打ち明けることにした。

「はー、貴族って大変ねぇ」

「そうね、私たちなんて別にパートナーとか気にしたことはないものね」

カーラさんたちは驚いたように言うけれど。そうよね、これって貴族だけの、なんというか体面のようなものだと思うの。

「クリスティアーヌ様は好きな人はいないの？」

「えっ⁉」

あまりにも直球で繰り出されたエマさんの質問に、私は素で驚いてしまった。

「そんな、こと。考えたことがなかったんですけれど」

「でも、もう殿下の婚約者ではないんでしょう？」

「それは、そうですわね」

「なら恋愛は自由なんじゃないの？」

そう、なのかしら？

「ちょっと、エマ！」

「ええ？　だってレオ様とか素敵な方がすぐ傍にいるのに、もったいないじゃない」

「レオ様」

「エマったら！　貴族はそんな簡単じゃないんだってー！　多分！」

エマったらこういう話好きなのよ、ごめんね、となぜかカーラさんに謝られた。まだまだ突っ込んで聞きたいらしいエマさんを、カーラさんがぐいぐいと引っ張って連行していく。その後ろ姿を見ながら、私はなんだか、新鮮な空気を吸ったような気持ちになった。

好きな人。

資料館に向かいながら、ふたりとの会話を反芻する。

前世では、すごく身近だったその概念。この世界では、結婚は家が決めるもの。婚約者はいつか私を断罪する人。自由になってからもあまりそんなこと、考えたこともなかったけれど。

「好きな人、かあ」

もしそんな人ができたら、お父様は応援してくださるのだろうか。殿下の婚約者ではなくなった私を、最初は好奇の目で見てくる方も多かったけれど、ようやくそんな視線もなくなった。このところでは、変わらず権勢を保つ我が家に婚約という形で触手を伸ばす家もあると聞いている。

お父様は自由にしていいと仰っていたけれど、これまでは市井官になりたいという気持ちでいっぱいで、そんなことにまで気が回らなかった。でも……。

「好きな人……」

もう一度、呟いてみる。

ふんわりと浮かんだのはやっぱりレオさんとか、マークさんとか、セルバさんとか……身近な人たちの顔だったけれど、それはある意味当然なのかもしれない。

学園にもたくさんの殿方はいるけれど、さほど話したこともないのだし。話したことがある方は、おおむねあの断罪の場面で糾弾者の立場にあった人たちだ。婚約者もおいでだろうし、そんな気持ちにはなれない。邸にいる人たちはほぼ妻帯者だ。特に私と接点がある方は確実にそう。やっぱりそのあたりの危機管理はしっかりしているということなんだろう、さすがはお父様。

好きな人。

なんて甘やかな響き。

資料館の本棚のあいだで本を選びながらも、頭の中にはどこかその言葉があって、私は少しぼんやりとしていたのかもしれない。

「どうしたの、難しい顔して」

「!?」

心臓が飛び出るかと思った。

振り返ると、久しぶりに見たレオさんの顔。なんだか日に焼けて少し精悍な印象になったかもしれない。ついさっき、好きな人という言葉で思い浮かべたときに真っ先に出てきた顔なだけに、私は動揺する心を抑えることができなかった。

「レ、レオ様」

「うん、久しぶり」

日に焼けた顔の中で、破顔した拍子に見えた歯が思いがけず白くて、私は一瞬ドキリとした。

「よかった、元気そうだね。体調崩したりしてないかなって、旅に出ているあいだも心配してたんだ。元気な顔を見て安心したよ」

本当に安心したようなレオさんの顔に、私は安堵と嬉しさが込み上げてきた。

「それはこちらのセリフです。無事で戻られて、本当に安心しましたわ」

賊が出ると聞いていたけれど、怪我などはしていないのかしら。

心配でつい体に目がいくけれど、当然体を覆う服が邪魔をして、怪我の有無はわからない。ジロジロ見ていたのがあからさまだったのか、若干顔を赤らめたレオさんに「どうかした?」と聞かれて私はおおいに焦った。しまったと思うけれどもう遅い。恥ずかしい。

「いいえ、賊が出ると聞いていたものですから、お怪我などされていないのかと心配で」

そう言うと、レオさんはとても嬉しそうに笑った。

「心配してくれてたのか、ありがとう!　でも大丈夫。これでも護衛を任されるくらいには強いんだって。マークのほかにもふたりほど雇ってたからさ、この機会にちゃんと捕縛して、あらかた騎士団に突き出しといた」

「えっ！　やっぱり賊に襲われたんじゃないですか！」

「そりゃそうだよ。それなりに身なりのいい少人数の旅人がいたら襲うでしょ」

「そんな、当たり前みたいに！　怪我は？　怪我はないんですか？」

「大丈夫、大丈夫。そんなたいした怪我じゃない。ほら、この程度」

袖をまくって見せられた腕には、生々しい刀傷の痕があった。

「おおっと！　気絶しないで！　大丈夫だから！」

「ぜんぜん……ぜんぜん、大丈夫じゃないじゃないですか！」

想定外の深い傷に、冷静ではいられなかった。こんなの、血は止まっているけど、テキトーに縫合されてるけど、ちょっとした衝撃ですぐにでもぱっくり傷口が開いちゃいそうじゃないの！

平気な顔で大丈夫って言われても、全然信用できない！

ああ、やっぱり私も魔法が使えればいいのに。そうしたら、こんなときにただ心配するんじゃなくて、ちゃんと役に立てるのに。そう思ったら、じんわりと涙が出てきた。それくらいには、この傷のインパクトは大きい。

「うわ、そんなにこの傷ヤバそうに見える？　ごめんごめん、でもこんなのセルバに言えばちょちょいと治してくれるって」

「いま！　いますぐに行ってください！　こんなところで本を読んでる場合じゃないでしょう！」

「だって……顔、見たかったから」

シュンとした顔で、拗ねたように私を見るレオさん。そんな目で見てもダメです！　すぐにセルバさんのところで治してもらってください。

その気持ちを込めて、涙目のまま私はレオさんを睨んだ。

「わかったわかった、行くよ。もともといまやっと帰ってきて、そのままセルバに治してもらいに行く予定だったんだよ」

「すぐに行ってください」

「わかってるって。でもさ、長旅で疲れていたから、どうしてもクリスちゃんの顔が見たくて」

そこまではっきりと言われて、私は初めて赤くなった。

「もう顔も見たから満足。心配してくれていたのもわかったし」

「は……はい……」

なんだろう、急にすごく恥ずかしい。顔が上げられなくなってしまった。

「照れてるレアな顔も拝めたし！　ほかにも行くところがあるから俺、もう行くね。クリスちゃんも無理しないで」

それだけ言うと、レオさんは颯爽と去っていった。その後ろ姿を眺めながら、私は密かに胸を押さえる。なんだったんだろう、いまの胸のドキドキした感じ。


次の日、私はグレースリア様にお呼ばれして、学園内に設けられた彼女の私室に来ていた。

通常一般生徒は私室など持てないのだけれど、生徒会のメンバーのみ私室を持つことを許されている。グレースリア様はまだ正式なメンバーではないけれど、殿下から請われて主力メンバー並みに生徒会の雑務をこなしているうえ、次期生徒会メンバーになることがすでに決まっているため、特別に私室を持っているのだ。

美味しいお茶をいただきながら、グレースリア様と穏やかにお話しするこうした時間は、私にとってはとても心満たされる貴重な時間だ。

グレースリア様は頭がよくてさばさばしているからか、話していてとても心地いい。ときに勉強を教え合ったり、解釈を闘わせたり、このところでは生徒会のお仕事をお手伝いすることも多かったけれど、今日はどうしたことか雑談に終始している。それはそれで楽しいから異論はないのだけれど、グレースリア様は時折扉のほうを気にしていて、ついに「もう、遅いわね」と独りごちた。

「実はね、今日クリスティアーヌ様に用があるのは、私ではないの」

「先ほどから、誰かをお待ちなのかとは思っていました」

「多分、生徒会の仕事が溜まっていたから、なかなか抜け出せないんだと思うわ。でも、どうしても一日も早くお話ししたいんですって」

生徒会のメンバーで、グレースリア様にそんなことを頼みそうな方なんて、レオさんか殿下くらいしか思い浮かばないけれど……でも、レオさんとは昨日お話ししたばかりよね。

でも、殿下からなにかお話があるとも思えなくて、私は首を傾げるしかなかった。

「ごめん！　遅くなった！」

そんななか、扉を開けて入ってきたのは、結局レオさんだった。

よほど急いでいたのか、髪の毛も若干乱れ、すっかり息が上がっている。額に汗が浮かびはじめたところを見るに、結構な距離を走ってきたのではないだろうか。

「あ、ありがとう」

そっとハンカチを差し出せば、レオさんは嬉しそうに顔をほころばせた。

「あらやだ、しまりのない顔」

からかうように笑ったグレースリア様が、「私は奥の間に移るわ。あとは貴方が話しなさいな」とあっという間に奥の部屋に引っ込んでしまって、私はわけがわからないまま、レオさんとふたり、この部屋に残されてしまった。レオさんはまだ息も整っていないし、なんだか気まずい。

「あの、私、お茶を淹れますね」

「あ、いいよ、大丈夫。あんまり時間もないんだ」

渡したハンカチでささっと汗を拭き取ったレオさんが、胸ポケットから可愛らしい栞を取り出して、私にそっと差し出した。

紅いバラの花束が刺繍された、とても美しい栞。

「これ、もらってくれる？」

「まあ、いただいていいのですか？　嬉しい」

ガレーヴのお土産だろうか。こんなに素敵なものをいただけるなんて思ってもいなかったから、とても嬉しい。渡された栞を間近で見れば、その繊細な刺繍に心を奪われた。

「綺麗……」

「いや、喜んでくれたのは嬉しいんだけど……意味、わかってる？」

「えっ？」

意味？　花言葉とか、そういうこと？

見上げたら、レオさんがとっても困ったような顔をしていて、私は急に焦ってきた。

マズい、なにか特別な意味があったんだろうか。明らかにレオさんの肩が落ちている。記憶の引き出しを慌ててひっくり返していたら、しょんぼりと眉尻を下げたレオさんが、諦めたように「わかってないっぽいね……」と呟いた。

「ご、ごめんなさい……」

「いや、はっきりと言葉にしなかった俺が悪い。改めて……クリスティアーヌ嬢」

「は、はい」

急に真剣な顔になったレオさんに、私の心臓がドキリと音を立てる。いつも笑った顔ばかり見ているからか、こうして真剣な表情を見たときのほうが胸が高鳴るのだと、この頃ようやく気付いてきた。この顔で、真正面から見つめられるとなかなかに恥ずかしい。

たっぷりと間をとって、レオさんはゆっくりと口を開いた。

「紅月祭の、俺のパートナーになってほしい」

「………………！」

驚きで、声が出なかった。

はくはくと、息を吸うのが精一杯。それでも空気が胸に入ってこない。

パーティーのエスコートをお誘いいただいただけなのに、自分でも驚くくらい、私は衝撃を受けていた。バクバクと急に激しく打ちはじめた心臓の音に、どうしてこんなに衝撃を受けたのかと考えてみたら、前世も含めて、私ときたら誰からも、こんなに面と向かってお誘いを受けたことなんてなかったんだわ。

知らなかった、こんなにも、ストレートに心臓に衝撃を受けるものだったとは。

「ダメ？　もしかして、もうパートナー決まっちゃった？」

私が内心で慌てふためいているのを、レオさんは違うように受け取ってしまったらしい。俯いていた私の顔を覗き込むように、レオさんが不安げに尋ねてくる。

違います、違います！　気恥ずかしくって身もだえしているだけなんです……！

「いえ、いえいえ、いえいえいえいえ！」

「え、それどっち？」

あああ、テンパるあまり、よくわからない答え方をしてしまった……！

「決まっていません、決まっていないどころか、パートナーどうしようって思っていました！」

思いっきり正直に言ってしまって、ハッと口を押さえる。そんな私を見て、レオさんは楽しそうに笑い出した。

「うん、さっき栞を渡したときの反応で、まだパートナーは決まっていないかもってちょっと安心した」

「ご、ごめんなさい」

「いや、よく考えたらクリスちゃんはもともとは殿下の婚約者だったんだから、ほかの人から申し込まれるなんてことなかったんだろうしね。紅月祭のパートナーを申し込むときは、男性がなにか紅いものをプレゼントするんだよ。それで、女性が受け取ってくれたらパートナー成立」

ロマンチックだよな、とレオさんが微笑む。

なんということだ。せっかくの風流なお誘いを、思いっきり台無しにしてしまった。

そういわれれば、いまとなっては思い出すのも稀だけれど、ゲームでも紅月祭のパートナーのお誘いって、そうだったかもしれない。深紅のバラの花束だったり、紅を基調とした髪飾りだったり、そうそう、殿下は真っ赤なドレスだったかしら。そんなこと、すっかり忘れてしまっていた。

「そういうわけで、今年のパートナーは俺でもいい？」

「も、勿論！　レオ様こそ、私なんかでいいんですか？」

「当たり前じゃないか、俺がお願いしてるのに」

「だって、だって、レオ様、すごく人気があるから」

「え、そうなの？　俺、人気あるの？」

レオさんはキョトンとしているけれど、なんと自覚がないのだろうか。ひと声かければ我こそはという女性がわらわら集まりそうなものなのに。

「ああ、でもよかった！　もたもたしているうちに無鉄砲な奴が先に申し込んでいたりしたらどうしようかって、ずっと心配だったんだ」

レオさんがホッとした顔をしたところで、奥の部屋の扉が開いて、グレースリア様が顔を覗かせる。

「その様子だと、無事に受けていただけたようね」

「グレース！　ありがとう、君のおかげだ」

「まあ、いつになく素直で気持ちが悪いわ。それくらい嬉しかったってことかしら」

相変わらず息の合った会話が楽しいけれど、ほんの少しだけ「いいなあ」とも思ってしまう。私は自分の気持ちに少し驚いた。おふたりは子供の頃から懇意にされていたのだから、当たり前のことなのに。

自分の中に湧いた不可思議な気持ちに首を傾げていたら、グレースリア様がからかうような調子で声を上げる。

「ねえ、聞いてくださらない？　レオったら昨夜、旅先から帰ったその足で、お父様に直談判しに来たんですのよ」

「直談判？」

「ええ、旅先でお父様を相手取って交渉できる材料でも見つけてきたのでしょうね。後ろ盾になってくれと頼まれたって、お父様が苦笑していらしたわ」

「おい、グレース！」

レオさんが慌てた様子でグレースリア様を止めるけれど、悲しいかな私にはいまひとつ、グレースリア様が言わんとしていることが掴めなかった。

「いいじゃないの、さっきの栞と一緒で、はっきり言わないとわからないこともあるでしょう」

「お前、聞き耳立ててたな⁉」

「当然でしょう。部屋を貸したうえにお膳立てしてあげてるんですもの。結果、首尾よく了承を得られたわけでしょう？　聞き耳を立てるくらい当たり前だわ。ときにクリスティアーヌ様」

「は、はい！」

急に話を振られて、思いっきり動揺してしまった。グレースリア様に言い負かされたレオさんの決まり悪そうな様子が気にかかるけれど、ここはグレースリア様のお話を聞くしかないだろう。

「レオがそこまでしてお父様に後ろ盾を求めたのは貴女のためよ」

「えっ⁉」

「気軽に誘うには貴女の家柄は高すぎるのよ、なにせ公爵家ですもの。お祭りだからっておいそれとは誘えないわ。筋を通そうとするなら特に」

「グレース、そういう生々しい話はさ」

「裏でさんざんそういう生々しい動きをしているんでしょうに。観念なさい」

レオさんの弱めの抗議をピシリと抑えて、グレースリア様は私の目を真正面から見つめると、さらに言葉を継いだ。

「貴女に相応しいドレスを贈ったり、貴女のお父様に根回しをしたりするにも、家格と財力と人脈が必要なんですわ」

「ドレス……」

レオさんの顔に、それは考えてなかった、と書いてある。私だって自分で用意する気満々だったけれど。

「お父様がレオの後ろ盾を了承なさった以上、バックアップは存分にさせていただいてよ。楽しみにしておいてくださいませね」

ふふ、と挑戦的に笑いながら美しい黒の御髪を掻き上げるグレースリア様に、私はすっかり圧倒されてしまった。

翌日も私は、資料館でたくさんの本を積み上げながら調べものをしていた。このところずっと、私は市井官の役割や職務領域、実際になし得た事業などをこと細かに調べているのだ。

邸の書物で知った『市井官』という職務は、市井における民の陳情を取り纏め、解決策を立案・提示し、これを為す者、だった。市井の民に寄り添い、その生活の向上を目指すのだという理念にとても心を打たれた。

ある意味、その言葉にぼんやりとした憧れを抱いて、目指したのだといえる。

邸の書物では実際の職責や業務の流れなどは追えなかったけれど、さすがに学園の資料館は違う。この学園を卒業すると同時に仕事に就くであろう学生たちが真剣に将来を検討できるようになのか、その手の資料は調べればいくらでも出てくるのだからありがたい。関連事項が掲載されていそうな本は勿論、調べていた本に出典が記載されていれば、その本まで範囲を広げて細かく調べていく。

本によると市井官というのは、この王都だけにある制度らしい。

王都以外は各々の領主が存在するため、管理は領主ごとに任されているわけだけれど、王都は王族の直轄地なうえに国政に携わる貴族の多くが住居を構えている。しかも人口も三十万人を超えていてずば抜けて多い。人の出入りも激しく、一方で他国からの要人の訪問も多い。ゆえに特別な制度がさまざま設けられているのだそうだ。

確かに王都は町の作りもほかとは違う。

ど真ん中に王城があって、ぐるりと堀がある作りで、それを囲むように円状に貴族たちの館が配置されている。王城での地位が昔から高い古参の貴族たちが一番内側で、新参になるほど円の外側になっているから、外に外に拡大していっている。

そしてその円のさらに外側が一般の民たちが暮らす下町。東西南北に町の外から王城までを繋ぐ大きな道があって、王都を出入りするには大きな門を抜ける必要がある。

市井官は、貴族ではないこの一般の民たちが暮らす、下町における難事を解決するのが職務だ。町の作りに倣ってか、東西南北で担当が決まっているらしい。

各々五名程度、合わせて二十名ほどの狭き門だ。

たったそれだけの人数で三十万以上もの民の陳情を処理するのかと不安になるけれど、そこはフォロー体制がしっかりしている。市井官の下に各地区担当の情報を集める民生官が十五名ほどずつ配置されているのだ。地区の中に入り込み……と記載されているが、実際はその地区の顔役を任命することが多いらしく、豪商や自警団の団長、教会の神官など、町の人たちからの信頼が篤い方ばかり。いったん民生官同士で集まって、どの案件を奏上すべきかを話し合ったうえで案件を決め、代表として市井官に報告するのが常の流れなのだそうだ。

私のイメージは民生官のほうが近かったけれど、お父様が仰る通り職責は広くて多岐に渡る。なにせ喧嘩があれば飛んでいって仲裁し、手に負えなければ騎士団を手配する。火事が起これば火消しを手配し、焼け出された民を救済する。頼れる町の世話役さんのような存在が、民生官だった。

一方の市井官は、町の人たちとの接点こそ少ないけれど、ここの問題解決能力が低いとなにも事が進まない、とても重要なポジション。国を説得するだけの提案力と実行力がなくては、問題があってもなにひとつ解決できない。

町の小さな問題を解決するのが民生官なら、孤児院を建設するだの、スラム街を解体するだの、商業税率に対しての陳情だの、大きな案件を解決していくのが市井官の役割だ。

知れば知るほど、自分の力の足りなさに、怖じ気づく気持ちが湧いてくる。

簡単に「市井官になりたい」なんて言ってきたけれど、いまの自分では足りないことばかりだ。市井官を目指すなら、もっと知見を広くしなければならない。

世事に疎くては、せっかく持ち込まれた案件も、解決の糸口すら見つけられずに終わるだろう。たとえば民生官を目指せば荒事だって多いわけで、腕っぷしだって強くないと無理だと思う。

マークさんならいままでも民生官ができそうだし、人脈が多くて生徒会を多彩なアイディアで切り盛りしているレオさんなら、市井官がすぐにでもできそうだ。

じゃあ、私は？

マークさんのように身分を完全に捨てて腕一本で人を守り、自らの目的に向かって進んでいく姿は見ていてとても憧れるけれど、いまの私にそんな実力はない。

逆にレオさんはなにかの目的のために、より高い身分を手に入れようと動いている。

そう、身分があることでできることが増えるのは確かなんだ。

私に、いったいなにができるというのだろう。

私は悩んだ。

民生官になれば、下町の皆により近いところで、同じように汗して働き、困っていることを一緒に肌で感じられるだろう。でも市井官になれば、どの問題を解決するかの決定権を持ちやすくなるし、大きな改革に携わることができるわけだ。

私は……私は、やっぱり市井官になるべきだ。

公爵令嬢であるというその身分が、私を助けてくれるなら、いまはその力を存分に利用させてもらおう。そして、その力で上げ底してもらっているあいだに、ひとつでも、少しでも、力をつけるんだ。

私は、改めてそう決意した。

「クリスちゃん、頑張ってる？」

マークさんとの特訓中、またもやレオさんが『テールズ』に現れた。このところレオさんは毎日がとても充実している様子で、疲れたなかにも楽しそうな笑顔を見せることが多い。紅月祭まであと二カ月と少し。準備が順調に進んでいるのかもしれないと思うと、私も嬉しい。

「お、また邪魔しに来たな」

ニヤリと笑ったマークさんは、目くばせで訓練の終わりを告げる。大分それぞれの型が形になってきているから、このところはマークさんの動きもさらに容赦がなくなってきていて、より実践に近く、以前と同じ時間やっていても消耗が激しい。だからなのか、レオさんが持ってきてくれたミント水が余計に喉に染み渡った。

階段に座った途端どっと汗が噴き出してくる。その汗をタオルで拭いていると、レオさんは私を気遣いつつも、マークさんに視線を向けた。

「邪魔とは酷いな、ちゃんとマークに用があるんだよ」

「今度はなんだ」

「また近々、ガレーヴに行く予定なんだ。今度は実際に物資を仕入れるための交渉と荷入れも兼ねてだから、一カ月後くらいかな。体を空けておいてほしい」

「セルバにも声をかけておかないとならないな、そのあいだクリスの護衛ができなくなる」

ふたりの会話を聞いて、私はいても立ってもいられなくなってしまった。だって物資の仕入れと交渉と聞いては黙ってはいられない。

「レオさん、そのときは私も連れていっていただけないでしょうか」

勇気を出してお願いしてみる。レオさんは当然、ポカンとした顔をした。

「は？　え、ごめん。いまなんて言った？」

「私もガレーヴに連れていってほしいのです。どうしても、辺境の村の暮らしやそこで行われる取引などをこの目で見たくて」

「いやいやいや、行って帰ってくるだけで二週間以上かかるんだよ？　道だって悪いし魔物や盗賊だって出るんだって。俺の怪我、見たでしょ？　危険だよ」

「できるだけ足手まといにならないようにしますから」

自分でも、無理を言っている自覚はある。それでも、交易が本格的に始まる現場を生で見てみたかった。私には圧倒的にいろいろなことの経験が足りない。知識は後追いでも詰め込んでいけば少しはついていくものだから、いま頑張って習得している。でも、経験だけはそう簡単には会得できないから。

たとえばルーフェスならば、いま市井官になったとしてもある程度の成果を挙げられるんじゃないかと思う。小さな頃からお父様と一緒に所領を廻り、その仕事を手伝ってきたルーフェスとは経験値が違いすぎる。私は、身内だからこそ如実に感じるその差を、少しでも埋めたかった。

「いいんじゃないか？　この前の遠征時に賊はあらかた捕縛した。魔物はさほど強いのはいないし、大きな危険はないだろう」

「まあ、そうだけど……じゃあ、絶対に馬車の外に出ないって約束してくれる？」

「は、はい！　勿論！」

不承不承、了承してくれたレオさんに心からお礼を言い、私は思わず小躍りした。そんな私に、すかさずマークさんが念押しする。

「一カ月後か。もしもってこともある、しっかり鍛錬に励めよ」

「はい、頑張ります！」

「それよりクリスちゃん。俺はいいけどさ、ご家族はそれ、了承してるわけじゃないよね、大丈夫なのかい？」

レオさんの指摘に、私はうっと息を呑んだ。


「なにを言っているのだ、お前は」

開口一番、お父様はそう言った。

「お前がそんなに交渉ごとの現場が見たいのであれば、私の補佐として立ち会わせる。以前にも、ちゃんと機会を設けると言ったはずだ」

自分に知識と経験が足りないことを実感していた私は、使える環境はできるだけ活用しようとお父様にお願いをしていたのだった。勿論、それはそれでしっかりと経験させてもらおうと思っている。

「はい、それはもう、とても楽しみにお待ちしております。前もっておおむねの案件を教えていただけますと予習できてありがたいのですが」

「それでよいだろう。なにも警備が十分でない僻地に行く必要はあるまい」

「はい、でも私、レオ様が新たに拓かれる交易の現場というものが、どうしても見てみたいのです」

「ふむ……」

急に、お父様が黙り込む。

「お前の護衛の……ハフスフルール家に連なる若者だったな」

「はい」

「侯爵位を競っているひとりだったか」

さすがにお父様はその辺の情報にも明るいらしい。私は静かに頷いた。

「もしや、紅月祭のエスコートを申し出てきた、あの若造か?」

「は……はい」

突然にお父様に尋ねられて、私は若干たじろいだ。急にその話が出るとは思わなかったんだもの。

「恋仲なのか」

「ちっ……違います！」

あまりにも直球なその質問に、私は驚くやら焦るやらで、思わず声が裏返ってしまった。お父様は愉快そうに笑ったけれど、私はなんとなく気恥ずかしくて赤くなってしまった。

勿論レオさんは素敵な殿方だけれど、恋仲だなんてとんでもない。きっと紅月祭にパートナーを申し出てくださったのだって、殿下というパートナーを失って困っているだろう私を心配してくださったのだと思う。レオさんはとても気の利くお方なのだ。

「まあいい、私が交渉するレベルのものは国政に関わる高次の案件が多い。市井官としての知見を得るなら町や村で実際に行われる取引を見るのもいいかもしれないな」

「それでは」

「ああ、許可しよう。ハフスフルール家の者なら、それなりに学べる点もあるだろう」

「ありがとうございます！」

お父様にそう言わしめるハフスフルール家に少し驚いたけれど、とにもかくにもこれで難関は突破した。私はそっと胸を撫で下ろす。

「クリスティアーヌ、くれぐれも事情を知るふたり以外に、素性が知れることがないように気を付けなさい。ただでさえ女が旅に出るのはまだまだ危険が多い。ましてや公爵家の娘とわかれば危険は、いや増すだろう」

お父様の言葉に身が引き締まる。

「本来なら嫁入り前のお前を旅に出すのも心配だが……無事に、戻るのだぞ」

「はい、絶対に」

そう言いながらも私の願いをかなえてくれるお父様には感謝しかない。絶対に公爵家令嬢クリスティアーヌだとはバレないように気を付けよう。そして、私の我儘を許してくれたお父様とレオさんのご厚意にしっかりと応えられるよう、ひとつでも多く学んでこよう。

そう、誓った。

それからひと月くらい経ったある日のこと。私は厨房で女将さんと新作料理の研究をしていた。

実は資料館でたくさんの本を漁るなかで、ほかの国の調理方法や調味料の作り方が記載されている本を見つけて、女将さんと実際に作ってみたりしていたのだ。

食材も品数が少ないと思っていたけれど、調理方法も調味料も少ないから単調な味になりやすい。日本の豊富な食事情に比べると、シンプルで味気ない料理が多いというのが現状だ。

ただ、前世もしがない高校生、バイトはウエイトレス、家での手伝いは専ら下ごしらえと洗いものだった私には、食事情が寂しいことはわかってもどう改善すればいいのかなんて、さっぱりわからなかった。

お味噌や醬油が恋しくても、多分大豆からできている、くらいしか知らない私は、食の方向でなにかを改善しようだなんて思ったこともなかった。でも、あの珍しい食材が出てきたときに女将さんがぼやいていたのを聞いてしまったから。

「せっかく珍しい食材が手に入っても、味付けが一辺倒じゃ味気ないよねえ」って。

だから書物に出てきた魚醬の作り方や貝のエキスを用いた調味料、植物系のものからできるソースの作り方を女将さんにそっと教えてみたのだ。

はっきりいって、それを作ってみる手際も、改良するアイディアも女将さんのほうが数段優れている。基本的な材料と工程を聞いただけで、女将さんはいつの間にか研究を重ねて、独自の特製ソースを作り上げてしまっていた。

「どんなもんだい！」

そう言って誇らしげに笑った女将さんはなんだかちょっと可愛らしい。今日は自慢のソースをいろいろな食材と合わせて、実際に料理に使えないかとふたりで模索しているところだ。

厨房から汗をふきふき出てくると、いつもの隅っこの席で分厚い魔法書を読んでいたセルバさんが、すごい勢いで顔を上げた。

「クリスちゃん！　そっちはもう終わった？」

「ええ、いま女将さんが最後の仕上げを。できれば試食してくださると嬉しいんですけど」

「するする！　それよりさ、僕もいい知らせがあるんだよ！」

なんだろう、顔が生気に満ちている。普段は黙々と魔法書を読んでいることが多くて、話しかけても生返事なのに。なにか伝えたいことがあるときのセルバさんの熱量は驚くほど高い。興味があることに、いつも集中しているんだろうな。

「実は魔力贈与と常事回復魔法が解禁になりました！」

えっへん！とでも言いたげに胸を張るセルバさん。

「魔力贈与と常事回復魔法って……私が昏倒して、安全性が確立できるまで使用禁止になっていた、あの？」

「そう、それ！　この数カ月のあいだに、突貫であらゆる被験者でデータを取って、安全性が確認できたんだよ」

「まあ、すごい！　私、もっと時間がかかるものだと思っていました」

正直に感想を述べると、セルバさんは愉快そうに目を細めた。

「うん、普通はもっと時間がかかるよ。でもさ、魔力贈与も常事回復魔法も、術式が確立できればすごく便利だし、なによりやってみたいって名乗りを上げる人が多くてね、被験者確保が驚くほどスムーズだったんだ。魔導師なら魔力贈与なんて垂涎ものだから」

確かに。

「ある程度安全性が確認できたところで、君の弟君にも実験に協力してもらって」

「すごい」

「彼、魔法剣士でしょ？　やっぱり魔力贈与とかは特に興味があったみたいだよ。仕方がない、なんて言いながら結構協力的だった」

つんけんしながら、内心期待でわくわくしているルーフェスの顔が簡単に想像できてしまう。そういうところが憎めないのよね。

「それでその結果、お墨付きをもらったってわけ」

「嬉しい、じゃあ私、魔法の勉強が再開できるんですね」

「うん、あの調子で魔力が上がれば、実際に使える魔法を習得するのも案外早いんじゃない？」

「よかった、私、回復魔法を覚えたいんです」

そう言った私を、セルバさんは不思議そうに見つめた。

「あれ、この前は腕力が足りないから、自衛のために攻撃魔法が習いたいって言ってなかったっけ」

「はい、それは勿論習得したいのですけれど。先日レオさんがガレーヴの村に行ったとき、酷い怪我をしていたでしょう？」

「ああ、僕のところに治療してくれって来たね、そういえば。跡形もなく治してやったけど」

「あれを見たときはもう、驚いてしまって。心配で心配で……私がすぐに治せればいいのにって思ったんです」

「へーえ」

なんだか意味ありげに笑うセルバさん。

「まあ、君の魔力のカラーなら回復魔法のほうが覚えやすい。そっちから覚えていくのは結構理に適っているかもね」

納得しつつ、魔力贈与と常事回復魔法を施してくださった。久しぶりに感じるセルバさんの魔力はお湯みたいに温かく、私の体の中にじんわりと馴染んでいく。少しだけ目がくらむような感覚に襲われたけれど、もう、倒れてしまうような衝撃はなかった。

＋✳♔✳＋

そしていよいよ出立の日。

辺境の村ガレーヴに向けて旅立つのは、二頭立ての馬車が二台。

「クリスちゃんは俺たちと一緒に前の馬車ね」

「はい」

レオさんに促されて、素直に馬車に乗り込む。今日の私は少し長くなってきた髪をポニーテールにした、活動的な格好だ。スカートが翻っても大丈夫なように、下には薄手の簡素な乗馬服を着こんでいる。大分肌寒くなってきたし、これから向かうのは王都よりも北側だから、これでも問題ないだろう。

今回の旅は総勢五人というコンパクトなものだった。前を走る馬車に私とレオさん、マークさん、さらに御者さんがいて、こちらが人と貴重品を運ぶ馬車。そして後続がたくさんの交易品を載せた荷運び用の馬車。なんでも今回、紅月祭に使う食材だけでなく、いくつかの特産品を取引することになっているらしい。

だから当然、行きでも後続の馬車には荷物がたくさん載っている。空のまま行くのはもったいないし、都のものは辺境では珍重されたり、生活必需品でもなかなか手に入らないものも多い。買い付けの代価は都の品である程度は支払うのだそうだ。物々交換ってことだろう。

「本当は一回の取引での効率を、もっと上げたいんだけどね。なにせ小さな村だから」

「まあ、いきなり大量の取引をするよりは、数回様子を見て、軌道に乗ったところで計画的に量産できる体制を考えるほうがいいかもな」

前回レオさんがガレーヴに行った際にも護衛として同行していたマークさんが、御者の方に的確に指示を出してくれるのが頼もしい。近隣の魔物の分布などもすでに把握しているらしく、若干遠回りになっても迂回することがあった。

テリトリーに入らなければ、無駄な戦闘が避けられる。冒険者といえば、魔物を狩るイメージが強かったのだけれど、護衛任務では依頼人の命や財産をいかに傷付けずに保全したまま目的地に届けるかが最優先なんですって。たくさんの魔物を狩ったとしても、依頼人や荷物の被害が甚大だったら話にならないのだから、確かにすごく納得だ。

旅そのものはとても順調で、魔物と戦闘になること自体とても少ない、快適な行程だった。ガタガタ道で体中が痛いのは仕方ないとしても、こんなに平和でいいのだろうかと拍子抜けするくらい。

特に問題なくガレーヴの村に辿り着き、朴訥とした村人とレオさんが交渉するのを見学する。

どうやら村の人たちはこれまでかなり不利な価格で搾取されていたらしく、おおむねレオさんの交渉は好意的に受け取られていた。私たちが王都から持ち込んできた交易品は物珍しがられて引っ張りだこだったし、それをネタにレオさんは新たな交易品のヒントを得るべく情報を引き出していて、見ているだけでとても面白い。

そんななかで得た情報をもとに、私たちは少しだけ足を延ばすことにした。ガレーヴのもう少し山沿いの奥地にある村で、紅月祭の近づくこの時期にだけ、ルビーのように輝く実がなるという情報を得たからだ。

「ルビーのように紅い実なら、紅月祭にうってつけだな」

とびきりの情報にレオさんは大きく身を乗り出して、情報提供者に場所は、量は、と矢継ぎ早に質問を繰り出しはじめた。よかった、いい取引になりそう。

話を聞きながら、私の脳裏にはブルーフォルカが思い浮かんでいた。あの青い宝石みたいに綺麗な果実の、色が違うイメージかしら。味は？　形は？　気になって仕方がない。

旅路が順調だっただけに少々旅程にもゆとりがあった。せっかくここまで足を延ばしているのだから、交易品は多いほうがいい。全員の意見が一致して、そのルビーのような果実が採れるという、ガレーヴの先の小さな村リントウまで行くことになった。

相変わらずの山道を、馬車はゆっくりと進んでいく。

その日も、私たちは夕食を終えて泥のように眠っていた。明日にはリントウの村に着くという安心感と、ここまでの馬車での旅で、正直相当疲れていたのだと思う。

「起きろ！　夜襲だ！」

鋭い声と金属音で、目を覚ました。

起き抜けで、一瞬、なんのことかわからなかった。でも、すぐにその言葉の意味を理解する。

「夜襲……」

山賊が襲ってきたんだわ。

慌てて短剣を握り締める。旅に出ることが決まってから、マークさんから短剣の扱いについては少しばかり手ほどきを受けている。身を守るものは少しでも手近に置いておかないと。外では激しく金属がぶつかる音が響いていて、とてつもなく気になる。それでも、馬車の中から出るわけにはいかなかった。

この旅に同行する条件としてレオさんからきつく言い渡されたのは、こういった事態が起こったときに、絶対に馬車から出ないこと。わかってる、いま私が出ていっても足手まといになるだけだ。

「女がいるはずだ！　探せ！」

荒々しい声が聞こえて、私は身を固くする。きっと、少し前から偵察されていたのだろう、私を探しているらしい。マークさんには危険が迫ったら逃げるのが一番だと教わったけれど、いま馬車の外に出て逃げるのは自殺行為な気がする。私の身だけでなく、気を取られてほかの方たちまでも危険に晒してしまうかもしれない。怖いけれどレオさんとの約束通り、馬車の中にいるほうが、まだ私の所在が明らかなだけマシだろう。

いざとなったら応戦せざるを得ない。馬車の中を見回したけれど、当然ながら狭い。この中に賊が入ってきたときに取りうる動きだけを必死に考えた。

「！」

突然馬車の幌が開いて、男がひとり、中を覗く。出入り口のすぐ近く、樽で簡単に作ったバリケードの傍に立ち、私は短剣を握り締める。入り口からはパッと見、自分の姿が見えないように工夫した。これで難を逃れられればよし、男が馬車の中まで入ってきて探すようなら、後ろから襲いかかることができるかもしれない。息をひそめて様子を窺う。

男は、焦ったように中に入ってきた。短剣を持つ手が、ぶるぶると震える。

私は攻撃できるのだろうか。

「クリスちゃん⁉」

男から聞き慣れた声が聞こえて、一気に緊張が解けた。

「クリスちゃん、どこだ！　まさか」

「レ、レオさん……」

緊張しすぎていたのか、小さな声しか出なかった。よろめいた拍子に樽がひとつ倒れて、レオさんに私の所在を伝えてくれる。レオさんは私を目に留めて、深い安堵のため息をついた。

「よかった……！」

「ぞ、賊は」

「大丈夫だ。纏めて縛り上げた」

私も、深く深く息をつく。安心したのと同時に脚がガクガクと震えて、もはや立っていられない。ペタン、と座り込んだ私を、レオさんが安心させるように抱き締めてくれた。

「ごめん、怖い思いをさせた」

レオさんが謝るけれど、それは筋違いだ。だって、危険だと渋るレオさんに、私が無理を言ってついてきたんだもの。

「いいえ、いいえ。無理についてきたのは私です。どうか謝らないでください」

「いや、俺の読みが甘かった。残党の数が思ったよりも多かったし、この前あれだけ捕縛されて、積極的に襲ってくるとは思っていなかった。俺の判断ミスだ」

抱き締めてくれる温かさに思わず涙がこぼれたけれど、判断ミスは私のほうだ。こんなにレオさんを困らせて、しっかり足手まといになった。せっかくマークさんにも護身術を教えてもらったのに、実際はこんなにも体が震えている。

「ごめんなさい、心配かけて。私、足手まといになるだけで……なんにも、できなかった」

「そうでもねえぜ」

新たな声に顔を上げたら、マークさんが幌の隙間からこちらを覗いていた。

「しっかり応戦しようと思ってたんじゃねえか。その短剣、そのつもりだったんだろう？」

言われて、まだ短剣を握り締めたままだったことに気が付いた。

「それにこの樽。クリス、お前の仕業だろう。危なかったなレオ。お前下手したらクリスに刺されてたかもしれねえぞ」

箱入り娘にしちゃ上出来だ、と笑ってマークさんは機嫌よく去っていった。レオさんの目が、まだ握り締めたままの私の短剣を捉える。

「あーあ、敵わねえな、ちくしょう」

なぜか悔しそうに笑いながら、レオさんは握り締めすぎて離せなくなった短剣を、私の手から慎重に剥ぎ取ってくれた。


そんな肝が冷えるような事件があったものの、それ以外はおおむね順調な旅を経て、私たちは無事にリントウに辿り着いた。

ガレーヴの村人よりもさらに交渉慣れしていない素朴な村人たちに、レオさんは交易とはなんなのかから丁寧に説明していく。最初は意味がわからない風情で小首を傾げていた村人たち。それでもレオさんの穏やかな口調とわかりやすい説明で、近隣の野山にある果物などを出荷すれば自分たちの生活が豊かになるということを次第に理解しはじめると、俄然やる気に満ちた目で話に加わるようになってきた。

三日ほどリントウに滞在しているあいだに、交易とはなにかから始まったレオさんの交渉は、王都との交易ルートを作るところまで、しっかりと進められているようだった。

「どうだ、公爵殿にいい土産ができそうか？」

「ああ、おかげであの狸親父にも、一目置かせるくらいの結果は出せたと思う」

「あれを動かせるならたいしたもんだ」

「山賊の問題はあらかたカタが付きそうだし、あとは道の整備だろ。狸親父も面白がりそうな話が聞けたから、うまくいくでしょ」

「ならいい。お前はまだ学生だ、先々大きく伸びる可能性を提示できることのほうが重要だろうかららな」

「わかってる」

しっかりと頷いて、レオさんは急に私に向き直った。

「クリスちゃん、俺、絶対に侯爵位を掴んでみせるから」

レオさんが私の両手をしっかりと握って、そう宣言する。

「はい、頑張ってください」

なぜ私に宣言するのかはわからないけれど、レオさんが真剣だから、心から応援しようと思う。

なぜか、マークさんが鼻の頭を掻きながら、苦笑いしていた。

納得がいく交渉ができてほくほく顔のレオさんの指揮で、馬車には交易品が次々と運び込まれる。

笑顔の村人たちに見送られながら、私たちは王都への帰途に就いた。

＋✳♛✳＋

ガレーヴへの旅から戻って以来、ここ二週間ほどというもの、レオさんとめっきり会わなくなってしまった。資料館でも会わないし、たまに学園内で見かけることがあっても、レオさんはいつも走り回っているか、難しい顔でなにかを考えている様子で、とても邪魔できるような雰囲気じゃない。

レオさんの噂はそこかしこで聞くのに、声を聞くことすらできないだなんて。なんだか、とっても寂しい。でも紅月祭はもう目前に迫っているのだから、レオさんの忙しさは想像するに余りある。

寂しさを紛らすように、魔法の復習をしていたときだった。

「クリスティアーヌ様、お届け物です」

シャーリーの声に振り返ると、彼女の腕には大きなリボンで飾られたゴージャスな箱が抱えられていた。

「まあ、どなたから？」

「レオナルド・アルブ・ハフスフルールと署名があります。お手紙も差し込まれておりますが」

「まあ、レオ様？」

なんだかレオさん、レオさんと呼び慣れすぎて、本名だとまるでほかの方みたいに思えるけれど、レオナルドでハフスフルールといえば、レオさんに間違いない。

「先にお手紙を読んでもいいかしら」

シャーリーからお手紙を受け取って、封筒にあるサインを見た瞬間、なんだか急に胸がジーンと温かくなった。

少し角ばっているのに、曲線は流れるように美しいこの文字。間違いなくレオさんの字だわ。

学園で偶然に会うことすら少なくなってしまうほど忙しくて、いつも飛び回っているレオさんが、わざわざ自分で手紙をしたためてくれたのかと思うと、それだけで嬉しい。私は胸が高鳴るのを自覚しながら、ゆっくりと手紙の封を開けた。

「クリスちゃん！　ハフスフルール侯爵家からプレゼントが届いたのですって？」

「お母様」

レオさんからのお手紙を読み終えるかどうか、というタイミングで、お母様が足早に私の部屋にやって来た。

「お父様からお話は聞いていてよ。レオ君、ハフスフルール侯爵の後ろ盾を得てまで、貴女に紅月祭のパートナーを申し込んだそうね！　クリスちゃんったら、本当に愛されているのね」

「あ、あの、ですからレオ様は私の体面を慮《おもんぱか》って誘ってくださったのです」

「まあまあ、そんなに隠さなくてもよいのですよ。クリスが幸せであれば、本当は私もお父様も爵位など気にするところではないと思っているのです。ただ、レオ君の気持ちも大切にしてあげなくてはね」

ああ、ダメだ。聞いてない。

お母様の瞳はもう、まるで恋する乙女のように輝いている。ちょっとエマさんと通じるところがあるノリで、こっちのほうが照れくさくなってしまう。女の子はコイバナが大好きなのだ。

レオさんはその飾らない立ち居振る舞いで、『テールズ』で鉢合わせるとお母様とも気兼ねなく話す方だ。そのせいか、いまやすっかりお母様のお気に入り。しかも願望からかレオさんが私を好いていると思い込んでいるらしい。

何度訂正しても、なにかにつけて「レオ君はクリスちゃん一筋よ」と一歩も譲らない。レオさん、誤解を解けない無力な私を許してください……。

「まあ、お手紙？　なんて書いてあったの？」

「紅月祭のためにドレスを贈ってくださったと」

本当は、無理をしていないかと心配してくださるお言葉だったり、このところ学園で会うことがめっきり減って寂しいなんて、嬉しいお言葉も書いてあるのだけれど、お母様に話してしまうと余計に誤解を招きそうで、私は思いっきり要点だけを告げた。

それでも、お母様には十分だったみたい。

「まあ、ドレス！　レオ君ったら本気ね」

うふふ、と夢見るように笑うと、そわそわと箱の方へ視線を送る。私が開けるのを待っているのだろうことが全身から感じられる。あまり待たせるのも可哀相で、私はシャーリーに目配せした。

「シャーリー、開けてくれる？」

「はい」

素早く、でも丁寧に。リボンの形を崩さずに、魔法のようにラッピングが解かれていった。

中から出てきたいかにも高級そうな箱が開けられた瞬間。

「まあ……！」

「可愛い……！」

あまりに驚くと、たくさんの言葉は紡げないらしい。私もお母様もそれだけの言葉を発したっきり、しばらく無言になってしまった。

「レオ君ったら、思い切ったものね」

「ええ、私てっきり、紅いドレスだと思っていました」

そう、紅月祭という名前にちなんで、紅いドレスが圧倒的に多いのがこのお祭りの特徴だ。無難といえば無難なので、色に困ったらそれを選ぶ。一方で個性を出したかったり、ペアで色を合わせたりする方たちもいるので、勿論何色を着たっていいのだけれど。レオさんはドレスのことはあまり考えていなかったようだったし、それに私のキツめの顔立ちとゴージャスな縦ロールには赤や青、もしくは黒といったはっきりとした色合いが向いている。

だから、まさかだった。

「黄色のドレスって私、初めてかもしれませんわ」

「ええ、新鮮ね。クリスちゃん、ちょっとまずは箱から出してみましょう？」

箱の中のドレスに手をかけて、ドレスの上にも小さなメッセージカードがあることに気が付いた。

「あ……」

「どうかしたの？　クリスちゃん」

「これ、レオさんが、私をイメージして選んだドレスですって……」

ドレスを箱から取り出すと、大輪の花が咲くようなふんわり柔らかいシルエットのドレスが現れた。胸元は光沢のある純白の生地に小さなパールがたくさんあしらわれていて、柔らかな光を宿しているし、腰から下に向かって華やかなレモンイエローに変わっていくグラデーションも見事だ。

そしてなにより、スカート部分の生地が素晴らしい。

薄い薄い、透けるほどの柔らかな布地が、まるで蓮の花を形作るように幾重にも重なって、ボリュームがあるのに驚くほど可憐。黄色という華やかな色なのに、どこか清楚なイメージもあるそのドレスは、かつて私が見た中で最も心惹かれる愛らしい一着だった。

こんなに可愛らしいドレスが、私のイメージ……？

嬉しいけれど。

急に私の中で不安がむくむくと大きくなっていく。

ごめんなさい、レオさん。どう見ても私、似合う気がしないんです……！

「とっても可愛らしいドレスだわ。クリスちゃん、着てみなさいな」

それでもお母様に促され、シャーリーの手を借りて、私は恐る恐る柔らかなドレスを身に纏う。

「あの、どうかしら」

「うふふ、鏡の前においでなさいな」

正直、私のキツめの顔にはこの愛らしいドレスは似合わないんじゃないかと猛烈に心配したけれど、お母様のニコニコ顔に少し安堵した。ドレスの裾を持ち上げて、鏡の前に移動する。

何層もの柔らかな布地は、手の中でも軽くてしなやか。まるでわたあめみたいね、と夢心地で鏡を見上げた私は、絶句した。

……いやいや。

ないでしょ。

やっぱり、この可愛らしいドレスと縦ロールは、完全にミスマッチでしょ。

私はへこんだ。

「いやだわ、クリスちゃん。なんて顔してるの」

「だって、似合わない……。レオ様に申し訳なくて」

「まあ、そんなことないわ。レオ君は本当にクリスちゃんをよく見てくださっているって、私、感動したくらいよ」

お母様はそう言って嬉しそうに笑うけど。

それ、親の欲目だと思います。はっきりいって、ものすごくアンバランスなんですもの。

「シャーリー、クリスちゃんの髪に櫛を入れてあげて」

お母様の一言で、シャーリーは心得ましたと言わんばかりに私の髪を梳《くしけず》る。毎日しっかりと頑丈に縦ロールに巻かれている髪が、シャーリーの手で緩やかにほどかれていくのを、私は半ば諦めの境地で眺めていた。

丁寧に梳いて、空気を入れるように髪をふわふわと揺らしては毛先だけをまあるく纏めていく。さすがの手つきに少し見惚れてしまった。

「これって」

鏡の中には、すっかりゆるふわウェーブになった私。

いつものガッチリ纏まった縦ロールが嘘のように、軽くて細い繊細な髪に見える。走ればふわふわと浮いてしまいそう……。私は思わず指先で髪の毛に触れた。

「柔らかい……」

「クリスティアーヌ様は猫っ毛ですからね、もともと髪質は柔らかいのです。いつもはガッチリと固めてますので」

確かに下町にいたときは、髪の毛が短かったのによく絡まって困ったものだ。しかもなぜかすぐにぺちゃんこになるし。もしかして学園にいるときはそう簡単には直せないから、ガッチガチに固められていたのだろうか。

「自然で可愛らしいけれど、すぐにボリュームがなくなるのが心配なところでしたが」

「レオ君ったらすごいわねえ」

シャーリーが私の頭に可愛らしい髪飾りを着けてくれた。

「ドレスと、お揃い……」

レモンイエローのふんわりした薄布を幾重にも巻いて薔薇のようにあしらい、白いレースでアクセントをつけたその髪飾りは、私の琥珀色の髪を明るく引き立ててくれる。あんまり好きじゃなかったこの髪が、こんなに素敵に見えるなんて。

「ほら、とっても可愛らしいわ」

「髪飾りのボリュームがしっかりしているので、これなら長時間でも華やかさが損なわれません」

自慢げなお母様。そして、納得顔のシャーリー。

私も、ただただ驚くしかなかった。

鏡に見惚れているあいだに、シャーリーによって手早くはっきりメイクからナチュラルメイクに変えられていく。目尻はアイライナーでちょっと垂れ目ぎみに調整され、唇は艶感のある淡いピンク、仄かなチークで可愛さまでプラスされたみたい。

化粧の魔力、すごい……!

「妖精さんみたいに可憐で、とても素敵よ」

鏡の前でクルッと回ってみれば、明るいレモンイエローのドレスがふわふわと揺れる。髪の毛もふんわりと舞って、気の持ちようなんだろうけれど、嘘みたいに軽い。

「これでダンスを踊ったら、さぞかし愛らしいでしょうね。早くレオ君に見せてあげたいわね」

「当日は紅とチークはもっと控えてもよいかもしれませんね。研究しなくては」

これ以上ナチュラルメイクにしたらほぼすっぴんではないのかと心配になるけれど、なんとなく鼻息が荒いシャーリーとお母様に抗う気も起きない。なにせ美容関係に関しては、正直全然気にしてこなかった。ふたりの判断のほうが自分より数万倍頼りになる。

「これまではクリスちゃんのお顔が映えるドレスを選んできたけれど、こうしてドレスに合わせて雰囲気を変えるのもいいものね」

「はい、より美しく、より気高くと考えておりましたが、もっといろいろな装いを試したほうが、クリスティアーヌ様の魅力を引き出すことができるのですね。盲点でした」

なぜか反省しきりのシャーリーは、小さく拳を握り締めている。なんだか決意に満ちた目をしているのは気のせいだろうか。

「どうかしら、これならクリスちゃんだって、自信を持ってレオ君にドレス姿を見せられるでしょう？」

お母様にそう微笑まれて、私は嬉しくて一生懸命頷いた。

お母様、シャーリー、ありがとう……！

＋✳👑✳＋

それからの一週間はとてもとても慌ただしく過ぎていった。

絶対に、エスコートしてくださるレオさんに恥をかかせるわけにはいかない。マナーやダンスも徹底的に復習したし、さらにお母様とシャーリー監修のもと、スキンケアやヘアケアもいつもより念入りに行われている。

そして、私は僅かな時間を見つけては、刺繍の時間を捻出していた。ドレスのお礼としてレオさんに贈るための、ハンカチへの刺繍。私はひと針ひと針、思いを込めて刺している。

だって、会えないんですもの。

レオさんは紅月祭が近づけば近づくほど、当たり前だけれど忙しくなってしまって、もはや学園で姿を見かけることすらできなくなってしまった。教室を訪ねるなんてできないし、食堂ですら見かけなくて、レオさんは食事を取れているのだろうかと心配になるほど。せめて学年が同じなら、偶然会うことだってあるだろうに、本当に不自由だ。これまで、レオさんがさりげなく機会を作ってくださっていたんだなあと思い知る。

ああ、会ってドレスのお礼が言いたい。

ちょっとだけ、お話ししたい。

お体は大丈夫なのか、せめて顔を見るだけでも。

頼みの綱のグレースリア様も、勿論レオさんや殿下ほどではないにしても、紅月祭の補佐で飛び回っていて、とてもそんな我儘は言えなかった。

いまはどれほど体を酷使しているかわからない。

心配で心配で。

募る思いを刺繍に込めた。

どうか、レオさんが元気になりますように。

第六章　紅月祭

そんな日々を経て、今日はついに紅月祭。

夕刻から夜にかけて行われるパーティーだけに、窓の外は少しずつ夕闇が迫りはじめている。

「とても綺麗よ。いつもの貴女も素敵だけれど、今日は可憐で可愛らしいわ。まるで天使ね」

「本当に。はっきりいって自信作です」

鏡の中には、レモンイエローのドレスに身を包んだ私が映っている。ゆるふわウェーブは柔らかく波打ち、メイクも全体的にパステルカラーの淡い色使いだ。イヤリングも小粒のパールで作られた愛らしいものだし、白のレースグローブも繊細で、いつもの私とは百八十度違う雰囲気に仕上がっている。

お母様とシャーリーは手放しで褒めてくれたけれど、ルーフェスは「誰？」って怪訝な顔をしたあと、私だとわかった途端に顎が外れるかと思うくらい口をあんぐりと開けていた。あの魂が抜けたレベルの驚愕の表情が、私を落ち着かない気持ちにさせている。

ううう……レオさんを心底がっかりさせたりしないといいのだけれど。

不安だけれど、シャーリーが時間をかけて作り上げてくれたこの装いを崩すわけにはいかない。

私は落ち着かない心を抑えながら、ひたすらレオさんを待った。お礼としてレオさんにお渡しするつもりの刺繍入りのハンカチを撫でては、レオさんの体を案じる。

きっと、今日は生徒会の仕事もピークといっていいほど忙しいに違いない。

「クリスティアーヌ様、レオナルド様がおいでになりました」

シャーリーの声に、私は弾かれたように顔を上げる。嬉しさなのか緊張なのか、心臓がドキドキと早鐘を打ちはじめて、立ち上がろうと思うのに足が震えた。

「シャーリー」

「まあクリスティアーヌ様、なぜそんなに不安そうなお顔になるのですか」

「だ、だって。いつもの私とあまりにも違うから」

シャーリーに支えられて立ち上がったけれど、僅かによろめいてしまった。よっぽど緊張していたらしい。

「大丈夫です」

目を細めて、シャーリーが笑う。ドレスの腰のあたりについた、大輪の花のようなレースとサテンのあしらいを形よく整えながら、シャーリーは私の顔を覗き込む。

「絶対にレオナルド様はお喜びになります。さあ、行きましょう」

シャーリーに勇気づけられながら、レオさんが待つエントランスへの扉を開ける。

「レオ様、お待たせいたしました」

「とんでもない、こちらのほうが遅くなってしまって……」

そう言いながら振り返ったレオさんが、私を見てそのまま凍り付いたように固まった。

「あの、あの。素敵なドレスを贈っていただき、ありがとうございました」

つっかえながらもなんとかお礼を言えたのに、レオさんは私を凝視したまま、口をパクパクと開けたり閉めたりしている。

どうしよう。まるでルーフェスみたいな反応だわ。

急激に不安が高まってくるのを感じる。レオさんを見つめていた顔は、自信のなさと比例して、次第に俯き、ついに床しか見えなくなってしまった。

どうしよう。沈黙が怖い。ああもう、部屋に戻ってしまいたい。でも、さすがにそれは無理だわ。

内心引きこもりたくなるのをぐっとこらえて、私は一生懸命に口を動かした。

「あ、あの。とても可愛らしいドレスだったので、私、とても嬉しくて……」

なにか話さなければと思うのに、気の利いた言葉が出てこない。こんなとき、グレースリア様ならきっと、優雅にお礼の言葉を告げられるだろうに。いいえ、もしかしたらユーモアを交えた会話で場を和やかにしてしまうことだってできるかも。

ふがいなさに涙がじんわりと滲んだときだった。

「……可愛い」

レオさんのほうから、押し殺したような小さな声が聞こえてきて、私は恐る恐る顔を上げる。

「可愛い、想像以上に可愛い」

「…………！」

私を見つめたまま、レオさんははっきりとそう口にした。思わず横のシャーリーを見たら、「うむ」とでも言いたげに深く頷いている。

いまの、いまの、聞き間違いじゃないよね？

「めっちゃ女神」

私の不安を取り払うように、レオさんが嬉しそうに笑ってくれた。目尻が下がって、心底嬉しそうに見える。

よ……よかった。あのお顔はきっと、本当に嬉しいときの笑顔だわ。

今度は安心しすぎて体の力が抜けていく。

ああ、今日はもう、気持ちの上がり下がりが激しすぎて身が持たないのだけれど。

「おっと失礼、つい心の声が」

照れくさそうに笑って、レオさんが手を差し出してくれた。

「クリスティアーヌ嬢、本当に、言葉を失うほど可憐で綺麗だ。……ああ、語彙力がないのをこんなに悔やんだことはないよ。言葉を尽くして可愛いとか美しいとか全力で讃えたいのに、いまの気持ちを表せる言葉が思いつかない」

レオさんらしい物言いに、緊張の糸がスルスルとほどけていくのが感じられる。

歯の浮くような美辞麗句を並べられても、赤面する自分しか想像できないから、レオさんのくだけた反応がむしろありがたい。おかげで天国と地獄を行ったり来たりしているような激しい気持ちの乱高下もすっかり収まって、私はようやく笑顔になれた。

「ちょ……笑顔が眩しすぎる」

またもなにかレオさんが呟いているけれど、私の心臓はもう不安を訴えたりはしない。レオさんが差し伸べてくれた大きな手に、私もそっと手を添える。

　レオさんがパートナーで、私、本当に幸せだ。


「遅くなって悪かったね、やきもきしただろう？」

　レオさんにエスコートされて乗り込んだ馬車の中で、ようやく私たちはお互いに落ち着いて会話を交わせるようになっていた。

「いいえ、今日が一番お忙しいのだろうとわかっていましたから」

　案の定、レオさんの目の下にはしっかりと隈ができているし、こうして見るとかなり痩せてしまったみたいで、私はいよいよ心配になってきた。

「お体は大丈夫なのですか？　ずっとお忙しそうで、私、レオ様が体を壊すんじゃないかと心配で」

「ありがとう。さすがに疲れたけどね、でもとにかく紅月祭を成功させないと」

　責任感の強いレオさんらしい。本当に倒れるまで頑張りそうで、不安になる。顔すら合わせることが少なくなっていただけに毎日刺繍をしながら心配してきたけれど、こうしてお話ができても、やっぱり心配なものは心配だ。

「あっ」

「？　どうかした？」

「私、お渡ししようと思っていたものがあったのを思い出して」

　気持ちがいっぱいいっぱいで、忘れてしまっていた。せっかくレオさんの体を案じながら作った品だ。いま渡さずしてどうする。

「あの、これ、ドレスのお礼で……つたなくて恥ずかしいのですけれど」

可愛らしくラッピングしたハンカチを手渡すと、レオさんはちょっとだけ驚いたような顔をした。

「なんだろう、温かい感じがする……開けてもいいかな」

「勿論！」

そんなに上手ではないから恥ずかしいけれど。社交の場にも普段にも使えるシンプルなものを選んだつもりだ。お母様も褒めてくださったから、ハンカチ自体のチョイスは間違っていないと思う。

「ハンカチ……この刺繍はクリスちゃんが？」

「はい、頑張りました」

「すごいね、こんな複雑な模様、初めて見た」

「実はセルバさんから教えていただいた、回復魔法の魔法陣です」

ブハッとレオさんが噴いた。

「魔法陣⁉」

「はい、セルバさんの職場の床に、この魔法陣が彫られていると聞きまして」

「え、セルバって宮廷魔導師だよな」

「ええ。魔導師の皆さんって、泊まり込みで研究することも多いそうで、いつも疲れているから、その魔法陣の上に立って回復したりするんですって」

温泉みたいなイメージだろうか。ポカポカしてきて癒やされるらしい。

「セルバさんがこんな感じの魔法陣だよって、ささっと書いてくださったものを参考にしたんです。だからそこまで効果は期待できないんですけれど、どうしてもレオさんの体が心配で」

そう言った途端、なぜだか爆笑されてしまった。

急に恥ずかしくなる。あんなに可愛らしいドレスのお礼に、ガチの魔法陣を刺繍したのは選択ミスだったかもしれない。もう少しこう、イニシャルとか、紋章とか、レオさん愛用の剣とか、無難な意匠にすればよかった……！

「色気もそっけもない意匠でごめんなさい」

「いや、ごめんごめん、笑ったのはそういう意味じゃなくて。ハンカチに魔法陣って発想がすごいなって思ったら面白くてさ」

確かに楽しそうだけど、ウケ狙いだったわけじゃないから、心中はとても複雑だ……。

「すごく考えてくれたんだね、いまの俺にはなにより嬉しいよ。なんか体がポカポカしてきたし、ホントに効いてるのかも。ありがとう、クリスちゃん」

安心させるように、にっこりと笑ってくださるのが余計に切ない。ああ、むしろ気を使わせてしまった。そう思うと焦ってしまって、ついつい言い訳が口をつく。

「ごめんなさい。でも、レオ様が体を壊さないよう、一心に願って刺したんです。見栄えは正直いまひとつですけれど、愛だけはたっぷり籠もってますから！」

「愛……」

「そうだ！　私、回復魔法も完璧に習得できたんです。お疲れみたいですから確実に効果があるほうで！」

恥ずかしさを紛らそうと、私は思い切って提案してみた。レオさんの体調も回復して、時間も稼げる。一石二鳥だ。

セルバさん直伝の回復魔法のおかげで、レオさんのどこか青みがかっていた顔色も血色を取り戻し、目の下の隈も薄くなっていく。体調は確実に改善に向かったというのに、それっきりレオさんはぼんやりと上の空になってしまった。

……そうよね、無理もないかもしれない。もうそろそろ学園が近づいてきているのですもの。紅月祭の進行で頭がいっぱいになっているのかも。

そう思いついて、私はレオさんの思索の邪魔にならないように、大人しく馬車の座席に深く身を沈めた。レオさんとふたりだとつい、出会った頃の〝町娘クリス〟の気持ちになってしまうけれど、これから向かうのは学園だ。

気を抜かず、クリスティアーヌとしての立ち居振る舞いで臨まなければ。

レオさんのエスコートで会場に入った途端、どよめきが起こった。

ざわざわと人々の声がさざめきのように聞こえてはくるけれど、一様にひそひそと声がひそめられているからか、内容まではわからない。なんだかものすごく見られているような気もするし、一度は収まった不安が、また頭をもたげてきた。

なにか、おかしいのかしら私。

次第に俯きはじめた私に、レオさんが励ますように声をかけてくださった。

「行こう。大丈夫だよ、しっかりと顔を上げて」

見上げたら、レオさんが目を細めて微笑んでくれた。

安心する。こういうときのレオさんって、なんだかとても頼りになるのね。そう思ったのは私だけではなかったらしい。レオさんが微笑んだ途端、きゃあ、という小さな悲鳴のような声が、そこかしこで起こる。これは黄色い声、というものだろう。

レオさんってやっぱりすごく人気があるんだわ。

たくさんの方たちの注目を浴びながら、レオさんのあとについて粛々と会場の奥を目指す。進むごとに人垣が割れていくけれど、「誰だ？」「あんな子いたか？」なんて声も聞こえてくる。どうやらレオさんにエスコートされている私が誰なのか、それが話題になっているようだった。

「十九時の鐘が鳴る頃に、学園長からの訓示があるから、それまではちょっとバタつくかもしれない。悪いけれど、少し傍を離れると思う」

「はい、大丈夫です」

周囲の声が気にならないように、話しかけてくださるのがありがたい。レオさんの声に集中すれば、なんとなく気持ちが楽になる。紅月祭は十八時から会場が開いて食事が楽しめるのだけれど、学園長の訓示が行われるのは十九時。直後にダンス、続けてその年ごとの華やかな演目が催され、完全に終了するのは深夜になる。

学生は十九時から二十時のあいだだけが絶対参加で、あとの時間は三々五々、早く来て早く帰る人もいれば、最初から最後まで堪能する人もいる、自由度の高いイベントなのだ。レオさんは生徒会のお仕事で拘束される時間が長いこともあって、私は早めに退出することにしようと、レオさんとは打ち合わせてあった。

「十九時の鐘が鳴ったら、最奥の演壇の前に来てね」

レオさんの念押しに、私もしっかりと頷く。学園長の訓示のあとはすぐにダンスだもの。そこだけは外せないから、変にうろうろしないようにしないと。そう考えつつ進んでいるうちに、人垣が急にさあっと割れて、見慣れたお方の顔が見えた。

殿下と、グレースリア様。

ああ、今日もグレースリア様はとても美しい。紅を基調としたタイトなドレスの上に、紅のレースと黒のレースを重ねてボリュームを持たせてある。なんともグレースリア様らしい、凜とした美しさ。なのに、なぜかしら。おふたりはとても慌てたような様子で、足早にこちらに進んでくる。

「殿下」

「よい、それよりも」

ご挨拶をしようとしたレオさんを遮って、おふたりがずいっと間を詰めてきた。プライベートな話をするレベルの間の詰め方に、周りの方々は自然に私たちから距離を取る。王族の方のプライベートな話を遮らない、ありがたいマナーだ。

「ちょっとレオ、どういうこと?」

声をひそめてグレースリア様が詰め寄る。レオさんは、面白そうに笑って「なにが?」と嘯《うそぶ》いた。

「……こちらの方、紹介してくださる？」

グレースリア様の笑顔のなかに、あえて見せている険が。その牽制するような笑顔を見て、私も理解した。おふたりも、私がクリスティアーヌだとわかっていないのだろう。私をエスコートしてくると思いきや、誰だかわからない人を連れてきたと思われているらしい。

「クリスティアーヌ公爵令嬢です、どうぞよしなに」

冗談めかしてレオさんが言う。

「なにを……」

言いかけて、おふたりがまじまじと私を見つめはじめた。

「…………」

「…………」

見つめすぎでは。真面目に穴が空きそう。っていうか、こんな至近距離でそんなに見つめられると信じられないくらい恥ずかしい……！

「ちょっとふたりとも見すぎ。クリスティアーヌ嬢が真っ赤になってるじゃないですか。とくに殿下はもう見ないでください」

レオさんがやんわりと体の陰に隠してくれて、ようやく私はおふたりの視線から解放された。大きく息をついてから、恥ずかしさのあまり息ができていなかったことに気が付いた。

ああもう、恥ずかしい。

「なにがあったの！」

　グレースリア様が小さく叫んだ。

「あの、レオ様が可愛らしいドレスをくださって。ドレスに似合うように装いを変えてみたのですが……お、おかしいでしょうか？」

「なにをバカなことを。とても可愛らしいわ！　いつもの貴女とはまったく路線が違うけれど、その装いもとても素敵よ！」

　つい不安げに言ってしまったものだから、グレースリア様が力強く褒めてくださった。気を使わせてしまったのかもしれない。

「テールズで見たときの君のようだ」

　まだ目を見開いたまま、殿下がポツリと言葉を漏らす。

「いや、あのときはもっと活発な印象だったか、いまは随分と繊細な印象だ。女性とはかくも変わるものか」

「だから殿下はもう見ないでください」

　レオさんがさらにもう一歩、私を隠すように動いたものだから、私からは殿下がすっかり見えなくなってしまった。ただ、殿下がクスリと笑った声だけは聞こえてきて、殿下とレオさんが冗談も言い合える仲になったのが感じられて、少し嬉しい。

　私が下町から学園に戻った頃、殿下はレオさんをあまり認識してもいなかったようだったし、レオさんはむしろ殿下を嫌っていたみたいだった。きっと生徒会で苦楽をともにして、お互いを認め合うようになったのだろう。

「そう目くじらを立てるな、他意はない」

「それにしても随分と思い切ったドレスを贈ったものね。今日はクリスティアーヌ様、質問攻めにあうわよ。わざわざ目立たせるだなんて悪手ではないかしら」

殿下がクスクスと笑いながら仰る横で、グレースリア様もレオさんをからかうように言葉を添える。口元は扇で隠れているけれど、目尻が下がって楽しそう。相変わらず仲がいい。

「大丈夫、実はそれも狙いだから。クリスティアーヌ嬢、聞かれたらさっきみたいに俺に贈られたドレスに合わせて……って答えてね」

「？　はい、勿論」

いまひとつよくわからないけれど、事実なので勿論そう答えるしかない。ただ、グレースリア様は「あらいやだ、策士ね」なんて笑っていたから、なにかふたりにしかわからないことがあるのかもしれない。……ちょっと寂しい。

「こんなところに！　探したんですよ、皆さん！」

談笑しているところに急に大きな声が聞こえて、私たちは会話を中断する。レオさんの背中からちょっとだけ顔を出して見てみれば、宰相のご子息クレマン様だった。

「呑気に談笑している場合ではないでしょう。猫の手も借りたいほど忙しいのですから、各々持ち場に戻ってください」

かなり切羽詰まっているのだろう。いつもはクールな印象のクレマン様が、僅かにだけれど、声を荒らげている。

「クリスティアーヌ嬢、レオをしばらく借りるが、よいだろうか」

レオさんの体の陰に隠れていた私にまで声をかけてくれた。勿論、今日がどれほど生徒会の人たちにとって大切な日かはわかっている。少し寂しいけれど、にこやかに送り出そう。

「はい。皆様、頑張ってくださいませ」

「…………誰だ」

「え？」

「レオ、君のパートナーはクリスティアーヌ嬢じゃなかったのか」

クレマン様が突然不愉快そうな表情になったから驚いたけれど、これってきっと私がクリスティアーヌだと認識できなかっただけよね。慌ててレオさんたちが事情を説明してくれる。

先ほどグレースリア様が質問攻めにあうと言っていたけれど、確かにこの調子では先が思いやられるかもしれない。

その予感は当たっていて、生徒会の皆様が足早にその場を立ち去ってからが大変だった。あっという間にたくさんの殿方に囲まれて、自己紹介を迫られて困ったけれど、私が公爵令嬢のクリスティアーヌだと理解した時点で、ほぼ半数が笑顔のままフェードアウトし、少しだけホッとする。ただ、残り半分の方はそれでも立ち去らずに、いろいろなことを根掘り葉掘り聞いてくる。殿方ってこんなにもおしゃべりなものだったかしら。辟易していたところに、救いの女神が降臨した。

「まあ、随分とにぎやかですのね」

「私たちも、そちらのご令嬢とお話ししたいのですけれど、よろしいかしら」

振り返ると、クレマン様の婚約者リーザロッテ様が、ふたりの淑女とともに微笑んでいらした。以前グレースリア様が催したお茶会で会ったことがある顔で、私は内心胸を撫で下ろした。

にこやかに会話に入ってきたけれど、言葉の端というかイントネーションに圧力をかける高等技術に、前のめりだった殿方たちがジリジリと後ろに下がっていく。今度は代わりに美しく着飾った淑女たちに囲まれた。

「レオナルド様とは親しくていらっしゃるの？」

「お名前を伺ってもよろしくて？」

なるほど、男性陣に囲まれていたのを救出したのは、得体の知れない私の偵察も兼ねていたわけか。グレースリア様にすらあれだけ詰問されたのだから、皆様がわからないのは仕方がない。さすがに説明にも飽きてきたけれど、私は改めて自己紹介した。

「リーザロッテ様、お久しゅうございます、クリスティアーヌでございます」

リーザロッテ様の目が見開かれた。

「いつもと雰囲気が違うせいか、皆様を混乱させてしまったようで、質問攻めにあっておりました。お声がけいただけて助かりましたわ」

「クリスティアーヌ様」

「はい」

目を眇《すが》めてじいっと私の顔を見るリーザロッテ様。どうやらいつもの縦ロールと、私の顔とを考え合わせて真偽のほどを確かめていらっしゃるようだ。ちょっと恥ずかしいけれど、納得がいくまで見てもらうしかない。

思う存分私を見つめたらしいリーザロッテ様の口から、「ほほほ……」と笑いが漏れた。

「ほほほ……ほほほほほ！」

一度笑い出すと止まらない。ひとしきり笑ったリーザロッテ様は、「クリスティアーヌ様って、飽きない方ねえ」と、なぜか褒めて？くれた。


よかった！　やっと見つけた、カーラさんとエマさん。

思った通り、ケーキやデザートが置かれているあたりで目をキラキラさせていた。昨日もケーキが楽しみだって言っていたから、絶対にデザートの近くに来れば会えると思っていたわ。

「カーラさん！　エマさん！」

思わず声が出てしまった。だって今日はもういろいろありすぎて、とてもとても疲れてしまったんですもの。前世の記憶があるせいか、このふたりの傍にいるととても落ち着くし癒やし効果も抜群だから、疲れるとどうしてもふたりの姿を探してしまう。いまは顔を見ることができた安心感で、もう走り出したいくらい。

声の主である私を見て、一瞬「？」と小首を傾げたふたりは、意外にもすぐにクリスティアーヌだとわかってくれたようで、「えー!?」「うそー！」とはしゃぎながら小走りで近寄ってきてくれる。もしかして、声でわかってくれたのかしら。

「あっ、やっぱりクリスティアーヌ様だ。うわあ、すごい！　公爵家のお化粧スキルがハンパない。

なんていうかもう別人！」

「可愛い！　すっごく可愛い！　どうしたんですか、この可愛いドレス！」

カーラさんはなぜかお化粧スキルに感動し、エマさんはドレスを手放しで褒めてくれた。わかりやすく驚いてくれるさまがなんだか嬉しい。ほかの方たちの前に出るのは少し照れたし怖かったけれど、なぜかふたりは普通に受け入れてくれそうな気がしていた。

「わかった、レオ様のプレゼントでしょ？　クリスティアーヌ様のいつものイメージとは違うもの」

「うわあ、素敵……。女子憧れの、レオ様厳選ドレス」

なんだろう、ものすごくホッとする、このなんの含みもない女子トーク。

「クリスティアーヌ様をここまでイメチェンできるのなんてレオ様くらいですよね。新たな魅力を引き出すとかレオ様すごすぎ」

「いいなー！　私もこんな可愛いドレスを贈られてみたい！」

盛り上がるふたりに身も心も癒やされて、私はようやく会場をゆっくり見回せる気分になった。

ああ、なんて煌びやかな。たくさんの紅のドレスの波の中に、青や黒、白、ベージュ、若草色や神秘的な紫など、さまざまな色が鮮やかに映える。近くを見ればカーラさんは明るいオレンジのドレス、エマさんは淡いピンクのドレスで、ふたりとも普段のイメージにマッチしていてとっても可愛い。女性たちの装いが華やかだからか、この大広間が通常よりも不思議なくらい煌めいて見える。

いいえ、やっぱり光の加減が通常とは違うわ。

そう思ってよくよく見てみると、ライトに特別な仕掛けがされていた。ひとつひとつのライトに、シャンデリアのようなガラス細工が取り付けられて光を乱反射させているし、通常はライティングされていない壁にも臨時の簡易的なライトが施してあるようで、全体的に明るさが増しているとわかった。特に料理の周辺には温かみのあるライトを付けているようで、より美味しそうに見える。

華やかさを演出するためか、料理やデザートが高さを活かした盛り付けになっているのが面白い。前世でまだ高校生だった頃、雑誌に載っていた『アフタヌーンティー』というのが素敵ね、と友達と憧れたものだけれど、まさにあの方式。トレイを何段か重ねて、その段ごとに色とりどりのお菓子やケーキが盛られたり、フルーツやサラダが盛られたりして、目にも楽しい。

これだけの空間がある大広間では、お目当ての料理を探すのも大変だけれど、高さがあれば遠目からでも見つけやすそう。見栄えだけでなく実益も伴っているところが抜け目ない。

レオさんはじめ、生徒会の人たちはとても細かいところにまで配慮しているのね。感心するとともに、レオさんの目の下の隈が思い出されて愛しくなった。

「ほら、クリスティアーヌ様。見てくださいよ、この可愛いケーキ！」

エマさんのはしゃいだ声に視線を戻すと、たくさんのケーキやデザートの中に、一際愛らしいケーキが目に入った。大きなお皿に山積みにされているのは、すももくらいの大きさの色とりどりのまあるいケーキと、輝くように瑞々しい真っ赤なまあるい果物。

嬉しくて、つい笑みがこぼれる。

この果物、リントウの村で見つけたサンプリットだわ。宝石みたいに綺麗だと思ったけれど、こんなに可愛いケーキに仕立ててくださったのね。

「紅月祭に相応しい、ルビーのような美しさね」

「この、滝みたいに流れてくるソースにくぐらせて食べるんですって！」

見れば、真っ赤なソースが絶えず流れる仕掛けもある。これってあれだ……前世で見た、チョコレートファウンテンみたい。チョコの代わりに、サンプリットのソースにくぐらせて食べるのね。

「このまんまる、中はスポンジケーキなの、ほら」

「まあ、チョコレートでコーティングされているのね」

サンプリットは甘酸っぱいから、きっととても美味しいに違いない。

「もう、ずっと見ていても飽きなくて」

「本当はサラダとかメインディッシュ系も食べようと思うのに、ここから離れられないんですぅ」

この会場には数多のフリーな殿方もおいでだろうに、そちらには目もくれず、ふたり揃って完全に食べ物に瞳をロックオンしているのが面白い。

やがて、重々しく十九時を知らせる鐘が鳴る。いよいよ学園長の訓示が行われる時間だ。

「カーラさん、エマさん、私行かなくては」

「ん？　どこに？」

「学園長の訓示のあと、ダンスが始まるでしょう？　レオ様から近くに来るように言われているの。生徒会の人たちは演壇の近くで踊るらしくて」

「なるほど。寂しいけど、それは仕方がないわね」

「レオ様とクリスティアーヌ様のダンスかぁ。うわあ、夢みたいに綺麗でしょうね」

エマさんが夢見るように呟いている。これは、失敗できない……。

「私たちも見に行こうよ、カーラ」

「うん。けど、私たちはあんまり前のほうに行くと悪目立ちしちゃうからな。ほどほどのポジションを狙わないと」

残念だけれど、貴族のなかにはなにかにつけて、貴族が優先されるという考えの人も多い。ちょっとしたことで面倒な問題に発展しないよう、こうして爵位を持たない方々が自衛せざるを得ないのは、今後改善したいポイントだ。

「クリスティアーヌ様とレオ様のダンスをこの目に焼き付けてから、この近辺に戻ってこようか」

「うん。デザート食べながら待ってますから、レオ様が生徒会のお仕事で忙しくなって寂しくなったら、いつでも戻ってきてくださいね！」

ふたりに見送られ、私はしずしずと、でも内心急ぎ足でレオさんのもとに向かう。人垣の向こうに、レオさんが立っているのが見えた。

その姿は背筋がシャンと伸びて、いつになく凛々しい。柔らかそうなウェーブの黒髪が真っ白な衣装に映えて、僅かな所作にも気品が感じられる。あまりにも素敵に見えて、少し気後れしてしまったけれど、そんな私に気付いたレオさんがこちらに手を差し伸べてくださった。

レオさんのちょっと垂れぎみの優しそうな目が細められて、まるで「大丈夫だよ」と、声をかけられているみたい。導かれるように、脚が勝手に進み出る。

レオさんの手に私の手が触れた瞬間、レオさんは力強く私の手を握り締め、勇気づけるように破顔してくれた。シャンデリアの効果だろうか、お姿まで光輝いているように見える。殿下よりも王子様っぽく見えてしまうのは、パートナーの欲目なのかしら。

楽隊が華々しい楽の音を奏で、誰もが表情を引き締めて居住まいを正す。厳格な雰囲気の学園長が演壇に立ち、重々しく訓示が始まった。

「いや、緊張するものだな」

「スピーチ、とても素敵でしたわ。お疲れ様です」

割れるような拍手のなか、殿下が壇上から下りてきて安堵の笑みを浮かべる。学園長の訓示のあと、生徒会長である殿下が行った紅月祭を祝うスピーチに、私は感動していた。

料理や演目をどのような考えで選んだのか、それを真摯に言葉にし、皆に楽しんでもらいたいと素直に伝える、殿下らしいスピーチ。それを、全校生徒が素直に、好意的に受け止めてくれたということに、私は心が震えた。だって、殿下たちが生徒会を率いることが決まったとき、生徒たちのほとんどは諦めと冷笑でその決定を受け入れたのだ。リナリア嬢を囲む殿下たちの姿が印象深すぎて、嫌悪感を抱く人が多かったがゆえのマイナスからのスタートだった。それがいまや、こんなにも拍手で受け入れられるだなんて。これまでの殿下たちの努力が受け入れられたように感じて、私はまるで自分のことのように嬉しかった。

殿下のスピーチが秀逸だったのは、生徒会のみならず一般生徒がこの紅月祭のためにどれだけ尽力したかを丁寧に取り上げたことだろう。それが、紅月祭を生徒一丸となって作り上げたような一

体感を生み出している。

たとえば、この会場をキラキラと煌びやかに見せているシャンデリア。なんと錬金科が作ったものだった。あの真っ赤なソースが絶えず流れる仕掛けは、フェイン様率いる魔導科の渾身の作らしいし、特徴的な料理の配置すらデザイン科が提案してきたもの。会場設営を手伝った一科生まで労う丁寧なスピーチは、私も聞いていて嬉しい気持ちになってしまった。

ひとつだけ気になったことと言えば、料理を充実させるためにレオさんが交易路を開拓したことに触れたときの、黄色い声の大きさだ。そこかしこで淑女たちの声援が上がり、見回せば興奮して頬を赤くした方々の満面の笑みが目に飛び込み、「すごい」「さすがレオ様」「私たちのために……！」なんていう賛辞の声が高く低く聞こえてくる。

……そうなんだけれど。レオさんが我が身を削って努力されたのは本当で、皆様の賛辞を受けるのはとても素晴らしいことだとわかっているんだけれど。

生徒たちの心からの拍手を受けて、嬉しそうな笑顔のまま私にダンスを申し込んだレオさんは、この日最高に輝いていた。この手を取っていただけるのが嬉しくもあり、気後れするような気持ちにもなる。だってレオさん、こんなに人気なんですもの。私がこうして踊っていて、果たしていいのかしらと不安になる。

レオさんとこうして踊れて嬉しいのに。レオさんが賞賛されてよかったと心から思っているのに。

なんだか胸がもやもやする……。

私はこの日、とてもとても複雑な思いで家路に就いた。

エピローグ　約束の二年

紅月祭も無事に終わり、その後処理すらもすっかり済んで、学園がやや落ち着きを取り戻した頃。

新年が明けてすぐのその日、私は生徒会室に呼び出されていた。

目の前に並ぶのは錚々たる面々だ。生徒会長である殿下、その補佐を務める副会長であるクレマン様、会計担当のレオさん、さらにクレマン様の婚約者であるリーザロッテ様など、現生徒会の皆様が並んでいる。

そして机を挟んでこちら側には、グレースリア様を筆頭に、宮廷魔導師でもあるフェイン様、私の弟ルーフェスは勿論、このところずっと私やグレースリア様と学園の試験で首位争いを繰り広げているマルティナ様やアデライド様などまでが招集されている。

時期やこのメンバーの顔触れから見て、次期生徒会の任命打診だと思われた。

「急に呼び出して悪かったね」

殿下がおもむろに切り出した。

「今日はほかでもない、君たちに今後の生徒会を任せたいと思い、ここに集まってもらったのだが」

「随分といきなりですのね、前もって打診などがあるのかと思っておりましたわ」

グレースリア様が、私も疑問に思っていたことをずばり聞いてくださった。

「任命権限は現生徒会長にあるからね、せっかくだから権限を行使させてもらった。だがそう悪い人選ではないと思うよ」

「そうですわね、それは安心いたしました」

「役職については、いったん私の考えを伝えておこう。生徒会長と副会長だけは指定させてもらうが、ふたりを中心に話し合ってもらった結果であれば、役割を変えるのは問題ない」

そう前置きし、殿下が淡々と役職を発表していく。

「生徒会長はグレースリア。君は近い将来、私とともにこの国を導くことになる。まずはこの学園で民の声を聞き、民を導く精神と実力を身に着けてほしい。……心配はしていないけれどね」

「お任せください。全力を尽くして、期待に応えてみせますわ」

挑戦的な笑みを浮かべたグレースリア様は、うっとりするほど頼もしい。いつ王妃を名乗ってもいいんじゃないかと思えるほどの貫禄だ。正直私ではこうはいかなかっただろうから、羨ましくもあり、ちょっとだけ劣等感をくすぐられる。

「副会長はフェイン。現生徒会でも書記を担当していたから、過去も含めたこれまでの生徒会の活動を熟知している。生徒会長を助けてやってほしい」

「了解です。グレースリア様もここ数カ月はほぼ生徒会役員みたいなものでしたから、だいたいのことは滞りなくできそうですけどね。逆にハフスフルール家のお嬢様が暴走しすぎないように、止める係ということでしょう？　僕程度で止められる気もしないんですけど」

「まあ、頑張ってくれ」

にこやかな笑顔のまま、おざなりに応援されたフェイン様は、うへえ、という顔をして「できるだけ頑張りますけどね」と自信なげに請け負った。

「次は……書記をマルティナ嬢に、庶務をアデライド嬢に頼みたい。君たちのこのところの躍進は目覚ましいと聞いている。女性ながらに国の官吏を目指している君たちには、生徒会の仕事は学びになることばかりのはずだ。ここで実力を養って、ぜひ望む未来を勝ち取ってほしい」

「まさか殿下自ら、そのように仰っていただけるとは」

「頑張ります！」

おふたりは感無量とでも言いたげに、目に涙を浮かべている。この国で女性が能力を期待され、生徒会にスカウトされるという事例は極めて稀なことだ。これまでの彼女たちの努力が少し報われたみたいで、私もなんだか誇らしい。

「そしてクリスティアーヌ嬢、君は会計担当だ。レオからしっかりと引き継ぎを受けてくれ」

「はい。レオ様、よろしくお願いします」

「任せて。でも、どの役職もそうだけど、自分の領域のことだけを見るんじゃなくて、互いに協力してアイディアを出し合うことが一番大事だから、皆もそのつもりでいたほうがいいと思うよ」

「はい」

それはレオさんを傍で見てきたから、とてもよく理解できる。それに、メンバーも見慣れた顔ばかりで、気負わずに意見を出していけそうなのも嬉しい。私の傍で、マルティナ様とアデライド様も力強く頷いた。きっとおふたりもたくさんのアイディアを出してくれるだろう。私も負けずに頑張らなくては。

その様子を見て殿下も満足そうに深く頷く。そして、次に視線を合わせたのは私の弟、ルーフェスだった。

「次はルーフェス。君は引き続き、広報を担当してくれ。君の力量に関してはまったく心配していないが、今回はひとつの家からふたりの役員を出すことについて若干迷った。生徒の反応は気にかけておいてくれ」

「わかりました」

「姉さんを助けてやるんだぞ」

「言われずとも」

ルーフェスがあっさりと請け負って、それを見届けた殿下が安心したように微笑む。

「以上だ。グレースリア、君が率いるに相応しい女傑揃いの生徒会だ。どうだい？」

「そうですわね、ここまで女性陣が多い生徒会などかつてないでしょうし、楽しみですわ」

「僕たち男は肩身が狭い気がするなぁ。ねぇ、ルーフェス」

「華やかでいいんじゃないですか？」

「うっわ、自分だけいいカッコする⁉」

「正直な意見を述べたまでです」

これまで生徒会で苦楽をともにしていたからか、ルーフェスとフェイン様のあいだには気安い空気が漂っていて、こちらまでなんだか気楽になるのが嬉しかった。

ひとしきり歓談し、簡単な業務内容の聞き取りを済ませたあと、皆がわらわらと出ていくなか、殿下の指示で数名だけが生徒会の役員室に残される。

殿下とグレースリア様、レオさん、クレマン様、リーザロッテ様、フェイン様、ルーフェス、そして私。顔ぶれを見て、私は殿下がなにをお話しされたいのかを悟った。

「クリスティアーヌ嬢」

「はい」

「あれから、ちょうど二年だ」

「……はい」

長かったような、短かったような期間だった。

「私も、クレマンも、フェインも。この二年、必死に研鑽してきたつもりだ。私は、変わることができただろうか。君に許しを請う資格を得ただろうか」

殿下は自信と不安がないまぜの表情をしていた。

「はい、勿論です、殿下」

私はありったけの笑顔で相対する。

「先日の紅月祭での殿下のスピーチ、割れんばかりの拍手でしたわ。生徒会に就任された頃の生徒たちの目と、あの拍手のときの目、比ぶべくもありません。皆が、殿下と皆様方のこれまでの努力を見てきた結果だと思います」

私の言葉に、グレースリア様もリーザロッテ様も、深く頷く。おふたりもまた、彼らを見守ってきたのだから、気持ちはきっと同じだ。

殿下はホッとしたように微笑んで、私を真っ直ぐに見つめる。

「君も変わった。夢があるからだろうか。いつも生き生きと動き回って、いまや君の周りには人があふれている。君は、人を信じられるようになったんだね」

その言葉にジーンとした。殿下は、私の言葉を覚えていてくれたんだ……。

「ありがとう。やっと、肩の荷が下りた気がするよ」

「まあ、殿下。終わりではございませんよ。やっとスタートラインに立てたのです」

間髪を容れずにグレースリア様が発破をかける。

「少しは感慨に浸らせてくれないか……」

「では十秒だけ」

なかなかに厳しいグレースリア様の言葉に、その場はしばし笑いに包まれた。


「これでようやく、二年に縛られなくなったね」

生徒会役員室からの帰り道、レオさんに声をかけられて学園の中庭を歩いているときだった。レオさんの呟きに、私は少し違和感を覚える。

「縛られて、いたでしょうか」

「うん。かなりね。いつもクリスちゃん、あれもやらなきゃ、これもやらなきゃ、って焦ってたよね。最初はなににそんなに焦ってるんだろうって不思議だった」

そう言われて初めて、自分でもよくわからない焦燥感に駆られていたことに思い当たった。無駄な動きをしてしまったり、一気にやろうとして失敗したり。確かに私、焦っていたんだ。

「さっき殿下と話していたとき、君の肩からスッと力が抜けたんだ。それでわかった。君は二年のあいだになんとか成果を出さなくちゃって一生懸命だったんじゃないかな」

「……そう、かもしれません」

「人を信じられるようになったって言われたとき、ホッとしたでしょ」

「すごく。なんだか許された気がしました。殿下が仰るように、私も肩の荷が下りた気分で」

思わず笑ってしまった。

「レオ様って本当に観察眼がすごいですよね。私より、私の状況をよく把握してるみたい」

「そりゃあ、見てるからね」

「ただ、グレースリア様も仰ったように、これでやっとスタートラインに立てたってところなんですよね。市井官になるためにはまだまだこれからですし、頑張ります！」

力こぶを作って見せたら、レオさんは楽しげに笑ってから、急に真剣な顔になった。

「今後は殿下じゃなくてさ、俺と一緒に、一歩一歩無理なく頑張ろう」

「はい、勿論！」

にっこり笑顔で答えたら、なぜかがっくりと肩を落とされた。

「違うんだ……ええと」

しばらく頭を抱えて俯いていたレオさんが、意を決したように顔を上げる。

「クリスちゃん！」

「は、はい！」

がっしりと両肩を掴まれて、思わず声が上ずった。

なんか近い。

顔が近いです、レオさん。

「君は公爵令嬢で、俺にとっては手の届かない高嶺の花だったんだ、ずっと」

「そんな」

「そうなの！　しかしこのたび、努力の甲斐あって、俺、レオナルド・アルブ・ハフスフルールは、ハフスフルール侯爵家の家督の第一後継者に抜擢されました」

「ええっすごい！　レオさん、すごい！」

「ありがとう。だから思い切って言うけど」

そこでなぜか言葉を切って視線を外したまま、レオさんは二度、三度と深呼吸をする。その姿があまりに真剣で、私まで息が上がってくる気がするから不思議だ。

レオさんに合わせて深呼吸すること数回、徐々に赤く染まっていくレオさんの頬に見惚れていたら、不意にレオさんが私に視線を合わせてきた。

どうしよう、絶対に私も真っ赤な自信がある。

「クリスちゃん」

「は、はい」

「テールズで働く君を見ていたときから、ずっと好きだった。どうか俺と、結婚を前提にお付き合いしてください！」

「は、え、あ……」

自分でもよくわからない声だけが漏れ出る。混乱で頭がショートしそうだった。

「あ、あの……」

いま、レオさん、好きって。

やっと脳みそが言葉を理解しはじめたら、急激に恥ずかしさが襲ってきた。顔を隠してしまいたいのに、レオさんの真剣な瞳から目が離せない。

お付き合いって、言った……？　結婚を、前提に。

「は、はい……！」

気が付いたら答えていた。

ああもう、心臓が爆発しそう。こういう言葉を聞くのって、こんなに心臓に悪いものだったのね。

「本当に？　条件反射で答えてないよね？」

そんなわけ、あるはずがない。

レオさんは知らないんだわ。レオさんが忙しくて会えないあいだ、私がどんなに寂しくて、不安で、心配で、切なかったか。

こうして傍にいるだけで、嬉しくて、癒やされて、幸せで……どんなにドキドキしているか。

こんなにたくさんの気持ちをいっぺんにくれる人なんて、レオさんだけなんだもの。

心の中ではたくさんの言葉があふれているのに、レオさんの真剣な顔を見ると胸がいっぱいになってしまって、言葉がなかなか出てこない。

「わ、私も、レオさんが、す、好きです……」

息も絶え絶えに口にすると、レオさんはなにかわからない叫び声を上げて全力でジャンプした。

着地と同時に今度は思いっきり抱き締められる。レオさんがあまりにも幸せそうで、私も恥ずかしさを通り越して、なんだか楽しくなってきてしまった。

そう、レオさんといるといつだってこうして、楽しい、幸せな気持ちになれるんだわ。

誰一人信じられなくて、なんにも興味が持てなかった私はもういない。大切な夢を、大切な人を、ようやく持つことができたのだから。

+✳ Special ✳+

キャラクターデザイン大公開

『シナリオ通りに退場したのに、いまさらなんの御用ですか？』の主な登場人物を、加々見絵里氏によるキャラデザ画とともにご紹介！

Illustration：加々見絵里

クリスティアーヌ

幼少時は元気のよい公爵令嬢だったが、七歳の頃に自分が乙女ゲームの悪役令嬢に転生していたことを知り、すっかり厭世的に。グレシオンから婚約破棄されると、シナリオ通りに邸を出ていくが、なぜか濡れ衣が晴れ公爵令嬢として復学。市井官を目指す。

クリス

町娘として宿屋兼食事処『テールズ』で働くクリスティアーヌ。

レオナルド・アルブ・ハフスフルール

やり手揃いのハフスフルール侯爵家に連なる青年。クリスティアーヌの一学年先輩。明るく気さくな性格で、一見軽そうだが、人をよく見ており芯はしっかりしている。

レオ

常連客のひとりとして『テールズ』に顔を出すレオナルド。

グレシオン

皇太子殿下。男を籠絡する女狐・リナリアの罠にはまり、クリスティアーヌとの婚約を破棄したぼんくらだったが、真実を知り猛省。地に落ちた信頼の回復に努める。

グレースリア・ハフスフルール

ハフスフルール侯爵家のひとり娘。気が強く優秀で文官を目指していたが、クリスティアーヌと破談したグレシオンと婚約する。レオの従兄妹で、クリスティアーヌの憧れ。

ルーフェス

クリスティアーヌのひとつ違いの弟。細身だが魔法剣士の修行を積んでおり、学生ながら「影宰相」と呼ばれる父の仕事を手伝っている。皮肉屋だが、シスコンぎみ。

セルバ

クリスティアーヌの護衛を務める、高名な宮廷魔導師。基本は寡黙だが、興味を持つと途端に饒舌になるマイペースな性格。クリスティアーヌの魔法の先生。

マーク

クリスティアーヌの護衛を務める、高ランクの冒険者。飄々としているが、必要なときには助言をくれる頼れる大人。クリスティアーヌの護身術の先生。実は元貴族。

女将さん

豪快で情が厚い『テールズ』の女主人。行く宛てのなかったクリスを拾い、寝食付きで雇っていた。

カーラ

クリスティアーヌの友人。そばかす&金髪ポニーテールがトレードマークの元気で積極的な女の子。

エマ

カーラとも仲のよいクリスティアーヌの友人。おっとりとした優しい気質で、甘いものに目がない。

あとがき

このたびはこの本を手に取っていただき、本当にありがとうございます。作者の真弓りのと申します。

お話ししたいことは山のようにありますが、まずは皆様、表紙、口絵などの美麗なイラスト、とくとご覧いただけたでしょうか。

美しいですよね、素敵ですよね。はい、私も心底そう思います。次々に送られてくるカラーイラストに大興奮。各キャラの魅力はもちろん、街並みに至るまで世界をあますところなく表現してくださった加々見絵里先生、本当にありがとうございます！

クリスがとても可愛らしく、そしてレオってイケメンだったんだな……と素直に思えました。ラフの端々に描いてくださるちびキャラちゃんがあまりにも可愛くて、編集様になんとかどこかに載せられないかと、おねだりしたりもしてしまいました……。

この本は私にとっては四冊目になるのですが、「まさか」が詰まったものになりました。

実はこの作品、初めて挑戦した恋愛ものだったのです。子供の頃から漫画は少年誌、ゲームはRPGと、乙女心とはあまり縁がなかったので、恋愛ものは一生書かないだろうな、と思っておりました。しかしWEB小説では「悪役令嬢もの」というジャンルが流行っておりまして、読んでみたらとても面白く、どうしても書いてみたくなりました。

「まさか私が恋愛ものを書くとは」そう思いながらWEBでこつこつと書いてきたこの小説が、

ありがたいことに『第五回ネット小説大賞』を受賞したのも、それこそ「まさか」で。物語の半ばで受賞したため、書籍にするにあたり三倍の文字数が必要だったのも「まさか」でした。

ただ、その書き足しをしている間はとても幸せだったのです。

ここからはネタばれですので、あとがきから読む人はご注意くださいね。

恋愛ものといっても私が書きたかったのは、トラウマを抱えて無感動に生きてきた主人公クリスが、迷い、悩みながらも、人に興味を持てるようになり、信じることを覚え、躓きながらもやがて淡く人を想うことを知る……そんな彼女なりの小さな成長の物語でした。無駄や回り道も多くて、けしてすっきりとはいかない、彼女のもたつき感もありのまま書きたい。正直に言って、好みが分かれる話だろうと思っていました。

書籍化にあたって、自分の恋心に気付くのももたつくクリスのまま書いていっていいのかと悩みましたが、彼女の性格が急に変わるわけもなく、開き直って彼女のありのままを追うことに専念。こうして無事にクリスの人生の一幕を皆様にお届けすることができました。

完結までの期間を辛抱強く見守り、細かい部分まで適確なアドバイスをくださった編集様には、本当に感謝しております。いろいろと勉強になることばかりで、基礎から多くを教わりました！

最後になりますが、この本を楽しんでくださった皆様と、ＷＥＢでいつも読んでくださっている皆様、書籍化にあたり尽力いただいたすべての方に、心からの感謝を。願わくば、また皆様とお会いできる日がありますように。

真弓りの

シナリオ通りに退場したのに、いまさらなんの御用ですか？

2018年3月4日　初版発行

【著　　者】真弓りの

【イラスト】加々見絵里
【編集】株式会社 桜雲社／新紀元社編集部
【デザイン・DTP】株式会社明昌堂

【発行者】宮田一登志
【発行所】株式会社新紀元社
〒101-0054　東京都千代田区神田錦町1-7　錦町一丁目ビル2F
TEL 03-3219-0921 ／ FAX 03-3219-0922
http://www.shinkigensha.co.jp/
郵便振替　00110-4-27618

【印刷・製本】株式会社リーブルテック

ISBN978-4-7753-1541-5

※本書は、「小説家になろう」(http://syosetu.com/) に掲載されていたものを、改稿のうえ書籍化したものです。